鲁迅文学奖获奖作家自选集

刘笑伟　主编

诗歌　散文

永远的大金梨

王久辛◎著

中国言实出版社

图书在版编目（CIP）数据

永远的大金梨 / 王久辛著. -- 北京：中国言实出
版社，2024.7. --（鲁迅文学奖获奖作家自选集 / 刘
笑伟主编）. -- ISBN 978-7-5171-4875-3

Ⅰ.I267

中国国家版本馆CIP数据核字第2024FJ3872号

永远的大金梨

责任编辑：王蕙子
责任校对：宫媛媛

出版发行：中国言实出版社
　　地　址：北京市朝阳区北苑路180号加利大厦5号楼105室
　　邮　编：100101
　　编辑部：北京市海淀区花园北路35号院9号楼302室
　　邮　编：100083
　　电　话：010-64924853（总编室）　010-64924716（发行部）
　　网　址：www.zgyscbs.cn　电子邮箱：zgyscbs@263.net

经　销：新华书店
印　刷：北京铭传印刷有限公司
版　次：2025年1月第1版　2025年1月第1次印刷
规　格：880毫米×1230毫米　1/32　9.5印张
字　数：226千字

定　价：59.00元
书　号：ISBN 978-7-5171-4875-3

总 序

文 / 徐贵祥

　　2023年八一建军节之际，欣闻中国言实出版社正在组织编纂一套"鲁迅文学奖获奖作家自选集"丛书，而且第一批十一卷本即推出十一位军旅作家的作品，感到十分振奋和欣喜。

　　鲁迅文学奖是体现国家荣誉的重要文学奖之一。中国言实出版社"鲁迅文学奖获奖作家自选集"丛书收录了走上中国文学圣殿作家的获奖作品（节选），以及由作家本人精选的近年来创作的代表作，每一本"鲁迅文学奖获奖作家自选集"既是对现实生活的生动写照，也是对时代精神的赓续和传承，体现了文学的风骨，彰显了中国精神、中国特色和中国气派。我为中国言实出版社的胆识和气魄叫好！据我所知，在第七届、第八届鲁迅文学奖的评选中，中国言实出版社连续两届都有作品荣膺鲁迅文学奖桂冠。这个成绩的取得十分不易，可喜可贺！

尤其令我欣慰与自豪的是，第一批十一卷本以军旅作家为代表，收录了十一位获得鲁迅文学奖的军旅作家的作品。这些作品体现了近年来军事文学取得的突出成绩，展现了新时代强军兴军伟大历史进程中人民军队的精神风貌，是新时代军旅文学的重要果实，是军旅作家们献给建军百年的一份难得而珍贵的文学记忆。

军事文学是社会主义先进文化的重要组成部分，无论在艰苦卓绝的战争年代，还是在意气风发的和平建设时期，军旅作家肩负着光荣使命，弘扬时代的主旋律，倾情书写爱国主义和革命英雄主义精神，在中国文学史上留下了一部又一部难忘的经典，耸起一座又一座艺术的高峰。

新时代以来，随着强军兴军的时代步伐的迈进，人民军队体制一新、结构一新、格局一新、面貌一新，发生了深刻的变化，军事文学也迎来了全新的机遇与挑战。面对强军兴军的崭新实践，军旅作家们深入生活、深入基层、深入官兵，创作出一大批优秀文学作品，捕捉到反映出新时代特质的崭新意象，描绘出一系列新时代官兵的艺术形象，非常值得鼓励和提倡。这套丛书，就是对新时代军事文学的一次检阅。

我想，军旅作家们任何时候都不能缺失责任感和勇气，军旅文学就是要勇于攀登思想与精神的高地。军队作家要进一步"根往下扎，树往上长"，贴近基层、贴近生活、贴近官兵、贴近现实。同时，要把握世界军事格局的新变化、新动态，掌握强军训练出现的一些新特点，这样才能够写出接地气、有温度、有力度的军事文学作品。

"鲁迅文学奖获奖作家自选集"丛书给了军旅作家这样一个展示军旅文学最新成果的平台，善莫大焉。相信这套丛书一定能够得到读者的喜爱！

2023 年 8 月 1 日于京郊

（徐贵祥，中国作家协会副主席、军事文学委员会主任，茅盾文学奖获得者）

目 录
CONTENTS

第三辑 卵石滩记事

第四辑　挑灯看剑诗如锋

第一辑

代表作

狂 雪

——为被日寇屠杀的30多万南京军民招魂

1

大雾　从松软或坚硬的泥层

慢慢升腾　大雪从无际

也无表情的苍天　缓缓

飘降　那一天和那一天之前

预感　便伴随着恐惧

悄悄　向南京围来

雾一样　湿湿的气息

雪一样　晶莹的冰片

在城墙上

表现着　覆盖的天赋

和渗透的才华　慌乱的眼神

在小商贩瓦盆叮当的撞击中

发出美妙　动人的清唱

我听见　颤抖的鸟

一群一群

在晴空盘旋　我听见

半个世纪后的今天上午

大雪　自我的笔尖默默飘来

2

有一片六只脚的雪花

伸着三双洁白的脚丫

踩着逃得无影无踪的云的

位置的天空　静静地

向城下飘来　飘来

纷纷扬扬　城门

四个方向的城门　像一对夫妻

互相对望着　没有主张那样

四只眼睛　洞开

你看看　你看看

顺着那眼睛　或顺着那城门

你们　你们军人　都看看

都看看　他们

中国的老百姓

那一张　又一张

菜色的　没有生气的脸
看看吧　我求你了
我的　所谓的
拥有几百万精锐之师的"中华民国"啊

3

国民党　多好的一个所谓的党
国民　国民的党啊
你们就那样抡起中国式的大刀
一刀砍下去
就砍掉了国民　然后
只夹着个党字
逆流而上　经过风光旖旎的
长江三峡　来到山城
品味起著名的重庆火锅
口说　辣哟
娘稀屁

4

这时候　鬼子进城了
铅弹　像大雨一样
从天而降　大开杀的城门
杀得痛快得　像抒情一般
那种感觉
那种感觉　国人无人知晓

是那样的　像砍甘蔗一样
一梭子射出去
就有一排倒下　噗嗤
噗嗤　那种噗噗嗤嗤的声音
在鬼子的心里
被撞击得狂野无羁
趴在机关枪上
与强奸犯的贪婪毫无异样

5

街衢四通八达
刺刀　实现了真正的自由
比如　看见一位老人
刺刀并不说话
只是毫不犹豫地往他胸窝一捅
然后拔出来　根本
用不着看一看刺刀
就又往另外一位
有七个月身孕的
少妇的肚子上　一捅
血　刺向一步之遥的脸
根本不抹　就又向
一位　十四岁少女的阴部捅去
捅进之后　挑开
伴着少女惨惊怪异的尖叫
又用刺刀　往更深处捅

然后　又搅一搅

直到少女咽气无声

这才将刺刀抽出

露出东方人的　那种与中国人

并无多大差异的　狞笑

6

那天　他们揪住

我爷爷的弟弟的耳朵

并将战刀放在他的脖子上

进行拍照　我爷爷的弟弟

抖得厉害　抖着软了的身子

他无法不抖　无法不对刚刚

砍了一百二十个中国人的鬼子

产生恐惧　尽管

耳朵差点儿被揪下来

裂口　像剪刀那样

剪着　撕裂的心

但是他无法不抖　无法面对

用尸体　垒起的路障

而挺起人的脊梁

无法不抖　无法不抖

7

那夜　全是幼女

全是素净得像月光一样的幼女

那疼痛的惨叫

一声　又一声

敲击着古城的墙壁

又被城墙厚厚的汉砖

轻轻　弹了回来

在大街上　　回荡

你听　你听

不仅听惨叫　你听

你听　那皮带上的钢环的

撞击声　是那样的平静

而又轻松　解开皮带

又扎紧皮带的声音　你必须

屏息静气地听　必须

剔开幼女的惨叫

才能听到

皮带上的钢环的碰撞声

你听　你听啊

那清脆窸窣的声音

像不像一块红布

一块无涯无际的　红布

正在少女的惨叫声中抖开

越来越红　越来越红

红　红啊

不理解斯特拉文斯基

《春之祭》旋律的朋友们

你想象一下　这种独特的红色吧

那不是《国歌》最初的　音符吗
那不是《国际歌》最后的　绝响吗
你听　你们听呀

8

这不是西瓜
是桃状的人心
是中国南京人的　人心
是山田和龟田的下酒菜
我当然无法知道
这道佳肴的味道
我只好进行虚幻而又惊心的猜想
那位中国通的　日本军官
也许　是从难民营里
一千个男人中　挑出的
五个　健壮的男人
他　拍拍他们的肩
亲切微笑着说　咪西咪西
便决定了开膛破肚的问题
他的士兵很笨
他下手了　大洋刀
从前胸捅入从后背穿出
露出雪亮的　弯弯月牙
在没有月光的阳光下
那健壮的男人
一个　两个

三个　四个　五个

五颗健壮的中国人的　人心

拼成一道　下酒菜

他们像行家一样　仔细品味

哟西哟西地　让嘴唇

做出非常满意的曲线

我无法知道

这道佳肴的味道

但我肯定知道

一个人　比如我

我的心

是无法被人吃掉的　除非

我遇到了野兽

9

野兽　四处冲锋八面横扫

像雾一样　到处弥漫

如果你害怕

就闭上眼睛

如果你恐惧

就捂严双耳

你只要嗅觉正常

闻　就够了

那血腥的味道

就是此刻

半个世纪之后的今天晚上

我都能真切地闻到

那硝烟　起先

是呛得人不住地咳嗽　而后

是温热的　黏稠的液体

向你喷来　开始没有味道

过一刻　便有苍蝇嗡嗡

伴着嗡嗡　那股腥腥的味道

便将你拽入血海　你游吧

我游到今天仍未游出

那入骨的铭心的往事

10

他们　那些鬼子

有着全世界最独特的欣赏习惯

鬼子

鬼子对传统观念的反叛

可以达到儿子奸淫母亲

父亲奸淫女儿的地步

只是这种追求　他们

强迫中国人　进行

中国人

中　国　人　啊

这种经历　这种经历

像长城一样巍峨

一块一块条形的厚重的青砖

像兄弟一样　手挽着手

肩并着肩　组成了
我们的历史　瓷实
浑厚　使得我们无法佯装潇洒
一位诗人
就是我　我说
只要邪恶和贪婪存在一天
我就决不放弃对责任的追求

11

我扎入这片血海
瞪圆双目却看不见星光
使出浑身力量却游不出海面
我在这血海中
抚摸着三十万南京军民的亡魂
发现他们的心上
盛开着愿望的鲜花
一朵　又一朵
硕大而又鲜艳
并且奔放着奇异的芳香
像真正的思想
大雾式涌来
使我的每一次呼吸
都像一次升华
在今天
在今天南京市的大街上
呈现着表情宁静的老人的神情

又被少女身上喷发的香粒

一次　又一次击中

我怎么了

12

空白　空白终于过去

思绪　像惨叫一样

刺入我被时间淡化的肉体

作为军旅诗人

我无法不痛恨我可怜的感情

无法不对这撕心裂肺的疼痛

进行深呼吸式的思索

我用尽全身的力量

深深地吸

吸到即将窒息的时候

眼睛盯着镜中的眼睛

然后　一丝一丝地推出

那种永远也推不干净的　痛苦

它们呈雾状围绕着我

在我和镜子的距离中

闪现　被腰斩的肢体

涌沸血泉的　尸身

被钉在木板上的手心

以及被浇上汽油

烧得只剩下　半个耳轮的

耳朵　和吊在歪脖子树上的

那颗仍圆睁怒目的　头颅
等等　等等　我无法无视
无法面对这惊心动魄的情景
说那句时髦的　无所谓

13

我　和我的民族
面壁而坐
我们坐得忘记了时间
在历史中
在历史中的 1937 年 12 月 13 日里
以及自此以后的六个星期中
我们体验了惨绝人寰的大屠杀
体验了被杀的　种种疼痛
那种疼痛
在我的周身流淌
大水　大水
大水横着竖着
横横竖竖地呈圆周形爆炸
采蘑菇的小姑娘
你捡到了吗　那块最小的弹片
捡到了吗　捡到了吗
那最小的一块弹片

14

她捡到的
不是我父亲肩胛骨中
一到梅雨季节
便隐隐作疼的　那块弹片
那块弹片
那块弹片　伴随着
父亲离休后的日子
在我和弟弟
还有姐姐妹妹
还有爱着我的父亲的母亲心上
疼痛　并化作一块心病
使我们无时无刻不惦念着父亲
不惦念着父亲的疼痛
战争结束了吗
我该问谁

15

希特勒死了
墨索里尼和东条英机也早被绞死
但是　那种耻辱
却像雨后的春笋
在我的心中疯狂地生长
几乎要抚摸月亮了

几乎要轻摇星光了
那种耻辱
那种奇耻大辱
在我辽阔的大地一样的心灵中
如狂雪缤纷
祖露着　我无尽的思绪

16

我没有经历过战争
我的父亲打过鬼子
也差点被鬼子打死
虽然　我不会去复仇
对那些狗日的　日本鬼子
沾满中国人鲜血的日本鬼子　但我
不能不想起硝烟和血光交织的岁月
以及这岁月之上飘扬的不屈的旗帜

17

我们不是要建立美丽的家园吗
我们不是思念着深夜中的狗的吠叫声吗
我们不是想起那叫声便禁不住要唱歌吗
不是唱歌的时候便有一种深情迸发出来吗
不是迸发出来之后便觉得无比充实吗
我们在我们的祖宗洒过汗水的泥土中
一年又一年地播种收获

又在播种收获的过程中娶亲生育
一代又一代　代代相传着
关于和平或者关于太平盛世的心愿吗

18

作为军旅诗人
我一入伍
便加入了中国炮兵的行列
那么　就让我把我们民族的心愿
填进大口径的弹膛
炮手们哟　炮手们哟
让我们以军人的方式
炮手们哟
让我们将我们民族的心愿
射向全世界　炮手们哟
这是我们中国军人的抒情方式
整个人类的兄弟姐妹
让我们坐下来
坐下来
静静地坐下来
欣赏欣赏今夜的星空
那宁静的又各自存在的
放射着不同强弱的星光和月辉的夜空啊

19

你说

万恶的战争　我们在棋盘上
体味着你馈赠给我们的智慧
使我们对聂卫平和日本　以及
东南亚的高手充满敬仰
但你为什么　冲出棋盘
在一些角落里狂轰滥炸
并使我们一次又一次地
想起昨天
昨天狂雪扑面
寒流锥心刺骨

20

在北京
在人民英雄纪念碑前
我把我的双手
放在冰凉的汉白玉上
仿佛剥开了一层层黝黑的泥土
再看看那些卷刃的大刀
尖锐的长矛　菜团子
和黄澄澄的小米
手榴弹和歪把子机枪
那本毛边纸翻印的《论持久战》

以及杨靖宇将军的　胃

赵一曼砍不断的精神　等等

在泥土深处　像激情一样

悄悄涌入我的心头

我于是　便知道了

什么是和平

21

是的　我曾发狂地

热爱我自己健美的四肢

以及双层眼皮下闪着黑波的眸子

像我的恋人

一次又一次地狂吻着我的思想

和我挺拔的鼻子　一样的个性

是的　我爱我自己

爱我自己生命中的分分秒秒

在每一分钟

我都有可能写好

一首关于生命体验的诗篇

在每一瞬间

我都有可能永远地

爱上一对漂亮的眼睛

但我深深　深深地知道

这绝不是生命的全部内容

关于哲学

我还不同意萨特的某些见解

关于地质
大陆镶嵌构造理论似乎更有道理
关于诗歌
就不用说了
创造着
我感到幸福人间
弥漫着无穷的　智慧和情感

22

是的　历史自有历史自己的道路
我们的愿望
如果没有撞破头的精神
青铜的黄钟　便永远哑默不语
虽然　一位军旅诗人
三年前就说过
中国将不再给任何国度的军人
提供创造荣誉建立功勋的机会
但是历史
但是历史自有历史自己的道路
我们走在　大路上
意气风发斗志昂扬

23

今天　谁还记得
这首五十年代

回荡在祖国天空的歌声

谁　谁还记得

是我　我还记得阮文追

记得白描画的连环画上

他将美军录音机里的磁带　揪出

撕烂　从八层楼高的窗户跳下去

瘸着腿　一歪一斜地

走向刑场的画面

那是不屈的英雄

是一个弱小民族锋利的牙齿

不仅咬碎了死的恐惧

也咬出了一个国家

独立自由的　心声

我永远记得

那张雪一样苍白的脸

那是电影

《海岸风雷》的片头

那个老水手的一句台词

我永远记得

和我们走在大路上

意气风发斗志昂扬

一起　这些关于战争

与死亡的各种零件

他们和 1937 年 12 月 13 日

之后的长达六个星期的屠杀的史实

都在我想象的组合中

组装起一部　有关战争的电影

在我的脑屏幕上

起先　是大雾一样的恐惧弥漫

而后　是狂雪一样的厄运

从天而降　在南京

在 1937 年 12 月 13 日之后的南京

在 1990 年 3 月 24 日至 25 日凌晨

3 点 45 分的　诗人王久辛的眼前

一遍　又一遍地放映

这部名叫《狂雪》的影片

我愣愣地　连续看了两天两夜

没说半句话

关于战争

关于军人

关于和平

蓦然　我如大梦初醒

灵魂飞出一道彩虹

而后　写出这首诗歌

写于 1990 年 3 月北京

首发于《人民文学》1990 年 7—8 合刊

蓝月上的黑石桥

人们应该悼念死者，这说明我们除了爱自己以外，还爱着别的东西。为那些曾经为国效劳的人哀悼，是一种悲悯的习惯，然而它更有益于培养我们最好的感情。

——雪莱《为夏洛蒂公主去世告人民书》

1

蓝月忽大忽小。蓝月飘来摆去。

蓝月如水汹涌澎湃。并且一起一伏。

并且时隐时现。并且在黑石桥下。

幽楚楚地晃动。晃动。

晃动着蓝光粼粼的历史。并且触碰幻影。

触碰一触即破的血河滚滚。

我说，你随便好了。

蓝月总之要沉人你的怀中。并且晃动。

而后我听见四面楚歌，

在蓝月下抚摸着战战兢兢的草。树。

石头。土地。以及流萤。虫豸。

和各种各样的蛙鸣。风声。

有一个人影左冲右突。

那是项羽或项羽的后裔。

在蓝光之中闪烁炯炯有神的眼睛。

2

这时候。我听见一方巨鼎。

凌空直落。落下来的时候，

是慢镜头的方式。蓝光追照着它。

它缓缓地飘降下来。

是飘降下来。并且在我们的心上。

留下了一个巨大而又无形的盆地。

巨鼎渐渐消失。蓝光被砸得惊叫不止。

使若干年后的宁静。

更加宁静得接近恐怖。

我们统统忘记了吗？

那张被诗人艾青唤作旗帜的人皮。

那张中国女人的皮。

我们忘记了吗？那起先是轮奸。
而后嘿嘿嘿地将那张肌肤若玉的皮，
从残喘的痛疼之中剥下的情景。
我们忘记了吗？那些滚来滚去的头颅。
那些被剁掉了双足的宁死不屈。
忘记了吗？血如菊花伸瓣爬满脸颊的，
刹那之间的笑声。忘记了吗？

3

关于黑水和黑水冲击的沟，
以及沟口建筑的这座著名的桥。
今天，竟然固执地生活在我的记忆之外，
并像一位姣好的少女，
风情地弯下了腰。
露出象牙般的白臂肘。领口内的雪。
拱出地面的蒲公英高傲的脖颈。
探究的史学家，和唯美的我。
我们就开始了漫天的想象。
像绕膝跪求的乞爱者，
磨破了一千双追求的膝盖骨。
在黑水深处，
洄游。

怀念项羽。怀念蓝月上
左冲右突的白亮亮的声声断喝。

4

对于屠刀。对于悬空而挂的
纯粹的屠刀。而不是那弯蓝色的月亮。
它具有一万种可能。
每一种可能都是一条大道；
每一条大道都通向死亡。对于屠刀。
乞求。等于自杀。
剑刃抹过脖颈上的动脉。
没有声音。只是一种物理运动。
所以你能够看见，
是摩擦。所以又是白亮的闪电。
直喷天宇的血。
落地的时候——是徐缓的。
砸在大地的瞬间——是尖叫。
是刺刀捅入心脏后的嘶鸣。
是大路朝天。经过黑石桥的时候，
石桥也拒绝无辜生命的最后逃遁。

假若我们嬉笑着向日本鬼子伸出
热诚的双手，杀戮与掠夺，
就能够幸免吗？

5

我现在被石桥举着。

举着。我高出它们。

我像一座山。在桥上。

接近英雄地站着。

而且能够听见风的诉说。

听见河床无言的历史掀动石头的声音。

听见那种声音，

在马背上的旅游者的周身奔腾。

并且紧抓马鬃。并且蹬牢鞍鞴。

并且在心里嗷嗷号叫。并且。

并且。并且在我表情冷漠的脸上，

找不到一丝一毫。一毫一丝。

笑意。我找不到。

我不会笑。

尤其在若干年后的今天。我不会笑。

你们笑吧。

我在你们欢乐的缝隙中孤独地漫步。

查寻胆战心惊的蓝色的月光，

以及月光下四处奔命的大喘气。

6

大喘气。在繁星紧盯的天下

是几乎听不见的团团哈气；

团团哈气在夜幕的油画布上，

是几乎看不见的丝丝白光。

毛孔依然伸张收缩。

毛发依然直立颤抖。

在微风的吹拂下触碰相邻的颤动。

颤动连着颤动。一片望不到边的颤动。

在蓝月之上颤动成一片抖索的大地。

并与哈气亲吻结成动人的霜晶。

在眉骨上的森林狂啸成雪原奇景。

使双眸在颤动之间颤作黑油色的海子，

闪动生灵的顽强意志。

意志奔跑。

大喘气的白光一吸一呼。

天依然是黑色的。大喘气。大喘气。

像倒入黑河的粒粒雨珠。

泛不出一颗启明的星星。

7

谁是英雄。狂乱的风云卷我一句提醒。

这是机警的神经最为敏感的话题。

我将它揪了出来。

像一柄抽出的利剑。按剑。

我再问一声：

谁曾站在这座桥上，像当年的张飞。

大喝：谁敢上。

曾经被封建苛捐杂税抽干了的中国，

被天灾人祸加封建愚昧而又专横的统治
整怕了的民族。有没有一根真正的骨头。
骨头。能在铁甲的碾压下顽强地喘息。
能？还是不能？

黑石桥作证英雄没有留下真实姓名。

8

那时候，我们的肺叶枝繁叶茂。
吞进一道一道刀光剑影，
吐出一股一股腥味的恶气。
在大刀片上站立。
在拧不断的脖颈上一试锋芒。
我们。我们中的一部分，
提着脑袋。
拎着性命。
迎着直钻胸口窝的炮弹。冲。
暴露着手背及胳膊上的青筋。
冲入月光下的青纱帐。
冲入民族主义。
和英雄主义的古老命题。

他们不知道什么主义
会在什么时候过时。不知道。

9

古老的月亮。
也是崭新的月亮。
一如大刀。大刀在它的照耀下，
忽长忽宽。
忽如一江怒吼满天银光。
斩山断水。
斩妖除魔
忽如晴天霹雳滚雷盖天。
大刀。大刀拐弯，
伸进鬼子炮楼。
手起刀落。在地上滚动的头颅，
还没有来得及闭上眼睛。
大刀已如伟人的巨手，
指着东方的朝霞。
对我们示谕：我们看着那鲜红的太阳，
看着太阳下关山月笔下的壮丽山河。
于是我们就知道了，
祖国它之所以是祖国，
是因为我们终于拥有了——
剁掉鬼子脑袋的想法及其行动和力量。

10

想法这家伙诞生的时候，

没有产床和医生护士。

在黑石桥畔，

黑水如祸涌流着惊心动魄的交响。

伟大的泥土咽下了这一旋律。

无声无息。在宁静的惨死面前，

泥土捧起了黑石桥，含着怨泪。

像捧起了一只爬行动物。

只是它不爬。

连爬都不敢。

想法不得不突然冒出来。

是顶着满头血水从血海里冒出来的。

而且一冒出来就问：

是吓趴下了

还是压根儿

就没有脊梁?

而后，一如齐天大圣老孙。

自身上拔下一撮毛。一吹。

于是，剁掉鬼子脑袋的想法，

便铺天盖地到处飞扬。

11

再而后是油亮的行动。

是一个又一个肘关节。臂关节。

膝关节。嘎吱作响的声音。

是肉裹着骨头。

骨头在肉的簇拥之中，
发出的声音。是喷出来的声音。
是与血的颜色相同的声音。
是金属的声音。是鹰的飞翔。
而后，是凌空直刺鼠背的声音。
没有拐弯。
是直线运动
磊落而又英勇。并闪着鳌色的光芒。
根由血的升腾而炸开的行动。
它说：才是行动。
才是我们不容凌辱的自由。

自由的代价是献出一位位盖世英雄。

英雄。英雄是出鞘的剑锋。
人民是挥剑的力量。
世界生来就动荡不安。
阳光从来只照彻地球的一半。
黑暗像恶浪一样卷走善良。
善良像大地一样盛开娇美的鲜花。
而善与恶的角逐，
总是伴随着英雄的光芒，
使世界重新获得希望。

12

希腊的英雄兼诗人埃利蒂斯

曾经这样替我呼唤：

"解放大地的美。"

我站在这呼唤的正中间，

捧起阿崎婆十八岁时，

美丽绝伦的脸庞。捧起我被惹得

心儿怦然而动的跳跃之声。

我说："美啊！"

绝色的少女不分国籍；

酷烈的战争跨国横行。

山打根八号妓院的全体女工，

是日本战犯用重型炮弹洞穿的眼眼肉孔。

我从这孔中望出去，

没有风也没有雨。

只有蓝月之上的大海的波涛，

卷着泡沫似的藻类生命。

四方八面漂泊的情景。

让我们为这些微弱的藻类生命的命运，

默默地流泪。为最微不足道的生命，

默哀。并怀念他们生前的美好愿望。

怀念他们的贫困。饥寒交迫。

以及被汪精卫抓了壮丁的悲惨余生。

等等。缅怀一棵树。

在家园屹立时傲然的姿态。缅怀一个眼神，

在梦中浮现的画面。缅怀一条街，

在飞机轰炸前的模样。缅怀一位优秀的

大学生，被监禁前的生机勃勃。

缅怀是纯洁高尚的人性之光。
是没有被脚踩过的雪原。
我们永远珍视我们内心深处
拥有的阳光。湖水。蓝天。
珍视使我们越来越亲近生命和大自然的
那些风。雨。雪。那些最常见
又最容易被忽略的真实感受。

13

在我有限的想象之中，
行动永远是诡秘而英勇的翅膀。
它从死尸的山根起飞，
扇着黑夜的恐惧与再死的可能。
穿越世纪。
进入史册。
留下遗憾和光荣走到今天。

今天是昨天的继续。
是一竿竹子上的又一节时间。
时间没有阶级也没有感情，
尤其没有反抗。
我们走在其中，
用行动切割它的身体。
使其被我们的意志不断改变面貌。
在今天我们用我们并不英勇的行动，
切割着它们。使它们显得平庸。

这不能不说是我们的悲哀。而在昨天，
在昨天日本鬼子切割着我们的时间。
使每一秒钟都显示着战刀屠城的可能。
并使我们的生活，
像铡刀下的脖颈。甚至切割
我们的精神。屠宰我们的灵魂。

这是为什么？

仿佛所有天良的眼睛，
都一如这桥栏杆上石狮的眦目圆睁：
什么都在目力范围，
却什么也没看见。
我因此懒得去数，
这座桥上，有与没有一样的石狮。
懒得去。就是懒得去。

可以饮一口酒，
而后，细细地想一想所有的人类战争。
想一想颜色不同的英勇顽强。
那些红色的。红得多么壮丽。
那些灰色的。灰得多么凄惨。
仿佛历史永远都在等待一种真诚的目光，
一种透视自己的勇敢。

14

战争是什么？
战争不过是东条英机或希特勒、墨索里尼
灵魂深处最怕人提起的一个庞大的隐私。
他们的野心在这里很少收缩不断扩张。
而罪恶的战争随即诞生。

我因此命令你——军人们。用你们的勇敢和体魄，
正步走进从这座桥上滚过的战争。
并在其中撕开它的肉皮，
严肃地钳出它的隐欲。
并介绍给我们。
关于领袖欲。关于山中之王的狂想。
关于对财富的企图。
以及对美女的爱好。等等。
使我们整个人类都看清这一切，
看清这一切是如何巧妙地成为口号。
标语。社论。
成为激动人心的演说。
成为墨索里尼《意大利人民报》
优秀的撰稿人。成为
希特勒《我的奋斗》黑色的封面。
成为东条英机"剃刀将军"辉煌的荣誉。
军人们。军人们！
当这一切摆放在阳光明媚的早晨，

你能说你看穿了战争？

半个世纪过去了。
我在黑石桥上寻找昨天的弹洞
我没有找到。我想起诗人梁小斌著名的
呼唤——中国，我的钥匙丢了！
弹洞在哪儿？不要让我的目光踯躅桥身，
不太平庸的思想继续流浪。
让我轻轻走进弹洞。坐在其中。
并点燃柴火，借着火焰映红的穴壁，
像北京猿人那样，
仔细地看看自己的四肢。
人的四肢。直立行走的蓝田亚种，你说：
弹洞在哪里？

15

昨天。也就是刚才。
我发现它躲在波德莱尔的《恶之花》里，
为谋求一次晋升的机会，
通宵达旦地写着无中生有的匿名信件。
在关键人物的耳边吹风播雨。
为一句不中听的闲话埋下仇恨的种子。
嫉妒成性。
且憎恨朝气四溢的青春少年。
具有忍受的天赋，
和眼观六路耳听八方的特异功能。

得意时做伟人状指手画脚；
失意时自己砍下自己的尾巴。
一旦抓住战机，
立即动员群众。

苍茫历史曾经留下过这种弹洞。

这种弹洞。这种弹洞在今天，
是暗夜之后的咖啡馆中，
缠绕在人体之间的轻音乐。
是一句调情的话激怒的另一个
裹着性冲动的拳头。于是
武夫被崇拜。阿飞做派，
在大街上流行。并伴随着春风秋雨
渗入大地。大地黑水奔流，
雄师百万迎着枪林弹雨横渡长江。
血海浮出。
英雄命短。
高耸的纪念碑在都市怀念荒野中的骨头。

我于这无声的弹洞听见历史悲怆的箫鸣。

战争听见了吗？听见之后
可曾将这幽幽箫鸣拿起来掂量掂量？
然后放在桌上认真地看看。
仔细地想想？想想邪恶的胃口？
可曾？可曾幡然猛省。

对明天的行为进行否决。可曾？
与地震不同。与地震的结果一样。
与山洪不同。与山洪的性质一样。
灾民无家可归。
伤残的大地衣不遮体。
贫困的更加贫困。掠夺的更为疯狂。
伴随人性之恶的不断繁衍，
人祸一如天火越烧越旺。

这沉重的箫鸣！

我无言以对。
在蓝色的箫鸣拽住蓝月的时候，
我深深地感受着早已冰凉的野骨。
看见它们在深秋的黑夜放飞流萤的情景。
我不哭。我理解了——
什么是真正的牺牲。

牺牲就是在巨大的历史框架中，
连死因都讲不清楚的一种奉献。

对于动荡的世界。
对于渴望开发的我贫困的祖国。
奉献像倒在血泊中的五四青年。
像黑石桥畔献身的二十九军的弟兄。
它在未来历史巨大的屋宇之中，
每一根抽出来，

都可以当作脊梁。

脊梁啊。

16

但是我决不仅仅是历史留下的想象。

我还会深切地悲哀。
会将这悲哀在心头翻来覆去地欣赏。
是欣赏。是这个显得艺术又轻松的动词。
在今天我们是何等的轻松。
有的人咒骂鲁迅。开发权力的各种功能。
艳羡金钱在人性中找到的第一把交椅。
几乎人类不齿的种种恶臭，
在现实中都找到了"美加净"的商标。
我防不胜防。
它使我立即哑口无言。
而后，又使我的周身弥荡古老的荣誉感，
和一种与现实极不和谐的英雄主义。
我根本没有办法，
不关注脚下贫困的土地。
没有办法不将自己放掷边关，
使思念化作缅怀。
在许多人的缅怀之中体味苦涩的幸福。

我在河西就向往古今中外的爱国英雄。

17

和平需要英雄。

需要一座座战争也炸不烂的黑石桥。

要是这座桥不能说话的话，

这个宁静得蔚蓝的夏夜。

和未来的春夏秋冬。雨雪雷电。

都会替它对和平老人说：

石头。石头

是这种砸不烂的石头。

唯有坚贞是历史埋不住的珍珠。

我因此确信：

一个民族不可凌辱的依据，

与整个人类持久的和平。

是一种蓝色的悲哀。

深邃有如海水。

庞大有如穹隆。

它在寻常的每一个瞬间，

都可能诞生无法收拾的掀天冲动。

伟大的反法西斯战争，

就是这样胜利的。

因此。请你热爱蓝

18

于是，伴随着对往事的记忆，
我来到这座蓝月上的黑石桥。
悲哀感受着悲哀。
然后揣着双倍的悲哀，
乘坐进口的大客车返回住处。
蘸着一股莫名的激情，
点横勾竖地写着
三倍悲哀的蓝色诗句。

我说：正视这首诗的金属性质。
正视有了旋律意味的蓝色悲哀。
抚摸抚摸它冷冷的足音。
丈量丈量它走过的道路。
它已经过了多少个村庄和城市，
还将穿越多少个世纪，
才肯驻足回首。才肯对诗人说：
回去吧。已经没有多少真实的意义，
值得诗艺追求。

这需要慢慢体悟。
需要将黑石桥颠过来再倒过去。
扯长再拉宽。
切开再组合。
反反复复地投入心灵深处，

使其石质腐烂。

化为蓝水。

自大地的胸腔缓缓流出，

流成一缕白云。

在和平的月光下，

浮出跨越世纪的黑石桥的轮廓。

那是蓝月之上的黑石桥，

又名：卢沟桥。

公元 1990 年 4 月 8 日，

我于困倦中走过它。而后。认识了自己。

1990 年 4 月、6 月、8 月于北京、兰州、北京

首发于 1990 年第 12 期《飞天》

云游的红兜兜

大红　谁会从颜色的内部开始回忆
谁会从童贞的记忆开始追问

——题记

1

蓝梦进出辣辣光芒
光芒，光芒一如哑语
哑语意味无穷
无穷的声音和无穷的颜色
冷冷地漫过人们的猜想　大红
大红。是大红省略具体的事物
漫过冬耕的镢头，春播的手掌

进入抽象。在抽象的广阔天地
人啊　不正是一群蹦跳的蛐蛐儿
逗着的大红兜兜

2

只有少年
只有少年能够切肤地感受这触觉的
奇异　他们在野草茎叶洒上笑声
任阔野捧起天真的幻想
也任我的回味在其中激荡　大红
大红　童年记忆中的大红兜兜
在所有厌倦的心空铺天盖地
如大风起兮　江涛怒吼
在漫天的大红之上
先进一段即兴的舞蹈
后入一节欢蹦的音符
你回忆你深刻
你想往你云游
无边无际的大红兜兜
随你扬起灵性之旗　挥舞
挥舞　你的想象挥舞着你的想象
你的想象　是最本质的象征
更何况你面对的诞生
是红若鸡冠的一声声啼哭

3

在根本就不存在的未来
它山摇水荡。摇着鱼尾下的航线
荡着鱼脊上的惊险
自由自在地游动
使水成为风。使风成为你
你的所有想象与回忆
都成了你的山山水水
而风在其中穿梭成悲泣
阳光从悲泣中放射光芒
悲泣灿烂辉煌
往事不动声色　大红
大红　多少代人童年的大红兜兜
在你合目想象的刹那之际
出现了。大红
令人眩晕并感到热血灌顶的大红啊

4

没有风。大红却飞舞起来
没有声。大红却喧响起来
你站在我面前没有动
我却感到了　你灵魂深处的大恸
表情早已没有意义
沉默都显得张扬

谁在仙游童贞的快乐
谁在体验劲射的快感
在大红的内部
谁在追寻大红兜兜的蹦触之疼
你坐在触疼之中无视目的
我站在触疼之外蔑视结论
一样的无情
两样的真理

5

现在，行云流水的我
在行云流水的心灵深处
追求一个行云流水的过程

你呢？你的过程在大红深处漫游
没有窒息　没有阻挡
你自由自在　你随心所欲。而我
只要你让我去干我想干的一切
我就是你最听话的孩子

6

孩子啊
翻开眼皮你可以看清面前的一切
合上双目你可以省略所有的景物
在钢铁拼合的四季之中

可以铤而走险
也能够安度晚年

在我，我永远面对庞大的无奈
想象无奈的颜色　红的
大红的　有无数种红
无数种红　隐藏那唯一的红
童贞的红　你在哪里
你连童贞的颜色都想不清楚
你还说你是努力的吗

7

我是咬牙坚持这种努力的
最后一个人。在金色阳光的覆盖下
动用身体的每一个部位
表达每一个细胞里深藏的激情
你会不会欣赏这一触即通的境界

为一句话拔刀相刃
为一句话握手言和
这翻脸的往事像深层的现实
甚至没有养育一只蚂蚁
一朵蔷薇。蚂蚁们在你的关怀之外
自由繁衍。蔷薇们
在你的沐浴之外　处处盛开
它们纯真地表达着这个世界

给予它们的　最美妙的感受

渺小得自由
也自由得伟大

8

在全人类共度的情人节
谁在亲吻不忍回顾的往事　大红
大红　谁会从颜色的内部开始回忆
谁会从童贞的记忆开始追问
理想遇到现实　人走到绝境
哪一个是刚强的
哪一个又是完美的　大红
大红　我们的大红兜兜
你能够　在漫天的飘舞中回答我吗
我能在你的内部
找到我从未被玷污的情人吗
我所有的一切　都是速朽的
连同幻想。你的一切
你的大红，你的大红兜兜
你的飘舞灵动的一切　都是永恒的
我恨你的恨　也是永恒的啊

9

野草莓。野草莓

酸酸的野草莓　青青的野草莓哟
你是否记得　那洁白莹丽的贝齿
它从你的身上切过
用最美妙的轻柔将你翻来翻去　翻你
翻你　你被它翻来翻去
你不记得　那柔软的翻来翻去吗
它翻你它翻你呀
你应该记得它翻你的　那个美妙
你应该忆起它将小小的你
整个含在心里的　那个柔蜜之躯
你忘了吗　你的鲜酸刺激了
它牙根下的爱怜　使它一想起
你鲜稚的样子　便在几十年后的今天
下咽一种液体。你不记得了吗

10

一个人对自身最稀有最深沉的记忆
莫如野草莓进入口腹之后
感觉到的　那种鲜酸的大红

那是大地捧给你的血
也是泥土对童贞的深情　通过
你的品尝　浩浩荡荡
铺天盖地　向你的记忆走去
无穷的声音和无穷的颜色
漫过来了　漫过来了

所有人们能看到和不能看到的地方

都是浮动　飘扬的红兜兜

红兜兜翻动金色阳光

金色阳光翻动红兜兜

红兜兜浮动在蓝天

蓝天浮动着向上的红兜兜

向上。向上。在大地之上

一件无边无际的红兜兜　浮动

飘扬　在每个人眨眼间的回望之中

凝作一枚　野　草　莓

11

在这个世界上

敢于　并能够蔑视语言的

只有野草莓

野草莓就是伶牙俐齿

所有伶牙俐齿　就是野草莓

它饱含着英语、俄语、意大利语

和西班牙语，等等。都无法表达的

绝望。野草莓通体透明

野草莓华光闪烁

一个灵感进入了野草莓

就是一个人戳破了大红的柔肌

热血之浆即刻奔涌在天地之间

和所有灵魂的大红深处

12

现在，我在热血之浆的推动下
追逐针尖上站着的　数亿声啁啾
在啁啾与啁啾的间隙之中
游龙画出激情的跑道
没有终点。随时可能一泻千里
也即刻可能溃不成军

在古罗马的旧战场上
半跪着的将军呓语不止
仿佛。仿佛上帝说需要光
于是就有了光。光捧着啁啾
啁啾在光的怀抱中透明而又纯净

我的大红，我的大红
我的大红兜兜
你不飞舞在透明纯净的天空
还飞舞在哪里

13

在一朵翩跹的彩蝶的内心世界
大红的瀑布如云横空
从东到西　抖动着芬芳的大自然
触碰壮硕的农妇

渴饮劳动的夯歌

幸福地奔跑在小白兔的脚掌

奔跑在一只蜻蜓飞出的旋律之中

你不感到瞬间是辽阔的吗

你不觉得想起自己是多余的吗

它使你对辽阔的感受归于渺小的瞬间

它使你对大红的记忆归于红兜兜

为此，你没有发现

你对生命的想象是刺目的　鲜红吗

1989 年 4 月 3 日兰州

1992 年 11 月 27 日北京

首发于 1995 年第 5 期《解放军文艺》

第二辑

刻骨的“红”

永在我眼前闪耀的祁连山

战友，你见过祁连山吗？你去过祁连山吗？你在祁连山中真正生活过吗？

对，我说的祁连山，正是已故著名作家徐迟名作《祁连山下》、著名电影艺术家张勇手导演的影片《祁连山的回声》中的那座著名的大山——祁连山。

我吗？去过见过，而且在山中生活过。哦，我遥远的幸福，正是从回想起祁连山开始的啊……

那是我的军旅生活的当初，更是我人生真正的开始。我认为真正的美的教育，一定是美的经历与这个经历痛彻的体验之后的获得，这个获得不是一下子给你一部黑格尔的《美学》，也不是摞在你书柜中的《美的历程》《美学散步》《美学原理》，统统不是。美的养育与获得是感觉的入侵与经历的体验、感悟，是一个伴随成长的缓慢的漫长的过程，比如说吧……大约是在上世纪的八十年代初，我突然接到一纸命令，任命我为某团三营13连的副连长，于是，我便背着被包，乘火车，换汽车，来到祁连山下……

当时，我们团的新营房已经盖起来了，由于没有安装水电等设施，我们连就暂住在戈壁滩上的一个小乡村。在我遥远的记忆里，最让我难忘的，是那蓝色的军号声——早晨，天还没亮，那是凄美的冬天，风很大，天很蓝，月亮与星星还在天上眨着眼睛，微笑着望着山下戈壁滩上的小村庄，仿佛在说：起来吧，起床了。那蓝色的军号声在蓝色的碧空里飘荡，一如清澈透明的水里，滴入了一滴蓝墨水，刹那间漫漶着向四方八面荡漾开来，一丝丝一丝丝地轻轻微微地弥漫扩展着……直到漫入浸透我和我的战友的心田……

之后，就是碧空下的列队，出操，在打麦场上，我们喊着口号，声震九霄，跑了一圈儿又一圈儿，直跑得我们个个热汗淋漓，大口喘气，连长才喊：立定！战友们才在蓦然抬头远望中发现——东方红了，太阳从辽远的地平线上轻轻地跳动着呢。那几乎是看不见的动，然而却分明在动。好大好大的太阳啊！犹如刚刚出浴一般的光鲜洁净，那鲜红，那个鲜红是我今生见到过的最最纯粹高洁的鲜红，而且放射着光芒，金桔色的光芒……

太阳出来了，出来了，出来了……

太阳跳出了地平线，我们的心跳出了心窝窝，我们面朝东方，祁连山坐落在我们的南面，我们眼瞅着山于瞬息之际变成了赤红的丹霞飞彩，一望无际的大西北变成了一泻万里的金石铺天……在这里，我绝对不敢用"陶醉"一词来形容当时的心情，那太矫情、太做作了。我觉得我是忘我了，我的战友们也肯定都忘我了，我和我的战友们忘我于祁连山下的戈壁滩，我们今生今世最忘我的生命体验，与我们的身体，包括上半身与下半身，都没有关系，只与我们的心灵、我们的灵魂、我们灵魂深处珍藏的美——相关。我们沉浸于早晨的蓝色碧空中，沉浸于军号的蓝色音符的飘荡中，沉浸于太阳初升的那轻轻微微的涌动跳跃中，和着我们的脉搏与口喘的粗气……

忘不了沙枣花、骆驼刺、红柳树、冰草叶……忘不了祁连山中三天三夜的长途跋涉与奔袭……

忘不了漫展家书的欢喜与收读绝情信的默默无语……

我就是这样完成美的教育的，大自然是我的恩师，当然，生活也是我的恩师啊，我岂能忘记？

2013 年 12 月 7 日京华

海纳火烬在肩上，
梼杌神的小童莅天。

王小君

我们沉浸于早晨的蓝色碧空中，沉浸于军号的蓝色音符的飘荡中，沉浸于太阳初升的那轻轻微微的涌动跳跃中，和着我们的脉搏与口喘的粗气……忘不了沙枣花、骆驼刺、红柳树、冰草叶，忘不了祁连山中三天三夜的长途跋涉与奔袭。

——《永在我眼前闪耀的祁连山》
（根据散文情节 AI 生图）

大戈壁之花

　　他酷爱养花，当兵来到了大戈壁，大戈壁上有花让他养么？有水让他浇花么？卵石蛋子一下子铺到了天边彩霞的身边儿，铺到了夕阳的床面儿，花的影儿只能在梦里闪现。然而，花儿对于他，正如他对于花，总是围着他的脚步开，随着他的心儿绽……

　　戈壁的花，大不及核桃，小不超过苔花儿，极难觅见，多生于卵石罅隙，沙脊下边。能叫上名儿的，少得可怜。而且不易盆儿栽，很难家养。他来到戈壁地窝子当兵后，很是为不能养花苦恼，但他有心，花儿有意，那一簇簇的小花小草，尽在他眼前脚下摇，摇得他的心儿痒痒的，眼儿馋馋的，就禁不住要用手去抚摸……戈壁的花儿不像内地的花，经不住人爱指的体贴，像要流泪儿似的沁出水儿，她们像通人感情的灵物情种，花叶儿坚且韧，花瓣儿干且鲜，她们能俏出娇姿，舞出媚样儿，且赤橙黄绿青蓝紫各色各样儿花容花姿，也真动人心，夺人魄儿，一旦你将她请进你的日记本儿，夹进了心里，含在了情中，她便终生随你走遍天涯海角。

几年下来，他的日记本儿竟夹了整整一本子戈壁的花儿，她们虽各有花容月貌，但均无芳名。他把她们当成自己的爱女儿，翻《辞海》，查《辞源》，买来屈原的《离骚》《九歌》，借来朋友的唐诗宋词，一朵一朵地给她们命名：蝶恋花、双双燕、开无主、木兰坠露，或取词句，或用词牌，或摘一典，命名者便倒背如流地烂熟了历代名诗名词名人的各种韵事，训练间隙偶尔从本儿里拈出一朵花儿来欣赏，单调的生活平添了一番情味妙趣……他给花命名儿，有时凭苦思，一个名儿可以苦思一个月或半年，突然来了灵感，一个撩拨人心的姿态，挑起了一个充满了永恒之美的快感的瞬间，脱口便出了；有时凭战友的俏皮话儿，家信中的一段儿文字，未婚妻寄来的色彩斑斓的鞋垫上的一个图案。还有时就凭着他个人的向往和憧憬，尽最大可能地脱俗出新，蕴进深沉的思想，展露出璀璨的才华。每当一朵美丽的花卉有了满意的名字，他便将那夹在日记本儿中的花卉标本取出来，另换一个无格儿的白纸本儿，翻开一页，给花儿背上涂上胶水儿，轻轻地贴紧，然后将那花儿的芳名儿，用秀丽的隶书般的书体写在那页贴好花儿的右下角儿上，并注明采花日期，然后爱不释手目不转睛地赏那花卉，神情不亚于看未婚妻的照片，但不用躲到没人处看，不用怕战友笑他没出息想媳妇儿，因为他与这戈壁花儿的感情，不夹一星杂质，是纯纯的爱，是人与大自然的爱，既不存在欺骗，也不存在轻信，唯有忠贞而没有背叛的爱，所以他们爱得大胆，爱得自由，爱得没有烦恼，爱得思路纵横才情喷射。这样的爱谁能来指责呢？新兵来了，一望那大戈壁伤心地哭了。抱怨地想，怎么来到这个鬼地方了呢？这个鬼地方哪儿不好呢？他就这样想，并这样劝那些新来的战士："戈壁是多情的戈壁，不信你看——"他便自豪地掏出了他那珍视如宝的贴花本儿，一页一页地给他们看，并介绍说："这是《掌上明珠》，两片儿阔叶儿托起三朵墨色的花儿，好看么？"新兵投去了忧伤的眼神儿。"这是《众望》，十多张叶捧着一朵花瓶儿似的白花，你想起了你的父母亲友送你踏上军车时所寄予的希望的话语没有？"新兵脸上的泪儿停止了抛洒。"这是《芳龄》，两朵舒身伸腰的六瓣儿的小黄花，开得正是得意之时，像不像你们这些十八岁的小兵呀？"新兵点着头。"再看这个《风赋》，一杆细腰弯缀着五六朵紫色的小灯笼似的花，像被漠风吹得直不起腰身来，但却没有折断，她的意志多么坚定啊！你能像她们那样在戈壁经风经雨吗？"新兵陷入了沉思的峡谷。"哦，还有这张，叫《重逢》，你细看看，像不像你们服役后见到亲人，要拥抱亲人的情景？"笑了，新兵笑得也像一朵戈壁的花儿，开在了戈壁的地窝子里……

于是，新兵们也开始在戈壁采花了，也开始做戈壁花儿们的父亲了，他们给戈壁的花儿命名儿，向戈壁的花儿献上自己纯洁的爱。唯一没有采花儿的，是老连长，他已经同戈壁驼背小学的女教师结婚了，他说他转业后就留在戈壁，永远也不离开戈壁上这些可爱的小花！在戈壁的地窝子里，写着我们戈壁兵花心般的生活……

此文原载于 1986 年 3 月《散文》

雪　鸡

　　五年后的今天上午，当晨光穿过透明的窗玻璃，进入我的宿舍的时候，觉得那晨光简直熟悉极了，甚至那细微的光的粉粒，都使我感到一种从未有过的沁心的熟悉的气息。这种气息曾经在那座占据青海、新疆、西藏和甘肃的广大土地的著名的高山上，静悄悄地弥漶漫润，我不由得想起羊群、牛蹄以及雪线和雪线上的我的那些战友，他们在那种晨光下做早操，而那一群雪鸡，就在他们的前后左右溜达，使我时隔五年之后，仍然能够铭心刻骨地记住那一群雪鸡，尤其能记住其中的那只雄性的红鸡冠的撩拨我心的雪鸡……

　　这当然是在祁连山上了。那只雪鸡的翎羽在阳光下闪耀着锃亮的灵光，当它展开的时候，斑斓得像一道一道的彩虹，有一种迷幻的味道。而它的尾羽，则有点像墨绿色的瀑布，先是向晴空翘起，翘成一个拱形的桥，然后又果断地跌下，我欣赏着它时，常常隐隐地听到大水跌下悬崖的那种剧烈的声音。我不知道这个小精灵为何如此的使人惊心动魄，我只是从它的稳健的小爪子咚咚地奔跑中，听到了一种类似母亲的召唤的声音，使我在这种召唤中产生了一种对雪鸡的好奇……

这种好奇非常难得。因为我们连驻扎的这座山峰，是祁连山主峰的一部分，海拔四千三百米，终年积雪，只有每年的七八九三个月，可以吃到少量的肉和蔬菜，其余的漫长的时间里，只好啃压缩饼干，加上氧气不足，我们总是处于一种呼半口气、吸半口气的类似哮喘的小老头的境遇之中。我们这些年轻的小老儿们，一旦进入秋季、冬季、春季，就像进入了地狱，首先感到的是看不到亲人的来信，然后是深感看不到报纸的痛苦，再然后，就是食欲永远也无法满足！

狗子那天醒来，对班长说："我梦见我一进我家的门，就看见八仙桌上摆着一扇刚出锅的熟肉。"他说到这儿时，往肚里咽了一口酸水，又接着说："我扑上去，吃呀吃呀，越吃越想吃，越吃越觉香，一桌肉全吃完了。还觉得肚子空空的。"班长说："好啊！你个小狗子真有福气啊！"说到这儿，班长也往肚里咽了口酸水，然后，我也往肚里咽了口酸水，并且看了看全班十二名战友，他们也都嘴唇嚅动了一下，大大的喉结也跟着上下活动了一下。然后的然后，不知谁说了句"我想吃只鸡"，话音刚一落地，十二双包括我的一双共十三双眼睛便一齐投向窗外，玻璃上结满的窗花，美丽的洁白的晶莹的冰花，过去我们从未注意过欣赏过的冰花，这时候被我们全班一下子发现了……

"雪鸡是国家二级珍禽，谁要敢动一动它的念头，就是王八！"班长说。"就是猪！""就是狗！""就是猪狗不如的畜生！"狗子忽地神情变得很庄重，说："雪鸡是我们的女神，我们要永远保护它。"

那天的早霞格外的透明，穿过雪松那一团团鲜绿的针叶和那针叶上如云似棉的白雪，就那样自由自在地射到厚厚的积雪上。昨夜又是大雪，我们起床后照例扫雪，雪鸡照例地在我们前后左右蹦跳，仿佛有做不完的广播体操，有时你扫雪的时候，它们就故意在你的扫帚前挡着你，好像成心与你捣蛋，不让你好好扫。我扬起帚把赶它们，并"嘘"地驱它们，它们依然围着我，使我不得不抬起头……我看见不远的山坡上，有一只黑色的东西，我急忙赶过去，双腿沾满了白雪。是那只雄性的有着彩虹的翅和墨绿色瀑布的雪鸡，它躺在血泊中，颈子被什么动物咬裂了……狗子跑来了，站了一会儿，他说，"肯定是黄鼠狼"，然后就默不作声。班长来了，后来排长也来了。连长是最后一个来的，他是陕西人，他说："三班今天不上机了，把那只黄鼠狼的脑袋提回来见我。"

我们整整找了一天，是分头找的，太阳落山的时候，大家全回来了。吃过饭，狗子说："我再去找找。"他只说了这么一句话，就走了。我和班长和另外几名战友也撂下碗就走了，我总觉得不宰了这家伙，不解我心头之恨。我们踏着冰雪，在这座山峰的前前后后转了三圈。班长说："现在已经深夜两点多了，今天没有月光，大家先回去吧。"回到营房倒头便睡的我们，直到第二天上午十点才醒过来，班长首先发现狗子的被子还叠得四四方方，他一夜没有回来。一种不祥的眼神从班长的眼里一闪，便腾地跳起，穿衣服，冲出门去……

我是第一个发现狗子的。在我们营房不远的一个冰裂口那儿，我无意中向那裂口深处望去，我先望见了狗子的棉帽子，然后我看见了狗子，他躺在那足有六十米深的冰裂口下的一个蘑菇状的冰柱边，鼻孔和嘴角儿流出了已经凝冻住了的血痂，他肯定是摔下去的。他的手里握着一只砸扁了头的黄鼠狼，两只眼睛睁开像望着什么……

五年前的那天上午，晨光像今天的一样使我感到熟悉。那天我们将那只雪鸡放到他的怀里，一捧一捧地捧起洁白的雪，我们觉得只能用雪，只能用这种洁白的神圣的雪，来覆盖这位亲爱的战友和祖国的珍禽雪鸡……他们被白雪掩埋，形成一座小小的雪峰，而那天上午的阳光，甚至那细微的光的颗粒，都由于照射了这座小小的雪峰，深深地镌刻在我的心！我说：狗子！阳光多美丽啊！

然而空谷无声。远处只有那群雪鸡，在扑扑棱棱地跳跃，使我蓦然间泪如泉涌……

首发于《光明日报》1989 年 8 月 16 日"共和国 40 年征文"

大漠在心

我走在古道
古道很凄凉
树已经老得没有模样
——友人歌

离开大漠五年，我对自己说：你必须学会沉默。

一切离你远去的，都时刻缠绕着你的。哪怕它并不是你的心爱之物。但是，它会偷袭你的愉快，在你忘情的时候，冷不丁儿地钻进你的脑壳里——捣蛋。于是，你便开始寻思——距离是个什么玩意儿？哪里有真正的分离？你一会儿看我，一会儿看云，你看见了什么？是什么使你发现这世界的天上地下、里里外外，全都是透明的、相通的？是什么？有什么能瞒得过时间？是的，什么也瞒不过，虽然你说了许多许多的话，有着千变万化的表情，但是有什么用呢？是该问问了——语言是干什么的？为什么新月形的沙浪间拱出的一株沙枣树，有风或者没风，都站在那里一言不发？动也像没动一样毫无意义，没动也像动一样不表达什么。是的，语言是干什么的？为什么戈壁、瀚漠，任何时候都默默无声？它用什么证实自己的存在？

接近死亡，但不是死亡。

它是什么？

是一颗心。

哦，是大自然因孤独而蔑视现实的心——用沉默蔑视！一如离我而去了五年的大漠，时刻缠绕着我，它那金黄色的波谷，那波谷间游荡的幽灵，呼唤它，号叫它，没有回应，像一棵树，将枝丫叶片伸向月夜，摸不着星月，伸成枝怪曲扭的神情，它也不会因此而降临，并且死寂的哑默使你毫无办法。暴雨、骤雪用不同的方式向它倾诉情怀，它就那样执拗地躺着。我知道，作为一位强悍的男人，你的体内有一条大河，可以淹死自己，使自己感到自己可怕，但是，那浩浩森森的河流，对它毫无损害，灌吧？浇吧！它甚至这样高喊，并且将它美丽的肢体移向你，使你受不住这种诱惑，立刻扑上去，排山倒海，气盖山河，又能怎样？作为一个男人，你将精疲力竭；作为一条河，你将被吸得干干净净。而它依然躺在那里，阳光照耀着它，使它刚刚被沐浴过的身体通体放光，充满更为诱人的魅力。你望着它，你发现了自己，发现自己此时的情感丰沛而精力已竭，你摇摇晃晃地站起来，用你的手和脚一起抚摸它，你永远感到新鲜，感到自己的渺小而它的伟大。是的，感到沉默的力量语言的苍白。作为一个人，你才深深地懂得——爱是一件多么漫长的苦难。背着那丰腴动人的沉重优美的身体，望着梦里浮现的饮尽你全部梦想的巨唇，你琢磨着不可琢磨的女妖的心，你不知道是命运生来就如此耐得住寂寞，还是你生来就是要承接如此巨大的灾难！

你难过得背过身，虽然你是一位英俊的男人，但是你仍像一位女人那样，嘤嘤地啜泣起来……

谁在那边偷听？并且嘿嘿冷笑？

不管是谁，我必须像你那样——沉默。唯有沉默之后，才能背负起那么巨大的责任，才有可能挪动双腿，不发出跌宕的足音，悄悄走过死亡线。

远景。

山上轻轻地浮游着雾幔的流岚，水面游动着微微的涟漪。我站在这样的风景中，接受另外一种风景的感染。没有鸟语，没有蝉鸣，落叶铺着金黄的日历，阳光穿过树林的空间……树什么时候能够老得没有模样，人什么时候能够活得熟悉经历？没有结论，你作为大漠，在我心里，是否对我说过——就这样，就这样，不管遇到什么意外，不管蒙受多大屈辱，就这样，别吭声，像你那样，将它们统统吸干，看看自己的心到底能盛多大的灾难，最好像美学家面对全裸的女神，仔细地欣赏，不放过任何细节地欣赏，并通过捕捉美感使自己升华……

是的，那是远景。

我站在明丽的风景中，接受另外一种风景的感染。作为朋友，你不会知道，永远不会知道，我被什么深深感动，流着幸福的泪水……

大漠啊！

1988 年 9 月 8 日

刻骨的"红"

1985 年初，我从师机关调到当时我们师最艰苦的 A 团三营三连任副连长。几乎一夜之间，我就从师机关的"飞机楼"，搬到了大戈壁。

那是真正的大戈壁，一望无际。大戈壁捧着红太阳、捧着蓝月亮升起落下的情景极为壮观。许多年以后，每当我一想到大戈壁，想到那次我们在狼嗥声中的奔袭，我就激动不已。这样的经历是我在"飞机楼"里无论如何也遇不到的。

那天夜里，连长、指导员和我三人在开支委会。连长说："这次奔袭是奉上级指示，由我们连自己组织实施，所以无论如何要完成好，决不能出事。""是的，要加强行进中的政治思想工作。"指导员。我笑了，说："在外三天两夜，我给大家保证好后勤，力求饭做得快一点。""几点出发？"指导员问连长。连长说："夜里三点。""好！就三点。"我和指导员齐声附和着。

出发了。夜黑得让我心都打颤颤。开始还斗志昂扬，后来就开始喘气了。喘气声连着喘气声，仿佛暗夜的戈壁也会呼吸一般，也随着我们的呼吸而呼吸。我喘不过气来，戈壁也喘不过气来，好像肋骨被人按住了一般，肺收不了也扩不了，有一种窒息的感觉。我心里说："这可真像打仗啊！"后来连队原地休息，当场就有五六个小子坐到了地上。还好，没有叫娘抹泪的。我呢？说心里话，我是在心里喊了一声——亲爱的娘啊！因为我是副连长，所以没有出声，并且很快组织大家给全连做起了早饭。

现在离天亮还有一个半小时，没有水，就将全连的水集中起来，整整煮了两大锅面条。盐放多了，使第二天的行军变成了龇牙咧嘴的艰难跋涉。我记得很清楚，那是七月的一天，太阳将戈壁照射得生烫生烫，全连断水，而路途还很遥远。起先是一排长找连长请求："是不是休息一下？""不行！"连长说。后来指导员也说："休息一下吧？"连长没吱声又加快了脚步，小跑到了全连队列的第一名，并回过头来喊了一声："副连长，你给我在后边盯着，谁掉队就让他走在最前边，当尖兵。"指导员看了我一眼，我没吱声，又回看了指导员一眼，向队伍的后边跑去。我记不得我们走了多长时间，一直走到了祁连山的山脚下才休息。而我和炊事班的同志们仍然不能休息，我们要给大家烧水，烧祁连山上流下来的雪水。

刚开始，有人要喝那水。水冰得人牙疼。指导员吼道："谁也不能喝那水，生病了谁负责！"于是大家谁也不敢了。吃喝完毕，队伍便上山了。开始还能看得见路，后来干脆就没路了。天又下起了雨，而且天色开始越来越暗。我们在山野间穿行，连长怕大家走失，便让通信员将电话线分开，从排头兵连长开始拽个线头，到最后一名指导员拽个线尾。我们都握着一根线，一根线连着我们大家。

这时候雨越下越大了。七月的祁连山越往山上走，空气就越寒冷，更何况又是在这样的雨夜之中，我被冻得上牙打下牙，但是还得拽住电话线向前走。走啊！走啊！这时候，我们都听到了狼的叫声，一阵比一阵高，一阵比一阵强烈。开始我是拽着电话线闭着眼睛走的，听到第一声狼叫的时候，就感到有一片红色向我涌来。随着一声接一声、一阵连一阵的狼嗥声，我感到那不是一片红，而是铺天盖地的红向我涌来。那红色太让我难忘了，直到若干年后的今天我还能真切地记起。

那夜，不知是谁起的歌，一起就起成了《国际歌》，而且大家也不知是咋的，竟然都吼了起来，声震九霄，撼天动地……"旧世界打个落花流水，奴隶们起来起来，不要说我们一无所有，我们要做天下的主人……从来就没有什么救世主，也不靠神仙皇帝，要创造人类的幸福，全靠我们自己。"我唱着唱着，就流出了泪水。止不住的泪水，从内心深处感动的泪水，而且它竟然使劲儿地流个不止。雨水和泪水交织的圣水，在我的脸上乱飞乱舞……后来，我就听不到那狼嗥的声音了。红色的感觉又开始上升，那是歌声使我感到的红，我的内心充满了这种红，像火一样温暖。虽然雨还在下个不停，夜也还很漫长，路也远没有走完，但是，我紧紧地拽着那根电话线，我感到了全连官兵的心跳，感到了全连官兵的歌声像旗帜一样鲜红，并召唤着我前行的勇气和力量。

现在，每当我遇到挫折，每当我有了委屈，我都会想起我所经历的这一切。对于一位有信仰有情操的人来说，有了这样的经历，"困难"、"挫折"之类又能算得了什么呢？1990年我第一次回忆起这一段经历的时候，曾为此写下过一组题为《红色狼嗥》的诗，发表在1991年第六期《青年文学》杂志上。今天是第二次回忆起这段经历，于是又写出了这篇散文，并引用第一次所写的组诗中的最后一节，作为此文的最后一段：

兄弟！我们是手拉着手，手拉着手……

原题为《红色狼嗥》，后更名为《刻骨的"红"》

发表于 2018 年 5 月 3 日《解放军报》

等待戈壁

　　我想你并不知道什么是戈壁，通俗的说法是这样的——就是铺满了石头，但没有较大的起伏的、那种一望无际的地平线。是这样吗？我用我自己在那里生活的八年的体验来看，这似乎简单了些，我和我的战友——我依稀地记得我是和那支部队一起，在那里接受独特的体验的。那里，我很难给它下个定义，不过我感到有点像是谁用铁锨一下子铲起的一块土地，通过空间，将它掷了那个边远的地方，因为草很稀疏，好像一切的一切都是刚刚开始的陌生，草战战兢兢地长着，树心惊肉跳地长着，所以，就总给我一种原始的生涩的感觉，使我唇上的语言不敢滑落，仿佛大地只懂英语或德语，而我的语言接近猿或接近地壳运动发出的沉闷的声音，我因此而不敢出声，但眼睛不肯罢休，它顽强地望着那一望无际的地平线和那些碎石头。

　　真正认识戈壁的渴望，几乎是绝望的另一种说法。你来到戈壁，深入到戈壁人家，通过向导你与戈壁人家的男人或女人对话，他们能告诉你什么呢？说今年的年产量很高，草场的植被发展较快？娃儿们一个接一个诞生，不用计划生育，等等？这些与白垩纪或红层台地有什么关系？有关系又能与戈壁有什么联系？或者你在那里过夜，人家给你做一锅手抓羊肉，然后陪你喝酒，使你喝得想起都市而黯然神伤，而他们则喝得想起祖先唱起古歌，等等。你就能真的感受到粗犷和豪放吗？或者你真的感到了又能怎样？能认识戈壁？

那些都是徒劳无益的。像一些美丽的女大学生，傻得冒气地神驰思往地渴望它，渴望戈壁的地平线有一位黑脸膛大个子单眼皮的粗壮男人骑马而来，然后跳下来，扳住她的圆滑的肩，吻她？使她沉醉？这里从根子上不产生这种东西，这种东西一旦放到这里的土地，便即刻失去了愉悦的目的，因为这里渴望生命。劳动，是为了创造生命；吃饭，是为了创造生命；睡觉望星星，仍然是为了创造生命。

创造生命是这里最为本质的意识。哪怕是一匹马，一只老鼠，它们都深深地懂得这个道理。所以我不得不在这时写到我的军人朋友，他们较之马和老鼠在这里产生的创造生命的意识，是更为强烈而顽强的，因此也就更为痛苦。他们来到这里的时候都刚满十八岁，十八岁对于一个男人来说，像一头牛一样有着永不衰竭的旺盛的精力。比方说，如果那山是个女人，他们可以用想象将其搂得吱哇乱叫。但那远的边山与那热的血肉是并行的毫无干系的两种自然，有一条江的激情汹涌澎湃，就澎湃吧，山管不了他，他也管不了山。唯一的办法，就是俗得不能再俗的办法——写信。写信当然就得有人收信，肯定是女人收信男人写信，这个无形但有意味的过程很接近艺术或者诗歌，可以慢慢地细品这种创造生命的最初方式，充满真正意义的空间感。辽阔、寂静，仿佛有亿万只神游的精灵在星河之间穿梭，有的下不来了，做了星星；有的下来了，做了女人眸子闪亮的流光，充满欢欣、自信，像月光一样满含幽情，楚楚动人，摄魄惊心。她们在戈壁头顶军徽的男人眼里，是真正的使命，只要那位端着茶杯的矮胖的政委说想想你们母亲，然后故意拖长声说，再想想你们的恋人或妻子或美丽的姑娘吧，她们都是弱者，而你们不保卫她们，谁保卫呢？他们——那些年轻的男人们，便自我意识极强地想到自己身强力壮、膀大腰圆，他们乐意无穷无尽地扩大责任感，尤其扩大保卫女人的责任感，所以他们总是健忘，而唯一能够记住的，也许就是某位中意的姑娘一个可以有十几种说法但在他们心里只有一种说法的眼神，他们为一个眼神儿而自信，找来唐诗宋词、爱情诗选一遍遍地默读，充满爱情的阅读心理可以造就真正的诗人，于是，他们便都成了诗人，成了给姑娘写情书的专业户或个体诗人。在这里，我特别想提到的是那些诗盲战友，虽然他们不会写诗，但作为特殊的有着爱情心理的男人他同样需要抒情，痛苦是因为找不到抒情的媒介，他们因而希望允许他们喝酒，俗眼看到的是大碗喝酒大块吃肉，而我看到的却是一种特殊的抒情方式——使酒劲儿弥漫周身，使所有的血脉奔腾呼啸，仿佛……仿佛他们可以把天捅个窟窿，像灵魂突然开窍，情思飞驰，直至山洼那摘野果子的山妮子……

的确，这是多么动人的痛苦，回忆起来，又是多么感人的幸福。这幸福和痛苦搅和在一起的创造生命的困惑使我们这些远离他们的朋友为之感动，尤其是那些写了一车信却只收到色盲的战友，我不知道他们无法创造生命但那些创造的热情会向何处转移，尤其是那无法阻挡的冲动会在多少个世纪之后变成会歌唱的石头。真的，我不知道。不过，我真真切切地感受到并真诚地敬服的战友们的那种耐得住戈壁特殊寂寞的坚忍之力。

是的，戈壁是寂静的，但我感到这寂静蕴含着一种雄强的生命的潮涌，它使我觉得真正意义的戈壁恐怕并不是戈壁，戈壁早晚有一天会对他们说——

等着吧，孩子们，

我并没有绝望！

我也这样认为，他们目前的暂时的近似绝望的静默，只不过是为了增强希望诞生的突然性，由此，我理解了伟人的沉默、天才的漫长的等待……

1989 年 12 月 28 日

永远的大金梨

我如此深刻地怀念它，是因为它的每一粒水珠儿都深深地通过回忆又回到了我的眼前，是每一粒水珠儿，是我的贝齿切过它之后它迸射进口腹之中的那种甜酸酸的水珠儿。那水珠儿立刻在我的口腹之中弥漫，深深地闯入了我的记忆，使我今天想起它，仍然不停地下咽口水。

哦，大金梨！我永远的大金梨哟。

那还是1985年，确切地说是1985年的盛夏。戈壁在艳阳之下晃动，晃动的戈壁似重叠的水波一般，是颤悠悠的。我和我的战友们就站在这颤悠悠的戈壁上，口渴得像失恋了一般，那个渴啊，比等待恋人的来信还急切的渴。身上的汗水从头到脚不住劲儿地往外冒，我和我的战友们都不知浸透了多少次军装了。我们就在这样颤悠悠的戈壁上摸爬滚打，带来的水早已喝干，作为组织训练的副连长，我只好下达了"原地休息"的命令。全连便都立即坐在了地上，有的望着远处的祁连山说"要是能将祁连山头上的雪弄来多好"，有的说"别说弄来，要是有块飞毯把我们全连都托起来，飞到祁连山上，将我们搁到雪窝里，那才美呢"。而我此时则被汗水的浸泡加太阳的毒晒，早已没神儿了。这时通讯员捅了我一下，我一抬头，看见一个小姑娘，那个小姑娘的手里正拿着一个大金梨向我们走来，而且还一边走一边啃着那个大金梨，而且啃梨的时候还发出了"咔嚓，咔嚓"的声音。那声音有多么响亮哟，我简直想象不出它那巨大的声音，那声音在我的耳畔回荡，使劲地回荡，回荡得我今天都能听见它那刺耳入心的声音。我知道，我们全连的官兵都听见了那个"咔嚓"的脆响了，因为我分明感觉到了全连官兵齐刷刷的目光的转动声，想象到了全连的目光聚焦于小姑娘手中的大金梨时的馋模样。于是，我站了起来，又狠狠地剜了一眼那只大金梨，下达了我平生最不情愿的一道命令："起立。向右看齐。向前看。向右转，跑步……走！"

第三天是个星期天。我和两名战士，按规定的百分之二的比例上街，也就是到八里以外的县城。路上，我问那两名战士："到县城买点什么呢？"一个说："到书店看看。"我说："好，买几本好书看。"另一个说："去照张相，家里等着要呢！"我说："是不是家里给你找对象啊？"那个战士笑了，说："也许是吧。"我们走了一会儿，要买书的战士突然问我："副连长，你进城买什么呢？"是啊，我进城买什么呢？请假时我只是说想进城看看，而心里想的却是那个小姑娘手里拿着的大金梨，我总不能对两个战士说想买几斤梨吃吧？于是便对他俩说："我什么都不买，不过我今天要请客，你们办完了事，别忘了到大十字路口来等我，我请你俩。"八里路并不经走，进了城我们就分手了，而我却是满大街地找水果门市部。小小的金昌县城，总共只有三家水果门市部，跑了两家都没有梨卖，又是夏天，梨还是没下来，到哪去买梨呢？我问售货员，人家告诉我："解放军同志，你到自由市场去看看，有的果农家里有地窖，他们都是将梨藏在地窖里，到夏天才出售。"我一听，有门儿，便赶往自由市场。嗬，还真有梨卖。急忙掏钱，连价都没问，就对卖梨的老汉说："先给我称十斤。"秤杆很高，但梨却没几个，我问："怎么，十斤梨就这么几个？"老汉说："你掂掂，我这是戈壁上产的冬果梨，一个是一个，都是水儿。"我一掂，果然很沉，便说："那就再秤十斤吧。"拎着二十斤梨，我便转到了大十字路口，没想，那两个家伙早在十字路口等我了，而且也一人拎了一兜梨！他们老远见我拎了一兜梨便喊起来："副连长，我们都买了，你怎么也买了呢？"

我们三人拎着梨没有走大路，而是走的小路。小路上有好几处农民的机井，我对他们两个说："咱们到前面的机井上将梨洗一洗，先吃梨吧。"我说着，就往肚里咽了一口口水，他们俩说："好，咱们就到前面的机井洗一洗，开餐。"而且说着也都分别咽下了一口口水。我想，其实我们哪有那么卫生，过去吃水果不是也常常不洗就吃吗？不过在战士面前，还得装出挺沉得住气的。洗过梨之后，一个战士说："副连长，吃吧。"我说："你们吃吧。""还是你先吃吧。""还是大家一起吃吧。""那我们就吃了？""吃吧！""咔嚓"、"咔嚓"、"咔嚓"。三个"咔嚓"过后，我们都笑了起来。"真甜！""是，真甜！"之后又是"咔嚓"之声，几乎就没有停嘴。我想象，当时要是将那"咔嚓嚓"的声音用录音机录下来放给人听，没准儿人家会误以为是进了蚕房，会以为是贪婪的蚕宝宝在啃食桑叶儿呢！其实，是馋嘴的副连长带着两个馋嘴的战士在吃梨。说出来你也许不会相信，二十斤梨，我们没用半个小时，就吃了个干净。他们两个的那两兜梨我没有让动，要是真的放开吃，我估计，也得吃干净。不过那我们可就撑破肚子了。还是我先站起来的，我说："差不多了吧？""嗯，差不多了。""还能吃几个？""起码还能吃三个。""算了！""算了。""那就算了吧。""走？""走。""回？""回。""那就回？""那就回。"

我们就这样回了连队。不久，我就被调到了兰州军区机关，就永远离开了我可爱的连队。1989 年我考入解放军艺术学院之后，正值现代主义文学流派"狂轰滥炸"之时，我的脑子里一片空白，真的不知道写点什么才能入流进派，蓦然间想起了小姑娘手里的大金梨，便不由自主地写了一组诗歌，其中有一首诗叫《十五斤梨》，就是根据这段经历写的，而为了真实，我将二十斤梨改成了十五斤，全诗发表于 1990 年 2 月号《星星》诗刊，现抄录于后，以此作为我对遥远的军旅生活的纪念吧。

我曾在土沟的磨爬之中 / 强烈地思念过它 / 我的四肢 / 和我的胃以及我的大肠 / 我的皓齿都思念过它 / 我几乎是用我的所有的思想 / 思念过它的重量　多汁的 / 利齿偶尔咬到核儿 / 便有一股酸得两腮生津的敌意袭击我的牙齿 / 在思念它的日子里 / 我想起过童年厌食一切水果的 / 那副讨厌的样子 / 想起过白色如雪的梨花 / 她站在梨花下 / 把鼻子伸到低垂的花蕊 / 我闻着嗡嗡嘤嘤的芬芳 / 并被偶然的走神儿 / 吓了一跳 梨 / 梨 / 梨 / 我在平静的营帐里　多次想起梨 / 想起它多汁甜蜜的脸庞 / 嘴不由自主地张了开来 / 也许是在梦里　一口一口地咬它 / 那滋味儿那滋味儿 / 那滋味儿人生只有一次 / 并且在嚼的时候 / 还有咔嚓咔嚓的音乐伴奏……

是啊，那啃梨的声音是多么的美妙啊！

1996 年 3 月 15 日于兰州

童非刻骨

　　本来我可以直接推开栅栏的门，不犹豫地就走进去的，可是我竟然就犹豫了，站在栅栏的门外，隔着那一格一格的铁栏杆，就那样不由自主地站在那儿了。

　　那儿是路边。路面上奔驰着各色的车辆，全都不理会我。我穿着一身崭新的军装，在那路边儿站着，这时候我很想同人说说话，我想告诉任意的一位陌生的人，我是从荒漠来的，我们那儿的兵都很可爱，周身都洋溢着青春的气息，他们在那儿修路掘矿，在那儿练兵习武，在那儿给远方的亲人写信……我的面容一定过分金属化了一点，这我知道，上帝一思索，我就想大笑，相反，上帝一大笑，我就傻得呆气儿四溢。现在我就是呆气弥沸的，来往的行人一定发现了我的呆气，他们都仿佛故意不看我，行色匆匆。我很想叫住他们中的任意一个，我叫道："喂！你站住。"那位穿黑风衣的高鼻梁的姑娘竟真的站住了，她回过头来，热辣辣地望着我，我想说什么呢？刹那间，该死的东西溜到哪儿了？我竟然忘了！"噢噢，我认错人了。"我歉意地说着。她瞥了我一眼，我记住了，那只挺拔而又洁白的鼻子。她一回身，又走了。

于是我又想跟谁说点什么，栏杆的那一边儿，有许多色块鲜艳的笑声飞入我的耳室；再于是，我只好望着他们——那些孩子。他们这时正在玩打仗的游戏，似乎那些滑梯、压压板、转轮儿之类的玩意儿，他们已经不愿玩了，这恐怕不是一个好兆头。这里是幼儿园，我认识这园中的一位女性的所长，她是我的士兵童非的母亲。我很想看看她，很想知道她生活得怎样。童非曾告诉我，他的爸爸是一位诗人，是的，我读过他的诗，他属于唯美诗人，所以他死了，那是在"文化大革命"。他是自杀，好像是从九楼上勇敢地跳下去的，我只记得他诗集中的一句："我勇敢得发抖，在黑色岩石的芬芳里，没有墓志铭。"他死了，在童非辞别人世的前十六年的秋天。似乎应该飘着金黄的叶子，应该有一行送葬的诗友，应该有一方墓地，应该有童非初晓人世的眼睛和爱他诗歌的人群，应该使今天的我能够听到人群里默咏这位名气不大也不小的诗人的诗句的声音……应该真是一种企求，对于许多人来说，悲剧的真正的意味儿，就是那企求永难兑现。然而我们仍在怀着应该怀的心情，对不应该发生的往事一遍遍地探寻，这是为什么？

这是为什么？童非也不知道，作为他的副指导员，我每次给战士们读一本叫《恶魔导演的战争》的报告文学的时候，我总能看见他的那双黑色的眼睛，我知道那双眼睛里发生了战争，而他自己就是战争中的一员，似乎……似乎祖国永远高于一切，人民的生命神圣尊贵。是的，这一切我都知道，包括他在笔记本儿上写的"××万岁！"我也都看见了，知道他崇拜这位异国的没有当上班长的士兵，知道他为什么总是争强好胜，为他的班长拿了新兵的香皂不平，为连长用旧军裤换走了新兵的新军衣怒不可遏……那天，连长走了，新兵哭泣了起来，他进门了，问："咋回事？"那位新兵对我说，童非知道情况后，先是在宿舍里转圈子，尔后又站到窗前一句话不说。我记得那天大漠无风，没有身段儿的红柳在寂静中默默地等待，仿佛耐性极好。但是童非没有耐性，他什么也没说，慢慢地抬起头，走向门，出门，然后朝连长的宿舍走去……通讯员告诉我，童非进门后，一转身拐进了连长的房子，开始声不大，他没有听清，后来声大了，他赶忙去拉童非，谁知童非动了手，扇了连长两耳光，并咬牙切齿地说了一句："你想毁我长城？！"

　　这当然是妄想。虽然连长受了处分，童非也受了处分，但是我仍然喜欢这个在我荣升连长之后的士兵。我不让他复员，他在我的连队有一种魔鬼般的号召力，不管是上刀山，还是下火海，只要有他，战士们总有一种安全感。也正是由于他，我才深深地发现，这个世界是有天才的，他们在最难以生存的环境里生存，并魔鬼般地使他周围的人与他一起同甘共苦、赴汤蹈火……他们向往功勋、渴望荣誉、崇拜英雄、蔑视权威；他们可以为祖国的利益勇敢献身，又能够置个人的荣辱于不顾大义凛然地挺身而出；他们常常死于非命。但是，他们是我们这个国家最宝贵的财富，是我们这个民族终将使世界为之仰慕的血源，是我们这支军队之所以有无坚不摧的战斗力的保证……童非！我爱你！我在心里永远爱着这位刚刚二十三岁的士兵。那时我故意不表扬他，故意在年终的时候请他来当参谋看给谁立功好，既表示我对他的信任，又暗示他我没有考虑给他立功，故意卡着他不让他入党以使他留在部队……我相信我的童非要忍受人间的不公才可能成就大气。他是多么的爱他的女同桌啊，那年他笑着给我看他胳膊上的烧伤，他说他跟她彻底拉倒了，他说是他主动提出来的，她不同意，童非说："我就往炉子里放了一根钢条，烧红后我就往胳膊上烙，胳膊在冒烟儿，我问她散伙不散伙，不散伙我就永远这样烧下去，她哭着答应了。"我想，童非想干的事情，哪一件干不成呢？

南线打仗了，他说："我想当英雄，想得要死。"这当然是他自己对自己说的了。但是很遗憾，他没能当上英雄。我们上了南线之后，一直没有仗打，快回来的一天，他踩上了地雷……我现在已经记不住那是几月了，也完全忘了周围的一切，我只听见前边一声响，跑过去他就再没有看见我，因为脑袋已经没有了……后来我查到了他家的地址，更清楚不过地弄清了他母亲所在的这个城市和这个城市上万家工厂的其中一家的幼儿园，但是我并没有来，是副连长来的，据副连长说，他的母亲很坚强，没流一滴眼泪，只说了声："知道了。你走吧。"

对副连长回来的汇报，我着实摸不着头脑，我不知道为什么脑子里总是他母亲的这句话："知道了。你走吧。"直到刚才我写下"童非刻骨"时，我仍然弄不懂为什么他的母亲没有眼泪和号啕。三年过去了，实话说我常常望着我的齐刷刷的连队而神志恍惚地想，这是为什么？就是现在，我站在这幼儿园的栏杆外，这个疑问也在困扰着我，难道他的母亲不爱他？这真是一个大胆得使我吃惊的推断！

街道上的车辆仍然很多，行人依然匆匆而过，栏杆里的孩子们仍然在玩着打仗的游戏。在草坪上，他们玩得认真而且严肃……童非也是在这个幼儿园长大上学的吧？当我想到这里，便一切似乎都明白了……是的，我是一位军人，我应该按照军人的方式，走完我的生命历程。至于母亲的感情，那不是一个军人可以随便猜得中的。这时候，我听见有人在冥冥之中对我大声地说了一句："别去碰一位母亲的感情！"

于是，我对着栏杆内的一所楼房，致了一个长达五分钟的军礼。我知道，童非的母亲知道我所做的一切，毫无疑问，她肯定知道。

1989 年 11 月 6 日

黄土地

　　想到我们每个人都会死掉，都会被烧成灰，信手一扬，都会撒出一轮弧形烟，但是，却不能幻化为彩虹，甚至不能变成一只哀挽的花圈——悼念我们存在的过程，只能无可奈何地落在地上——变成黄土。想到这儿，我的眼睛湿润了。

　　　　为什么我的眼里常含泪水？
　　　　因为我对这土地爱得很深。

　　诗人艾青的诗句，使我蓦然发现：这黄土中掩埋着的一代又一代灵魂，在不安地蹿动着，似火焰在跳荡。我不知道他们的魂舞缘于怎样悲怆的心情，但是，我知道，他们生前都曾在疆场上驰骋，为功勋流血、为荣辱拔剑。一代代，如潮起潮落，埋了尸骨，擦干泪水。

狼烟再次升起，号角又响连营，又开始长征，又掀开战幕……

滚在地上的头颅睁着圆亮的双目，尸骨弃于荒郊……

他们在风霜雨雪中腐烂，无声无息地走进黄土；黄土啊！它不管你是忠君还是骁将，不管你是叛臣还是孟贼，它统统接纳，表现出一种超越凡尘的博大与宽广……

我站在这博大又宽广的胸脯上，再次听见艾老的诗句，感到有一股热血顺双腿涌进心房，与我不能原谅的一切的一切发生冲撞；与我憎恨的一切的一切进行砍杀；在心的深处，硝烟如云翻滚、火光映红心空……

慢慢地，我的滚烫的双颊如黄土般冷却了，我的因压抑太久而不得释放的心绪变得清静了。此时，我甚至听见贝多芬《命运》中那被搏战的轰鸣覆盖了的铜笛声又悠扬地复出了，它在我的眼前跳荡，并且升起无数阳光的意象……

我像一只百灵，有一千支美妙的歌要唱；我像一只孔雀，有一万支花翎要盛开。我感到有一种从未有过的欢欣在黄土高坡上弥漫，山丹丹那个花开哟红艳艳……高楼万丈哟平地起……这些歌在心头荡漾，扫平了往日的忧伤。此时，我如果碰见你——我的读者，不管你是男人还是女人，我都会冲动地喊你，向你展示我最美好最纯真的笑声……

因为我听见黄土老人沙哑着嗓子在吼：孩子们！我——爱——你——们！！

没有任何一位伟大的英雄，能有如此博大宽广的胸怀，无论是拿破仑，还是成吉思汗，在黄土面前，他们都无法夸口。无法。我们常常会为一句不恭敬的声音而遭受磨难，常常会为真诚的态度而享受孤独，甚至一个眼神、一个动作，都可能激发起强烈可怕的傲慢与偏见，并且被八方联系左右论证，最恶毒的语言像子弹一样穿胸而过，却难解心头之恨……冤家灭了一族又生一族，对手逃了一阵又生一阵，生生不息，大喘不归，仿佛永不下杀场的战神，随时准备寻找战机投入疆场……我们在黄土地上耗尽了天资与智慧、热情与冲动，我们在走入黄土之前常常顾不上仔细地看一眼黄土，看看它那衣不遮体的样子、看看它那没有养分的颗粒。它无声地养育着我们，无声地忍受着我们的践踏，甚至怨言不满都没有流露……永无声息，永无烦躁，它用无与伦比的、超越凡尘的博大与宽广面对着我们，看着固执愚顽的我们何时警觉、何时开窍！

为什么我的眼里常含泪水？
因为我对这土地爱得很深……

此文原载于 1989 年第 6 期《散文选刊》

欣赏孩子

　　我不得不非常遗憾地对自己说，你已不是孩子了。不是孩子了？这多么的奇怪！十一年前的一天中午，我穿着刚发的新军装，戴着红五星红帽徽到凉州城去照相，路上就被一群孩子呼作"叔叔"。乍一听喜滋滋的，但一转念，又发觉这还是一个了不得的变化——我已经不是孩子而是大人了！

　　坐在照相馆的凳子上被白灼的灯光一照，照相师傅说："解放军同志，您的头再向右转一点点。"很平常很普通的一句话，我却觉得那话中渗进了一股子对成年人的尊重，就是在那一刻，真的，我现在计算起一种莫名的失落感的开始，首先想到的就是十一年前的那一天。我想起诗人何其芳的"轻轻从我琴弦上，失去了成年的忧伤"的诗句，便有了一种心领神会，便发现我的这个发现，其实在每个人的心里，可能都曾经被发现过，只是别人很快就接受了这个事实，而在我，说真的，就是到了十一年后的今天，我仍然不愿承认这个事实，不愿被人看成是成熟的大人，不愿退出"孩子"这个美丽的带有童话意味儿的名词。

然而，生活就是生活，她从来不管你情愿还是不情愿，该对你换一种眼光的时候，她就硬是换了——你已经是大人了。生活不止一次地对我这样说，而我依旧像个孩子，依旧喜欢抚弄墨绿的叶子，喜欢让那叶子伸下来，伸到我的眼前，挡住我的远望的视线，使我那疲惫的心随着那晃动的叶子慢慢地飞向自己的心灵，在那里寻找足以安慰自己的一片纯真清澈的情感，我愿一个猛子扎进那纯净的圣水，洗我跋涉已久的身心，使我如出水芙蓉般感受生活的美好。是的，我是多么的热爱生活啊！虽然生活老是翻脸，老是一次又一次变换角度和目光来看待我，使我内心总是贮藏过多的忧郁和不能排遣的真诚。但是我毕竟不是孩子了。

这是一个十一年来我一直不愿接受的事实，带着这个事实，我原谅了生活，一次又一次原谅，并且重新对她充满希望。

我每天上下班，总能碰到一位长得憨厚而纯朴的小男孩儿，每次相遇，他总要对我呼一声"叔叔好！"，几乎有两年了吧。他就这样喊我，每次听到他的喊声，我总有一股子责任溢出心底，像对一种人格的呼唤那样，使我常常自省自己的一切。我知道，这是一位长者的孩子，我与那位长者还有过一段不错的交往。但不知道为什么，这位长者突然见了我连话都不说，每次主动与其搭话，他也总是装作没有听见，我这才开始回顾，想起在一次会议上，我的确与他发生了争执，这有多么不幸！作为晚辈，我有可能哪一句话争执得使他伤了心，是哪一句话呢？还是哪一个举手投足或是哪一个讨厌的眼神儿刺伤了他呢？我依然像他的儿子喊我那样，每次碰见他，总要热情主动地与他打招呼，我希望个人的友谊应当与工作的冲突严格地区分开。而他依然装作听不见或者听见了也不吭一声地沉着脸，为此，我每每遭到冷遇，总有一种受辱的感觉。于是再碰见他，便绕着走，不为别的，而是为了不在公众的场合里给人一个他不被我尊重或我不尊重他的印象，倒不仅仅是为了避免尴尬。相反，我每次遇到他的孩子，都有一种欢欣与鼓舞，他主动热情地呼我"叔叔好"，我便急忙回应说一声："刚放学？"或"去打水？""玩啊？"他便应一声"是"或者别的一句话。我觉得这孩子真有教养。谁有这么个有出息的孩子，都应当骄傲自豪。这孩子的可贵处在于，他使我的内心深受感动，而不仅仅是在表面上对他应付一下便一走了之。虽然他的父亲有点固执并接近狭隘，但是这孩子却使我感到莫大的安慰，感到人的真挚的情感并不因时间的流逝而改变初衷。为此我感激这个端庄而又纯朴的孩子。他使我没有动摇对一位长者的尊重，更没有因为那位长者的无视而使我暗生仇怨。是的，人间有这样的好孩子，还有什么怨气不能消解的呢？

谢谢孩子！我愿这样振臂高呼。

的确，孩子是可爱的。我们都应当热爱孩子，因为孩子是纯洁的象征，是我们大人们望着他们而想起自己美丽童年的根蘖。我的妻子有一天对我说，你看你的朋友赵某，家里就一个孩子，而且那么可爱，但是他们夫妻俩骂起孩子来竟是那么凶。我即刻便想起了那一情景，那是一个不满五岁的小女孩儿，却经常遭到父母的训斥。妻对我说："两个大人，欺负一个孩子，多可怜！"我发现妻也像那孩子一样，使我油然升起一股怜悯那个小女孩儿的感情，并且默默地对自己说，我若有了孩子，绝不训斥孩子，使孩子幼小的心灵遭到打击，我要向那位固执得接近狭隘的长者那样，不管自己有多少缺点，也一定要让孩子尽可能地完美……每当我想到这里，便觉得自己还有许多许多事情要做，便觉得爱翻脸的生活并不可怕，因为我们有那么多可爱的孩子在成长，有那么多令人怜爱的孩子需要教育，我的躁动不安的情绪便沉静了许多，便觉得自己真的成了大人而肩上有了责任感和使命感。其实我们工作生活，不就是为了未来的孩子吗?

　　这样一想,我便非常愉快地接受了自己不再是孩子了的事实。是的,我早在十一年前的那天就不是孩子了。但我仍然喜欢在那幽幽的小径散步,并喜欢抚弄那墨绿的叶子,喜欢让那叶子伸下来,挡住我远望的目光,使我的身心慢慢地沉浸到孩子们那纯净的心池,去感受那清纯、去涤除那杂质。是的,我爱孩子,那些蓬勃向上、健康成长并总能使我如沐圣水的孩子……

　　没事的时候,就去欣赏孩子吧,望着他们,你总会发出一声声比普希金比埃利蒂斯的慨叹更具诗意的慨叹 ——孩子,多么美丽……

1990 年 12 月 6 日

河云记

　　桔红里透着金黄的夕阳下，走来了我、实、甫三人，步上青铜峡坝头又沿坝拐进人造的竖有铁栏杆的岬面，岬面较坝距峡内水面儿更低，蹲下，臂一伸，便触摸着了那水的柔肌，清凉凉的，即刻使人觉得那清凉的感觉，顺着人的五指爬进了人的身心，醒人精神，明人耳目。

　　人神爽目清了，心思也就活了；活了心思，便见什么都觉得新奇了；觉得新奇了，心思便又插上翅儿飞得无边无际了，于是物我合一，神与物游，目力所终，情景交融。甫兄眼儿一亮，手指水面道："看，水里黄烟滚滚，姿态万千。"实弟道："像奔走的乱云，急驰的思绪。"我知道这现象是黄河从高处飞流而来受大坝之阻，水力将河底积聚的细微沙尘掀冲翻卷了起来后的自然现象，但依旧顺着他们二人的心思话头儿往下说："看那一片儿，一股流云穿过净水，仿佛是交响乐中的轰鸣之后又飘飘地流出的一曲铜笛儿声，是悠扬的也是清鲜轻快的。"甫兄又道："再看这一片儿，云山，险得峥嵘；云谷，渊得惊心；重重叠叠的山峰，既有绿山雄姿又有黄山仙容；既有华岳的奇峭又有昆仑的巍峨。嗨！让人想起了吴金狮的无笔油画，令人梦见了法籍华人赵无极的现代绘画……"实弟叹道："啊呀不得了，不得了，眼花缭乱了，目不暇给了，真真切切地非人笔墨所能挥就了！啊哟哟，不得了！"被实弟的忘情所动了，我实实地细细地美美地开始观那满河的烟云了，忽然，我双瞳里又飘进了一块云儿，就在甫兄称妙、实弟动容的那片河云下，又积蕴冒出了一股粗壮的河云的奇观：先是蒸腾起了一股状若故宫廊柱般的云柱，再是那云柱冲乱原来浮现出的山水画面儿，拔地挺腰地伸直了身子，再就是那身子的顶端翻滚着滚成了一朵蘑菇云……"绝了！快看，战争奇观！"甫兄实弟再回头看去，脸面儿变了先前的喜色，两张年轻的脸上布了严肃的神情……实弟说："满河的美景，让它给搅乱了，煞风景，败人兴！"甫兄道："原以为世间人类有罪恶的战争，没想这河云里也有战争的魔影啊！走吧。""走吧！"

我们迈上了大坝，又顺大坝踏上了归途。路上，三人想到肩上肩负着的军人的职责，脚步都很沉重……

原载于 1986 年第 6 期《西北民兵》杂志

秋水湖夜话

这是一句格言乎？我认为它是，因为这是我总结出来的，或者说，是我体验过来的。人生的一点点小的安慰、小的成功、小的成就，那是多么容易的事情呵。

深夜，我十分困倦。但不知是哪根神经来了情绪，想到外面去看看。秋天已经来了一月，且这时我已经钻进了被窝——温暖的绵软的舒服的被窝。但是我命令自己：起来，出去走走！结果我起来了，并且出了院子，沿着大街又走入了南湖……南湖哟，有凉爽的风吹着我，有宁静的月照着我，我想起如湖中月一样皎洁的往事，任往事如烟如云掠过心空，再看看环湖晃动的树，湖边闪着灯光的人家，我被那窗口泛出的一种无声无息的安然平凡的生活所感动，我不知道那一家家灯火为何而燃，又仿佛觉得是专为感动我而明亮。于是，我便想到自己，想到自己十八岁上山下乡，二十岁踏上西去的列车……想到自己在西去的列车上默咏贺敬之《西去列车的窗口》时的样子——稚气的、自信的、灵动的小样，便见得自己当时肯定被一种类似使命的神谕所召唤，顽强而执拗，受挫而依然，没有气馁、没有灰心，即使眼睁睁地看到后来者冲到了前面，也没有动摇过少年的壮志。仿佛随时随地准备献身，而又时时刻刻不甘埋没。一面默默地牺牲自己——去做我总是满怀激情忘我的工作；一面咬碎牙齿地挣扎——去干我自己渴望的创造性事业。工作着，我感到幸福且充实；拼搏着，我感到欢乐并且疲倦。我很少失眠，虽然有过失眠；我很少满足，虽然有过沾沾自喜……我站在南湖的岸边，望着月下湖水，冥想往事与未来，发现前路是那么的遥远，遥远得几乎使我失去信心。希望躲在海蓝色的夜幕，诱惑我，使我渴望成功，但是每一次成功带给我的并不是奋进，而是沉重的包袱，这包袱里包的是什么？竟然这么沉！我想打开看看，于是便伸手去解，结果一晃，那包袱不见了，于是便再往前走，于是又感到了沉重……包袱啊！你为什么总跟着我，使我总想停下来翻一翻往日的"辉煌景象"？

问题的关键是并没有辉煌的往日，却总是觉得自己已经很辉煌了，或者觉得自己正在辉煌？虚妄的自我膨胀的辉煌使人厌倦，使人酣然而眠……

那是一个早晨，阳光很美妙，我俯在桌前看一本杂志，有一段话："我天下无敌。因为我的敌人是我自己。"这段话的第一句跳进我眸子的时候吓了我一跳，竟然有这么狂的小子。少见。我在心里默默地体味这段话的后半部分，想到那个神秘的包袱，想到自己为什么总是感到想停下来？我蓦然明白了一个道理：人生只有一个终点，谁都得在那里算总账。早算，只能越算越没情况，沾沾自喜或以小的胜利膨胀为一生的辉煌，那是蠢蛋。聪明绝顶的伟人智者，绝不会急急忙忙地算账，我们每个人都欠这世界一笔债，天才欠的是弥天大债，要付出超越凡人百倍的痛苦才可能使自己平静。

人战胜自己很容易，这不，我已经战胜了困倦并且站在南湖的岸边想了老半天了。问题的关键是并不在于想干什么，而是想干什么就干什么。我赞美并且崇拜人的行动——我称自己是一部人类行动的诗集，并且永远在行动中书写诗篇，绝不在思考中或读书中写诗，我认为真正的大诗都是行动的动人展现。

但是，行动，特别是战胜自己的行动并不是容易产生的。那种非人的想象所能想象的行动，常常需要非人的想象所能抵达的想象去理解。秋水冰凉哑默，望着它，必须让心灵沉静，才可能理解它那无声的动人之波……我在一本哲学著作中看到这样一个事实：一位外国人，用拒绝呼吸的方式结束了自己的生命。我并不惊叹这种独一无二的自杀方式，我惊叹的是——人的意志竟然能够战胜自己的生命！是自己的生命。望着脚边泛着秋辉的湖水，我总是想起与惊涛骇浪博战的海明威，那老头儿说"人是打不败的"。是的，人是打不败的。他还说，"就是被打死，也不可能被打败"。我相信这个信仰坚定骨子硬朗人也硬朗的老头儿，我爱他，深深地爱他那种打不败灭不了折不断的人格精神。

崇高的精神都是哑默的穹庐，她用无数闪烁的思想的光辉显示永恒。不管怎么说，我相信海明威老人活着，至少，他的灵魂依然在我的周身沸腾，我想象着他那银白色的胡须，和他顽童般闪烁着智慧的眸子……忘记小的成功，丢弃小小的胜利，甚至一星安慰、半片喘息，都被我丢在了脑后——一个人战胜自己很容易啊！

于是，我蘸着南湖的秋水，写下了两行诗句：

我寻找
无言的对手

1988 年 9 月 19 日

古冰川

这里所说的古冰川，不是英语 ancient glacier 所说的古代的古老冰川，而是 quaternary glacier，汉语——第四纪冰川。

"登了这么一点！"

王学印放下《解放军报》，晃着冬瓜般沉重的脑袋自言自语。

不错了！《解放军报》头版发了一块火柴盒大小的报道，全军都知道了。王学印又这样想，想着想着便又拿起了那张被他甩到了一边儿的报纸，先读标题，接着是正文。读着读着，他就又读出了火。他数了数整个消息的字数，不多不少，只有四百二十个字！

"他奶奶的！"这句脏话王学印可真的骂了出来，然后，晃着冬瓜头，眨着绿豆般大小的眼睛，带着一脸的冰川褶皱起立，甩腕儿看了看表，六点五十，早下班了。他气呼呼地走出了技术处的办公室，走廊上他还在喃喃自语："应该把报社的编辑拉到贺兰山上冻他们一个月，他们就知道在贺兰山发现古冰川的艰难了，就会把这里的人们当作英雄来报道了，就不会像个吝啬鬼，只给这么四百来个字儿了！"

他下了三楼。

肚子一个劲儿地叫，他却没有回家，见副团长程斌站在楼门口儿等小车，他也站下了。司机小向把车开得很帅，来了个"S"弯儿后，稳稳地停在了副团长的身边，还"吱吱"地响了两声。

"你上哪儿？"副团长问王学印。

"你上哪儿我也上哪儿。"

昨天下了雪，今天的路面上还有薄薄的一层积雪，小车开上去很带劲。天全黑了下来，车灯像两把探路的剑，直直地照在柏油路面上，这情景王学印十分熟悉，每次野外勘察，他都要带上一辆大北京，而且车一开动少说也得四五个钟头，早已养成了在车上睡觉打呼噜的习惯了。今天他没有打，他心里有点火，为谁火？他又说不清，这心际，很像一九七九年，像他接受了《内蒙古自治区 J—48—[10]（阿拉善左旗）幅 1:20 万比例尺区域水文地质普查报告》任务后，带着车向贺兰山方向奔驰时的心情，心里也揣着一团无名火儿，为谁他也是说不清。那时，他刚入伍一年，是新兵蛋子，对，是三十六岁的新兵蛋子……

银川市，是一个葫芦形城市，新城有一块地盘，老城有一块地盘，他们给水团就住在新城郊外的一条背街上。小车出了背街进入了新城，街两边的灯光闪烁，像流萤般地晃过，正是下班时刻，他今天不知道怎么了，老爱看人，特别是看那些少男少女，男的穿着黑色、棕色的皮夹克，骑着车，留长长的头发、小胡须，常常要戴上个眼镜儿，据说很像佐罗，气派、风度，脸上没有任何表情，目光冷漠，听说也是流行表情，显得很深沉；女的穿着各种款式的流行装，下身多是牛仔裤，绷得紧紧的，像个苹果，腿型分明，行走诱惑……王学印有点守旧？看着看着就又有了火，这就是八十年代青年人？这就是美？他又想起了贺兰山，那裸露的巉岩、那如锷的锋脊，站在那山上，他觉得才是真正的风流，才真正地有气魄，任浩瀚的腾格里在眼里波涌浪叠、让巍巍关山在脚下驯顺地站着，站成他的舞台，让他在它的周身敲敲打打，多带劲儿？可是城里的小青年们哪个能体会出这种美妙的感觉呢？更别说发现古冰川的激动快乐的幸福了，他们哪一个知道阿加西斯这个名字呢？这也是一个青年人，是一八四〇年瑞士的青年人，比我们早得多，人家年纪轻轻的就提出了地球历史上有冰期存在的轰动地学界的理论，人家脑子里装的是世界！他推测在地球历史上一定有过一个很冷的时期，在那个时期地球上有更多的陆地被巨大的冰川所覆盖。后来的研究证实了，单是二百万年至三百万年前开始的第四纪地质年代里，地球上就出现过多次冰流四溢的局面。欧洲被面积达到六百六十七万平方公里的北欧冰盖所控制，北美洲被面积达到一千三百七十九万平方公里的北美冰盖所盘踞！这才是气质，这才是气魄，除此之外，还有什么能被认为是有作为呢？

车开得很慢，是街上人多车多的缘故？又好像不是，是冰川世界太难攀爬了。二百万年以前，银川市肯定被巨大的冰川覆盖过，连这个城市的名字，都好像与冰川有缘分，银色的不就是冰的颜色吗？是啊是啊！银川，冰川，是一回事。王学印的脑子在不住地转，转成了一幅"雄鸡形"的中国地图，一个又一个山名和山的形象冒出来了——祁连山、唐古拉山、巴颜喀喇山、昆仑山、天山、阿尔泰山、喜马拉雅山……这些奇伟的大丈夫们像挂满金甲的武夫，把冰川披了个满身，使人觉得越发地英俊无比志向非凡。因为它们全部分布在祖国五千米以上的庞大得像舞银蛇驰蜡象的山脉山系等人烟稀少的高寒地域，越是美的，越不容易被人发现，像雪莲花这样美的极致的灵物，真正见过雪莲花的人有多少呢？真正的美，是只有勇士才配发现她，一如古冰川，发现者也是勇于攀登的人。第四纪古冰川与现代冰川在今天的表现形态是完全两样的，现代冰川是外露形的，像美人，只要你能遇到她，只要你敢于爬上五千米以上的高峰，就一定能见到她多姿的英容……看吧，星状冰川，像天上的银河的明星撒落；米斗冰川，似大山老人挥起了米斗，慷慨大方，完完全全是一种无私行为的真实写照；平顶冰川，状若人戴了一顶乳白色钢盔，在蓝天下它用乳白勾出的轮廓线，使人想起了少女圣洁的乳峰……如果说，要认识现代冰川的美，需要一种冒险的大无畏精神，那么要认识古冰川，还需要一种寻寻觅觅的痴情般的探索精神，因为古冰川是含蓄隐蔽的，打个比喻——她是藏着的，是与追求者捉迷藏的可爱的小丫头片子，她聪明，所以藏得很好；她是真实的存在，所以又并非高不可攀。新中国成立前，"受了歪曲的亚洲大陆"（李四光语）曾在外国专家学者的研究中变成了"亚洲，特别是中国不可能有第四纪冰川"的结论。但科学是不带偏见的裁判员，在第四纪冰期时期，全球处于一个高天滚滚寒流急的时期，欧洲的阿尔卑斯山，北美洲等整个北半球都是冰川，同样处于北半球的辽阔的亚洲原野上，就没有冰川？

　　小车什么时候停了？程副团长哪儿去了？只有小向点了支烟在抽，有滋有味儿的。王学印突然觉得不可思议，这小子才二十来岁，就抽烟，听说全世界每年要抽掉香烟三万亿支以上，烟草中有毒物质达二十多种，一支烟可产生烟雾五百毫升，法国抽烟比赛一优胜者连续抽掉六十支香烟，但来不及领奖就随烟雾而去……人为什么要抽烟呢？王学印不理解了，自己抱着一大堆《世界地质学术论文集》、《世界冰川研究》、《第四纪冰川探讨》等像砖一样厚的书啃的时候，不是也抽烟吗？不是也一支接一支地抽吗？不是抽得咳嗽得流泪吗？他又想起了一个人在戈壁上寻找冰川碛物时的寂寞，一个人在一片没有一点声音的寂静世界里翻捡烂石头，连个鸟儿都不见，就是一门心思地寻找。如果有个人能陪着找，也许日子会好过些，孤军奋战愈战愈勇，难忘的香烟啊！你陪我渡过了多少难忘的日日夜夜啊！抽烟吧，烟是伙伴，烟是战友，王学印想。

王学印下了车，默默地走在街上。大街被荧光灯镀了一层银，笔直光亮。银川，冰川，这不就铺在脚下吗？但一晃，冰川不见了，又变成了镀银的路面，怎么寻找古冰川呢？那像钢铁一样的牢固的概念他早已背得滚瓜烂熟了。

依据世界公认的找寻第四纪冰川遗迹的理论，李四光教授指出，冰川遗迹至少必须提出三项必不可少的证据，和一项应有的，但不一定处处可以得到的证据，来加以验证。三项必要的验证资料包括：

一、大片冰层在山区停积和它向低处移动的遗迹；

二、冰碛，即冰川下面的沉积和它侧面及前面遗留的堆积物；

三、冰水沉积和其他冰缘沉积。

这三项中的各项证据，把它们联系起来看，它们显示冰川在它滋长、活动和消失的过程中所起的作用。至于应有的但不是经常可以得到的证据，是在寒冷气候中生存的动物植物遗体或遗迹。

镀银的路面再次变成了冰川，他走在冰大坂上，行人如织，在街道两边的人行道上穿行，他好像　没有看见，他觉得自己走在冰舌上，一个人，充充实实地走着，突然，他被一块石头绊了一下，身子一摇，他下意识地赶忙低头找，是一块光滑的石头，他职业习惯似的将石头捡起，又走到一个商店装饰窗下，就着光亮反反复复地看了半天，没有一点特征能证明它是第四纪冰川遗留下来的停积物的特征，不是他一九七八年九月不经意，在阿拉善左旗的路边发现的猴子脸石、枕状砾石、雪橇石、拖鞋石等等铁证般的石头，当时，他的脑子里蓦地腾起了一张巨幅的冰川图画——巨大的冰舌自贺兰山分多路向山下悄悄漫延，巨大的冰块互相拥挤成各种多边形的晶体石，撞着擦着磨着和它一起从山上漫下来的山石不时还发出吱嘎轰的声响……再一晃眼，整个格灵布隆滩、察哈尔盆地成了冰川的世界、成了白雪世界……"冰川！冰川！"他像在左旗路边那天一样惊呼，手里还捧着那块烂石头，"发什么神经！"一个小伙被一个大眼睛高鼻梁的姑娘挽着从他身边走过，王学印从幻想中醒悟了过来，手一松，石头落了地，发出了很脆的响声。这声音他在哪儿听见过？哦，对了，那天在左旗发现了冰碛石后，他发狂了，冲着嘎斯车上的十来个人嚷："全部下来！搬石头！快！快！这块儿！这块儿！还有这块儿！快！"他太激动了，喘着粗气，抱着一块足有八十斤重的大石头，艰难地，但又是兴奋地向车上搬去，车上的年轻人搬着石头，嘟囔着："这石头不是很普通吗？""这烂石头能说明什么问题？"王学印压着火："快搬吧，这些石头都有用。""有什么用？"一个小战士将搬起的石头用劲往车厢里投，像投篮球那样，动作十分好看，石头落在车厢内的石头上，发出的声音和刚才一模一样，王学印火了，他放下石头，冲着那个投篮的战士凶狠地、目光灼灼地说："那是标本！不是篮球！"这声音显然比石头落进车厢时的声音大得多。"我觉得这石头没啥特殊的，所以……""还所以！这些石头是第四纪冰川在这里发育过存在过的历史见证物，乱扔把特征磕掉了谁负责？你负责？"冲着那个说"所以"的战士，王学印说得脸色泛青，战士们从他的态度里，仿佛看见了科学的个性……

下雪了，只下一种洁白，一种洁白统一了多彩的江山。不对劲儿，夜幕黑沉沉的，雪花旋舞着，白蝴蝶在黑天幕上舞，舞成了一双瞳孔里映出的一幅雪夜画……

那是几天以前，他和高恒海等人饿着肚子，爬上了贺兰山高山气象站，正是日暮，将逝的夕阳像情人般地望着他，像离别前的留恋，羞得满天彤红。山成了红色的山，林成了红色的林，而他呢？也成了红色的人了。云儿红了，那是他红了的思绪；鸟翅红了，那是他红了的心儿要冲天飞了，他真想写一首诗，可是激情的小鹿东撞西冲了半天，还是没有冲出来，仍然是："贺兰山，由此向西地形依次变为杂有红层台地和残丘的倾斜平原、平原，高度渐低；但西南部又为延入本区、加积在平原上的腾格里沙漠所抬高。所以，测区形成了总的看是东高西低，而越往北部则又越显出东、西高，北低，最后在锡林郭勒——淖尔套以西一带呈现出等高纯为向北开口之'V'形的箕状洼地的地势特征。贺兰山主峰海拔 3554.3 米，风速最大达 34 米/秒。霜冻期 10 月到翌年 3 月。最大冻土深度二点零七米……"这种语言填满了他大脑的勾回，竟然没有一点地方容留诗的语言，他站在贺兰山上，一任这种干瘪的语言在脑海里翻滚，他的双眼像雕刀一样，所掠之处都留下了他的分析：那条沟，是白垩纪层地，那道岭，是红层台地……他的双眼就是一部地层测量机，只要一睁开，就进入了工作状态，他望着尽染了红云的层层松林，倾听着贺兰山日暮的万鸟啁啾，云朵似沾了金红的薄雾，晚霞似生了金辉的剑影……

　　猛然间，他的目光停在了气象站西北省三百米处的一个山洼地，而那山挂形如一大圈椅，空着。他的心底突然奏响了英雄乐章，仿佛掀开了贺兰山地质的新的一页……底部标高——他大略估计了一下，有两千五百米；洼地东西长——约三百米；南北约宽——二百五十米；底部由东向西微微斜，坡度约——三至五度……南、东、北三面陡壁环绕，西边有一开口——他想，这很可能是古冰川溢口！再观测，那边不是冰斗的水口吗？对！是！他的心狂跳了起来，那不是冰川独有的"V"型谷吗？哦，是！是啊！王学印的目光一下子拉直了，像把大扫把，在那山洼上下左右扫来扫去……

两百万年至三百万年以前的景象又在他的心中复活了，在人类未出现以前，这里共发育过五次冰期，四个间冰期，一个冰后期。这里的冰期时期，冰川广布，祁寒弥漫，但是有生命；而间冰期指的是两个冰期相间的中间的那段温暖时期，这时是动植物欢天喜地发情交配繁殖的最繁盛时期，是它们由低级动物向高级动物迈进，由单一植物向多种植物炸开的大发展时期，上新世时期的三趾马，像一位英雄母亲，在漫长的孕育中一下子就生出了双胞胎，野马和野驴，后来又繁衍了骡……老第三系的嵌齿象，演化为猛犸象，猛犸象又在第一次冰期灭绝前繁衍了其他象类，在间冰期生存发展；鹿科动物演化变种成大角鹿、肿角鹿、犀牛、野牛……类人猿演化成初级阶段的人……总之，在间冰期，一切都在进化、都在大面积大面积地扩充着自己的种，阳光下，各种动植物争先恐后纷纷出笼，一个旺盛美妙的世界复活了……到下一个冰期来临，这些复活发展了的生灵便又一次面临着寒流对它们的严峻考验：顽强的，生存下来，前仆后继；懦弱的，纷纷死去，甚至灭绝。巨大的冰川自山上向山下漫延，将山体切割侵蚀成了刃脊的梁、漏斗似的山洼、深窑似的潭地，形成了冰川独有的冰斗、刃脊、冰窖等地形……

雪仍在飘着，落在了山上松林的枝桠上，像一朵朵白色的云，白色云又在篝火的辉映下，变成了一朵朵金灿灿的霞。王学印的脸被篝火镀了一层金，一手指着挂在树上的地图，一手比画着，对大家说：

"……原设计书没有将第四纪冰川考虑进去，因为没有任何资料。现在，发现了两处第四纪冰川遗迹。因此就不能不认真了。"

说着，他点了五个小组负责人。

一共五路人马，撒向整个阿拉善左旗的各个角落。有的上山后走进森林天黑赶不回来住在森林里，任寒风刺骨，听狼嗥兽叫；有的车开进沙漠迷路后在原地沿着车辙转圈圈；有的没有意外，在大草原上支起帐篷，点起篝火，吹起口琴，拉起二胡，唱起歌儿，更多的人便又想起了遥远的亲人……

雕像，王学印仍然站在大街的路边……雪下大了，冬瓜脑袋摇着，摇出了一串叽叽咕咕的声音，是肚子饿了，晃进一家昼夜商店，一抬眼就是"服务公约"，他默念了一下，挺顺口，热情、大方、主动、诚恳、礼貌、文明……共有二十多个意思是挺乐意为人民服务的词儿。他走近食品柜想买一点儿什么，买什么呢？琳琅满目，目不暇给，他把目光放到了六角二分钱一斤的饼干的价牌儿上，瞅了足有五分钟，才轻声地唤售货员："同志，给我买半斤饼干。"女售货员正在与一个小伙子聊天，没听见，他又唤，又是没听见。他突然觉得这个世界有些陌生了，这商店内的灯、柜子，还有那取暖用的炉子，都使他感到不好接近，一点儿也不像古冰川，哪怕是一块烂石头，都可以向他提供一个线索，进而找到证据。可是他在这一个又一个人的身上，却找不到一点他希望找到的，那个应当普遍存在着的东西。肚子又在叫他了，他有点不耐烦了，大声地叫了一声："同志！"小眼儿都亮圆了。很不情愿的，她走了过来："买什么？""半斤饼干。""半斤饼干值得这么大声嚷吗？"王学印一时没了话，默默地望着她称饼干，然后将饼干倒到一张纸上，麻利地包……她的动作十分熟练，王学印觉得很熟悉，在哪儿见过这种熟悉的动作？哦，是在家里，每次外出，妻子总要给他用手绢或废报纸，包上几个茶鸡蛋，动作很快，不敢让孩子看见，五个孩子，最大的刚上中学，小的还在娘怀里。他总是说："算了，算了，留给小妞她们吃吧，我能对付。"说着便去抢妻子正包着的茶蛋。他的手很粗糙，很有力。"别动！"妻子冒火了，他像绵羊，顺了妻子……"交钱，交钱！"这声音怎么这么刺耳？像鬼哭一样难以入耳，结果还是冲着他来的，眼一怔，才知道该付钱了，他从上衣兜里摸出了钱。钱？他眼睛里一下子又晃出几个数码——

1970年，基本工资29.5元；

1970年至1978年5月，基本工资45元；

爱人收入：在农村劳动，一个工分是一分一厘一，干一天，妇女是七分，合人民币七分七厘七……

"交钱！发什么愣。"付了三角一分钱后，他掂起那包饼干像掂起一家沉重的负担，望一眼商店天花板上的红绿纸条，出了店门……副团长还没回来，他便又沿着街无目的地走了起来。他觉得胃在呼唤，他撕开包着的饼干，抓出了一把，有小鸡、小兔、小狗、小猫。动物饼干哄小孩玩，他放进嘴里一块，又放进一块，啥滋味儿？在戈壁滩上勘察时的滋味和这饼干的滋味差不多，干甜干甜，却难以下咽，应该有点水才好，可这街上哪里有水呢？有一次，他和高恒海一起在大戈壁滩上走了三天没喝上一滴水，饿了就啃压缩饼干，啃一口不想咽，咽下了不想啃。忽然见到一蓬白刺果，人称沙漠樱桃，他们竟一下子扑了上去，眼和手都让白刺扎破了，生疼，却一点也觉不出，捧着摘下的红豆般的小果子，两人竟流了泪。那一天，他们觉得这世界上最好吃的、最有滋味儿的、最难忘的，恐怕就要数这红果了。城里的小青年们哪个能品味出这种野果子的美妙滋味儿呢？歌声给他的脚步伴奏，"酒干倘卖无，酒干倘卖无"，什么东西？还唱着唱着掉眼泪儿？值得吗？莫名其妙，我怎么觉着一点也不感人呢？王学印自己问自己，他想起了贺兰山高山气象站，想起了在那里工作的青年人，那才是人，是真正的人，他默默地说着、想着这些常年在摄氏零度以下、吃水要用毛驴儿往上驮、吃不上青菜托人走后门从医院要维生素药吃的人，他觉得他们很伟大，他记得他们唱《角落之歌》时的情景，他们含着盈盈的泪在唱"谁知道角落这个地方"，唱得让人想起了蓝天大海，想起了雪原戈壁，壮阔深情。

应当为他们掉泪，气象站的五名小伙子谈了五十次恋爱五十次都吹灯拔了蜡，也没掉一粒酸蛋子，他们要是把肚子里委屈的苦水倒出来，那才叫感情，可是他们偏偏不倒，不露！王学印脸色苍白，迎着扑来吻他的雪花，走着。有一次，他一个人在阿拉善草原走，走到了深夜也没有撞见一家牧民，他困极了，干脆闭着眼睛走。他想，走到哪儿是哪儿，也不知走了多长时间，脚先踢到了一堵墙上，紧接着就是头撞到了墙上，睁眼一看，黑乎乎的一块土壁挡住了他，他再也走不动了，身子一软，像面条一样倒地睡着了。为了寻找古冰川遗迹，他已经一个多星期没有好好睡过一觉了，他几乎有些失望，酒干倘卖无，古冰川倘卖无倘卖无，他打起了呼噜，仿佛阿拉善草原的夜，也被他的呼噜声震动了，大地微微暖气吹，独有英雄驱虎豹！有一只狼，在黑乎乎的夜里闪着一双绿火似的眼睛，双耳融进了夜色之中，仿佛整个夜幕都是这狼的耳朵，谂听着这位汉子闷雷般的呼噜声，它不知道怕什么，在王学印身旁十来米的地方徘徊，弃之可惜，食之又怯，它慢慢地往王学印身旁挪着四爪，近了，近了，还差一步了！王学印的鼾声立断，接着翻了个身，吓得狼掉头就窜……

这一觉，王学印一直睡到了第二天的下午三点钟才醒过来，太阳暖融融的，摸着他粗糙的脸，好像很心疼。他饿了，从挎包里摸出一块压缩饼干，一口咬了半块，嚼着，却咽不下去，他想喝水，便站起身从土壁的上面瞅到了壁根，这是什么地方？这壁怎么生得这般奇异？一层一层像云层一样，层层叠叠弯弯曲曲的？而且是粉状的？他不渴了！他的大脑里立即又复映出了一块大冰川，大冰川上升起了一颗火红的太阳，冰川正在慢慢地消融，最后冰川融尽了，但这块土壁仍然是硬邦邦的冻土壁，太阳仍在燃烧，热流开始在硬邦邦的冻土壁上穿梭，土壁被热流暖化了，一滴一滴地开始渗水，弯弯的小溪，清清的小河，河边的花鸟儿在唱歌，和小溪一起唱着流向了戈壁，流向了爱人的心窝，"你给我小微风，吹开我花朵；我给你小雨点，滋润你心窝。"不知道是不是唱的这首歌，反正唱着一支歌，走了，走远了，看不见了，水渗干了，留下这么一个奇妙的土壁——古冰川冰蚀地形，学名：冰缘期冰融褶皱现象。绝望便是希望，昨天夜里还是没一点劲儿的王学印，现在又有劲儿了，立即掏出罗盘，寻找牧民，查明了此地地名及方位坐标。追求非得穷尽，无穷尽感便不会有充实感，无充实感便不会有穷尽感。现在，王学印又有穷尽感了，他走在银川的大街上。夜，雪仍在下着，仍下着唯一的洁白，唯一的洁白统一了黑白两色的夜，两色的夜在银川夜市的红绿灯、霓虹灯、串联彩灯的辉映下，又变成了多彩的晶莹之夜，裹着王学印和穿行的人流，汇成了都市繁华的夜，烤羊肉串的叫卖声和电影院前人群的说笑吵闹声以及街衢上的汽车喇叭声，又使繁华的夜变成了没有一点原始宁静的夜……雪花飘着，舞厅的音乐响着，王学印走着，一步一个脚印，从河南柘城县一个名叫赵油坊小学的校园，走进了柘城县第三中学，走进了郑州地质专科学校，走进了兰州军区给水工程团，又走在了风雪之夜中的银川大街，又走进了古冰川的世界……人生如梦，梦醒之后才发现自己没有干什么事情，头发就挂白了，老人家说得多么好啊，一万年太久，只争朝夕。他感到很累，好像总是在爬山，而每当快爬到峰顶的时候，那山便一下子陷了，而在脚下又升起了一座山，等着他去爬，他又开始一步一步地往上爬，又快到顶了，山又陷了，又出现在他的脚下，又等着他重新爬，他极想什么也不想地死睡一觉，可是不行，周身漾溢着一股勃发的见山便想爬的热血，这热血满溢之处，都留下了他独特的发现……

在当年穆桂英进击匈奴的贺兰山中的镇木关，他发现了巨大的冰窖；在哈拉乌南沟处的西坡上，他发现了三个并列的大冰斗……像电影里的快速转换镜头，他一会儿在这儿发现冰碛物，一会儿又在那儿发现冰蚀地形，又一会儿在这儿发现间冰期生存的嵌齿象化石、眶窝三趾马化石（此石为高恒海等人首先发现），再一会儿，又在那儿发现冰水沉积物……在腾格里沙漠，在查干湖，在关涝坝……总之，阿拉善左旗（巴彦浩特）、贺兰山西麓六千四百一十一点四二平方公里的土地上，到处都滚过了王学印和他的战友们的热血，也无处不向他提供了证明第四纪冰川存在的遗迹！李四光教授所提供的鉴定第四纪冰川存在的"不可少的三项证据"，包括他说的"一项应有的，但不一定处处可以得到的证据"，王学印全部都得到了！其中，他与杜文臣同志一道在扎罕布鲁格南约八百米的起伏连绵的沙丘上发现的第一块嵌齿象化石（Gomphotherium sp.），经北京古脊椎动物与古人类研究所王半月同志鉴定，为嵌齿象化石，属欧亚大陆第一次发现，世界第二处发现（第一处在埃及）。

每当他的发现得到验证之后，他都像与谁打了一架，疲惫之极，极度的疲惫又使他不能成眠，他行走在雪花飘舞的街上，好像那一片片雪花构成了他的脑屏幕，狂乱地飞舞着洁白的思绪。头昏，体乏，他又闭上眼睛，进入了行走睡眠的状态，这也是在戈壁滩养成的习惯，闭着眼睛走，宇宙，在人头脑清醒时，是偌大的；人一旦闭上了眼睛，宇宙，就变得很亲切了，一切难以解答、难以想象的东西，全都变得清晰了……时间的距离不见了，地域的距离不见了，人与人心隔着的那道墙，也不见了。闭眼，世界是透明的；睁眼，尘世是迷茫的。王学印闭上了眼睛，第一个复映出的，又是他的古冰川，面且还好像听到了一种刺耳的声音，睁眼一看，一辆"皇冠"小轿车停在了他的脚边，司机伸出头："你找死！"原来他走到了马路中央！他懵了，这种懵他遇到过一次……

那是他躺在医院的病床上，高恒海给他打来电话，说送到支队的审查报告有消息了，支队总工程师耿憬同志明天来实地勘察验证古冰川。他一听，便溜出了医院，第二天便跳进了耿总坐着准备外出勘察的北京吉普车里。车沿着山沟行驶了三个小时后，他们来到了镇木关，耿总一言不发，王学印谦虚地指点着："那儿，是冰窖。我们在那儿发现了许多冰川擦痕石。""嗯，很牵强。"上了车，王学印脑子就开始昏了。车开到当铺，王学印又指点着："那儿，好像是冰缘融冰褶皱现象。""难道就不可以是泥石流？""泥石流主要是由砂和细粒沉积物组成，而这里的现象太明显了。如果不是冻融而是泥石流，哪儿来的这么多褶皱？"王学印的小眼睛不安地望着耿总。"我说它是泥石流，就是泥石流！"王学印一下子愣了，学术上，大家可以讲观点摆论据，怎么可以这么武断呢？驱车来到沙井子，下车了，王学印将耿总带到公路边的冰碛层，放硬了语气，"耿总，您看这是什么现象？"耿总目光停在了一层一层酥裂的卵石上，他的心一阵子狂乱，"铁证如山！"但他还是说了句："这是洪积层，与冰川无关。""那坚石裂而不离是为什么？"绿豆眼又瞪圆了睁亮了，手指着那石头。"球状风化。""风化的条件是物体必须暴露于地表，才能形成风化条件，而这是民工修路时才挖出来的，怎么解释？"说着，他又俯下身子用手抠了起来，抠开一个断面，他又指着断面中的一块酥石用无可置疑的语气说："那么，这地层里面的石头，怎么也是酥裂的呢？"耿总望着这个中年人笑了，像谜一样的笑！

在木仁高勒的大戈壁滩上，巨大的砾石在阳光下像一群骆驼站立，一望无边。王学印指着这些石头对耿总说："在这里，我们发现了猴子脸石、压坑石、枕状砾石、雪橇石等等，冰川痕迹显而易见，您自己看吧。"耿总突然发现王学印好像不耐烦了，他想，我还不了解这个新来的技术员，还要试他一试，看看这小子到底有多硬！我们搞地质的可不能打马虎眼，尤其现在有才华没个性的人越来越多，以后担子压给他们，他们都一个个看谁的官大听谁的，哪里还能出奇迹？不行！心一横，迸出一句："这些烂石头能说明什么？""那么，你说这些石头是谁将它们从七八公里的山上，搬到这儿的？"耿总："难道洪水不能？""当然不能！这些小些的石头，洪水可以将它们冲到这儿，但是这么多像吉普车、大卡车大的巨石，就绝非洪水所能推动！这儿离贺兰山那么远，又没有陡坡，甚至没有小平坡可以供它们滚溜到这儿，就是山崩，也只能崩到山下，岂能崩到七八公里外的此地？"王学印的神情变成了一块大青石了。"那么你说是谁将它们搬到这儿的？"耿总问。"我认为，只有冰川的力量才可能将它们推到、带到、搬到、铲到这儿！因为冰川是固体流，它可以将巨石和自己冻在一起往前走；也可以从山上跌下时铲起这些巨石托着它们走；还可以随着冰舌的不断发育生长推着这些巨石往前走！冰川的力量是巨大的！""好小子！一字一句地阐述，都有板有眼，钉钉铆铆，毫不含糊。"也许刚才的对话是激烈的战斗，而现在，好像大战结束了，留下了一片宁静，像贝多芬的田园交响乐，正等待着远处飘来悠扬的笛声……一行五人，全都屏息静气，陷入了对王学印一路上答辩的回忆，没有一点声音能将沉浸在古冰川之中的他们拽回到这戈壁滩上，还是耿总，他不知道是对自己说，还是对大家说，声音不高，但每清清楚楚地说了一句：

"贺兰山西麓，确有古冰川。"

确有古冰川贺兰山西麓确有古冰川贺兰山西麓确有古冰川贺兰山西麓确有古冰川……一百句一万句同一句话在他的双耳畔重复消失重复消失，消失重复消失重复，天转了起来，地旋了起来。他懵了，潮汐凝固，凝成了凝固的瀚漠；雪花停舞，停成了无数雪花的油画……

"你找死你找死！！"开"皇冠"的司机望着木然的王学印，又喊："喂！让开！让开！你听见没有？让开！"王学印两眼望着司机，但却好像根本没有看见司机，他看见了什么？站在雪花飞旋的大街当中，挡着一辆高级轿车，脸上没有任何表情，怎么了？他看见什么了？他想起什么了？让开让开让开！笛笛笛笛笛笛！司机又按响了喇叭，并吼："你让开！"这是什么声音？这么熟悉又这么陌生？这么明白又这么含糊、这么逼真又这么遥远，是哪儿来的声音？是什么意思？开个会吧？研究研究吧？出于什么动机？是不是狂妄？是不是虚伪？"王学印把组织上分给他的一间房子当饲养室在里面养鸡，快成专业户了""王学印在厕所里攻击党委""王学印在洗澡堂里说……""王学印一下子就买了四双牛皮鞋""王学印老婆又买了一件高级毛料"，王学印王学印，王学印挂在人们的嘴头子上，燃烧在烟卷儿中，畅饮在酒桌子上！很充实很有劲地谈论着，很神秘很轻声地谈论着，王学印王学印王学印……复印机的功能，无线电波的速度，电视转播台的传导系统……让开让开让开！挡了谁的道？误了谁的前程？和司机的吼声极有异曲同工之妙，质不一样，司机为开走车而吼，而他们为什么吼？为什么制造新闻创造信息？他感到很沉重，是什么压在他的心上，传播个人家庭的琐事干什么？过去大家不是都替王学印叫苦吗？不是王学印家里有困难自己还没讲大家便争先恐后地向组织上讲了吗？这是怎么了？又得罪谁了？"我王学印该得这份报应吗？"他感到极不舒服，感到有一股子火闷在心中。他想，我是不是挡了谁的道？误了谁的好事？我又不愿当官，又不想指挥人，就想干专业，就想不断发现，干吗要跟我过不去？为什么诽谤我？诽谤没关系，我还是我，还是冬瓜头绿豆大的小眼，干吗要攻击古冰古冰川，说什么："有古冰川不假，哪有他说的那么玄？"哪么玄呢？上弦月加下弦月，是王学印的嘴，是王学印哭笑不得的嘴，是王学印难以入睡的岁月……无非是为给国家开发西北提供一些地质新资料，为开发西北提供一点新的数据，就这么点小目的，怎么就横生出这么多旁枝斜杈呢？我不是传播者们说的那一个王学印，我是我心中的这一个不高尚不低下有作为不伟大的王学印……

笛！笛——意识流被"笛笛"声切断了，忙一闪身，那辆"皇冠"呼的一下子射了出去，他望了望那小轿车的尾灯，感到了不安，怎么搞的，怎么挡了人家的道？刚才真是懵了！

"王工？王工？"是程副团长的声音。王学印收住了奔跑着的思绪，迎着漫天的白雪花寻声望去，是程副团长踩着积雪找他来了。"你的事情办完了？"王学印问。"办完一会儿了，在车上等不着你，便下来找你了。"

北京吉普慢慢地开动了，灯在闪，路在延伸，王学印坐在小车的后排，眼仍然望着车窗外的夜市，突然一个巨大的建筑映入眼瞳，豪华雄伟，这是贺兰山宾馆，是宁夏银川市最大的宾馆，望着红绿灯组合成的"贺兰山宾馆"的字样，他的耳畔又响起了全国第四纪地质研究室副主任、全国著名的冰川专家、年逾七十三岁高龄的周慕林高级工程师在对贺兰山反复勘察后对他说的一段话——

"贺兰山西麓古冰川的发现，为研究西北第四纪冰川，划分西北第四纪气候地层，树立了第一块里程碑！你干了一件多么有意义、多么了不起的工作啊！我感谢你，替西北人民感谢你！"

在宾馆周慕林同志的房间里，周老紧紧地握住王学印的双手，说："搞地质工作很苦，年轻时干出一点成绩不难，难的是一辈子出成绩，一辈子肯在野外勘察，一辈子在发现中成长啊！"王学印说："我有这个思想准备，而且我把大女儿送到大学去了，高考前是我替她选的专业——地理系。我干不完的事，要让女儿接着干。"

王学印坐在吉普车上，想着一九八五年四月中旬说过的话，他感到前面的路还很远很远，而车似乎开得有点慢了……

首发于 1987 年《西北军事文学》第 3 期

第三辑

卵石滩记事

雪　树

　　冬天的戈壁是荒寂坦荡的，无论阴晴，见不到夺目的色彩。这儿的兵，探家时望见一棵普通的树，眼眶子里都会涌满激动的泪水。为啥？地平线上拱不出树，见到树就格外欢喜。那是一种多么单纯而又丰富的感情？很难用分析研究梳理得清楚。

　　不过，我所在的那片戈壁滩上，如今已是林木茂密的绿洲了。杨柳依依，松柏郁郁，白桦亭亭，赏景之类雅事，不仅在内地在春夏秋三季可为，而且在隆冬之际，也别有一番情趣。指导员常常带着几个战士在瑞雪初霁的早上踏雪，边走边议，边看边想。雪落之后的戈壁，像披上了白色棉被的天床，太阳照着的天床上，像撒了一层桔红色的金粉粉，当人走在这种白色和桔红色的戈壁滩上时，哈出的气，仿佛是一团团天宫吹出的仙气灵雾，一团一团地呼出，像梦一样地逝去，像梦一样地腾现。远远望着那身着绿装的军人，像望着一棵一棵移动在大雪原上的树，像油墨抹出的对比强烈的风景画，嵌在了辽阔的大西北。但最佳的景色是欣赏六年前栽下的那些真正的树的形象，指导员说，雪后的树，像浴后的少女，更有动人的姿韵。使人体味到"千树万树梨花开"的诗情画意。

你望着蓬垂着柳条儿的柳树时，望着那些像小姑娘们辫梢儿似的柳条，一条一条地倒触于地，望着倒触于地的柳条沾了白雪粉粉儿后变成一条一条银条条，望着这些银条条在桔红色的太阳下又变成了微动的金条条时，你准会询问这世界，为什么能造化出这么离奇而又真实的景色？细看这棵棵雪柳儿，它的每一漾动的洁条儿，都是一首洁净的诗，都是一曲纯情的歌。你的心将被这千万条金的银的纤指，拨弄得五魂六神都痒酥酥的，醉也不是，醒也不是。你会突然发现，这是雪柳儿的神姿仙态舞弄得你忘了自己了……

与雪柳儿使人产生的感觉相反的，是雪松。那些年青的松，身躯的表皮都像饱经风霜雨雪吹打，仿佛都有着深刻而又惊心的生活经历一般，粗粝得像一块一块鱼鳞排列在周身，而倒伞似的一簇簇针叶上，一根根嫩绿得又像鲜嫩嫩的绿水儿针。大雪后，它们都捧着一朵朵的积雪团，像一朵朵棉桃，像一块块柔云。一棵松树捧无数洁白的雪团，形如木棉花的沉重，色如少女心的圣洁，一颗一颗地在前来欣赏的战士的心上绽放，有意无意间，心灵便被这洁白的雪云擦得透明，便被这神圣的少女心感染得快成了英雄！

雪松，真令人神往……

俗话说"羊城无雪"，家在广州市的外号叫小艺术的李椰洲，给小对象写情信，春夏秋三季写雪，到了隆冬仍然写雪，雪成了他情信的"艺术自然的氛围"，加上他那欧化式的长句子，活活把个戈壁滩，写成了一个洁白的童话世界了！瞧瞧他是咋写的吧："下雪了，只下一种洁白，一种洁白统一了多彩的江山。"乖乖，雪不是一种洁白还能是两种？废话！这里像江南？有多彩的江山吗？你问他，他还振振有词儿，"这叫艺术的真实，与生活的真实是两回事"。但是写到雪树就干巴了，总是"鬼斧神工，雅姿天成"八个抽象概念加一个逗点儿，笔头子也转悠得不那么灵利了。

但小艺术是发誓要描绘出雪树的千娇百媚千姿百态的。昨天起床号未响之前，我发现挨床睡的小艺术，眼瞅着地窝子的帐子顶呆想，猛然间，听见看见这小子一屁股就坐了起来，嘴里喊："有……哎哟！哎哟！"原来他睡觉时没戴帽子，头发被夜里哈出的哈气凝成的冰，冻在了帐篷上，起身没发现，头发被拽下了一团！疼得他捂着头嘶叫了好一会儿。问他："起身时想说有什么？"他说："'有了'，昨夜我做了个梦，梦里我找到了描写雪树的语言，早上醒来一回忆，太兴奋了。""那你还不马上写出来？""哪里还写得出哦，灵感和头发一起被拽跑了！"

戈壁滩上普普通通的雪树，难道真的难于描绘给人们看吗？我不相信，试着写了起来……

1987 年 2 月 14 日《天津青年报》第 7 版

头锅饺子

离过年还有 20 多天的时候，指导员就站在沙浪尖上对我们新兵说：三十包饺子。三十包饺子！三十包饺子！三十包饺子！我不知道别人是怎么想的，反正我在心里是一连狂呼了三遍。

吃饺子对于今天的军营来说，好像已经不是什么稀罕的了，可在 22 年前的军营，对于腾格里沙漠的兵们，却是极其奢侈的了。那时，我们的主食是馒头、米饭；菜，是白菜和大萝卜。顿顿都是白菜萝卜、萝卜白菜。那天指导员说了要吃饺子之后，我们就天天盼着三十，盼着热腾腾的饺子端出锅，然后，一口三个地饱餐一顿。在等待过年的 20 多天里，班长几乎把吃饺子挂在了所有的日常工作、包括班务会的每一句话中了。他说：内务整不好，不许吃饺子，于是内务就格外地整齐；他下令：正步走！然后，背着手看我们走，并且慢条斯理地说，优秀的吃 80，良好的吃 60，及格的吃 30，不及格的嘛——那就喝汤吧。于是，大家便笑了起来；于是，班长便吼了起来："不许笑！谁笑？不许他吃饺子！"

大雪飘，饺子包。窗外的雪花飘下来了，可离过年还有两天。二十九的夜格外漫长，熄灯号吹过一小时了，大家还是没有睡意。张三说：我们家包饺子放好多香油呢；李四说："香油自然少不了，但最重要的是要有香醋，饺子蘸香醋，那滋味。"说得大家都吸溜了起来。还是班长说了话，他说："别说了，别说了，再说一晚上都睡不成了。"于是，大家便不吭声了。后来，就陆陆续续地开始了鼾声；再后来，鼾声之中便夹杂了一些梦话……吃饺子，吃饺子，妈妈我要吃饺子……那天我是凌晨两点的哨，想睡不敢睡，听了一晚上的关于吃饺子的梦话。

三十终于来临。早上工作照旧，训练、休息、训练；下午开始，以班为单位到炊事班领饺子馅儿和面粉，任务是：每班按12个人、每人包80个饺子分馅儿和面粉，饺子包好之后，统一送炊事班，由炊事班用两口大锅给全连煮饺子。动作是非常迅速的，洗手、和面，擀皮儿、包饺子，一个班围成一个圈儿，一个连围成了十一二个圈儿，一圈儿一圈儿地包饺子。令人难忘的是那擀面杖，全是酒瓶子，大头擀面，小头握在手里当把，动作由生转熟，面皮儿一个接一个擀出，饺子一个接一个包好，又说又笑，像乡亲们聊天儿，似家人们谈笑，喜气洋洋的就是今天想起来，仍使我拽不住对老连队的怀念。

饺子煮出来了，盛了满满两大盆。没说的，全连一致通过，送连首长一盆，给班长们一盆。两大盆饺子端走了，战士们热情地等待第二锅——第二锅饺子还未下锅，指导员端着饺子，连长跟在后面，还有连部的卫生员、文书和通讯员、副连长们，便走进了饭堂。连长说：今天官兵同乐。俗话说，头锅饺子二锅面，咱们连今年新兵补的多，这头锅饺子就该新兵吃。说着便走到各个饭桌给新兵们分饺子，新兵们见状，忙把碗背到身后，说：连首长忙了一年，操了一年的心，该连首长先吃。这时班长们也将端去的饺子又端了回来，12个班长站了一排，打头的说：说得对，咱们连这次在全团军事训练夺第一，全靠连首长带着人家干，这头锅饺子无论如何也得让连首长先吃！哗——是全连的掌声。掌声过后，指导员说话了：这头锅饺子嘛，应该请新战友吃，他们离开家三四个月了，头回吃饺子，再吃不上头锅饺子，这让我们支部一班人咋能过得去呢？我看还是请新战友先吃。这时司务长从后面走到前面对大家说，别争了，别争了！饺子又出锅了，全连一起吃！

后来，我把这事写进了家信，妈妈回信说：咱人民的军队都是这样，你好好在队伍上干吧。我记住了妈妈的话，一干就干了22年，这头锅饺子啊，不知给了我多少力量。

原载于 1998 年 1 月 31 日《人民武警报》

啊，我可爱的连队

有人说：在一地生活久了，便不感到身边人事有什么可爱了。我不这样认为。你看：

有的青年当兵，开始并没有多高的思想境界，初来边疆，常有些哭天抹泪的，为啥？原因很多。可后来，哭的少了，没有了，笑的多了。一天训练归来，踏着有力的节拍，迎着漫天的彩霞，风儿轻轻一吹，就把一天的疲劳吹了个一干二净，连汗珠儿也吹干了。回到营房，端上一盆水，门一关，洗个痛快澡。毕了，会吹笛的，吹笛；会拉弦的，拉弦；那些没两下子的，还都有个嗓门儿，有时一声起，众声应，如风来波起，云走蓝天，什么疲劳、心事，都随着这歌声飘飞了。

偶尔遇上阴雨天，大伙往连队俱乐部里一坐，指导员端个茶杯走来，说是上课，其实，倒像是农村树荫下谈天说地，不同的，是指导员肚里"水水子"多点。谈起来，天上"飞碟"，地下"文物"，大海中的"美人鱼"，陆地上的"小毛孩"，马岛争端，日本文部省篡改历史，国家撤销化工部某副部长的职务，连里某战士的哥哥当上了劳动模范，哪儿都是话头儿，牵起来线线儿不断。说来随便，听起来倒长知识，增见识，有时说到妙处，全连一起乐得揉肚子，泪珠儿都乐了出来，哪还管它营房外风儿多大，雨儿多急。就是有时俱乐部窗儿不严，吹进些尘土粒粒，或是营房顶漏，滴下几点水滴滴，也不介意，挪挪屁股，照样听得神儿飞、心儿动。

当然，百十号人的连队，也难免碰上恼人的事儿。二班长家乡遭了水灾，人一急，就忘了场合。班里同志也不怪，细声慢语，个个同情，伸出友谊的手，有的还抹泪儿，偷偷寄钱给二班长家的，其中还有入伍不到半年的新战友。在连里。一个班像一家人，某班受了表扬，另外几个班便一个心眼儿——赶上去！在营里一个连又像是一家人，班与班团结紧、配合密，比如打篮球，球在场上飞，人在场上跑，其余人挤在四周加油。胜了，全连喝彩。人到激动处，竟要挨个把那上场的五名队员举起来，哪还想过某某是三班的，某某是五班的？大家都又成了一个班。

一晃就是几年，年年有复退，年年有人抱着连里干部哭，为啥？谁的心里都明白，无非是不愿离开连队。训练苦，生活差，谁都有过深深的体验，但若问体验最深的，还是在沙漠里行军那一回，全连个个嗓门儿冒了烟，半壶水，你传给我，我传给你……行军归来，半壶水倒进营房前的小花池，花儿开得艳艳的，连长说：那是全连干部战士捧给边疆的心花花开放啰。

细想想，我们连队真可爱……

原载于 1982 年 11 月 6 日《人民军队报》第 3 版

卵石滩记事

那一望无边的卵石滩，于今就在我的脚下。它死一般地沉睡着。它整日在睡，红红的日头都升得老高老高了，可它还像没事似的睡，死一般地睡！

我们大家都说，为这样一片死睡的国土披星戴月地站岗放哨、摸爬滚打，真不来情绪。

可今年初，从北京城来了一帮子戴着银丝边儿眼镜的中年人。那些中年人都拿着小榔头、罗盘和一只只标杆。一会儿，在东边支起个三脚架儿；一会儿，又在西边立起个标杆。还比比画画，吵吵嚷嚷。又过了一会儿，那些中年人在这卵石滩上用白灰撒了一个大圆圈儿；不一会儿，天边便飞来了三架直升飞机；再一会儿，飞机便全落进了那白灰撒的圈圈里了……接着，从飞机上下来一群人，又搬、又抬、又摆。才两天就立起了一个井架；又两天，那井架上的钻机便响了起来；再两天，钻机停止了歌唱，但卵石滩从此便不再死一般地沉睡了，整天喷着黑褐色的油水，像喷着一支卵石滩新生的歌，动听极了！那些中年人向战士们介绍说，这儿是一个大油田，地下贮存着够全国工业用几十年的原油。战士们听了，都伸伸舌头，那意思是说："奇迹！"后来，大家在一起议论。班长说，"这儿果真是块宝地呀"；指导员插话，"过去咱们冤枉这儿了"；战士们更是感慨万端："嗳！祖国哪一分、哪一寸土地不金贵呢？怪只怪咱们过去有眼不识宝地，总觉得外国的月亮圆，异域的星星亮，就是没有从认识脚下的土地开始，来认识咱们自己的祖国呀……"

我听了，觉得同志们的话句句中听。于是，我在卵石滩记下了这段平凡的小事。

原载于 1984 年 7 月 28 日《人民军队报》

拉歌小调

当了五年兵，抽烟没学会，打扑克没学会，却养成了一种得意的嗜好——爱听战友们拉歌子。

每逢部队集合、看电影，总有个连先冒出个"尖尖儿"。那"尖尖儿"真有个冲锋陷阵的勇敢精神。什么"标兵连""英雄连"，他都敢叫他们的号，喊着："谁英雄、谁好汉，咱们比比看！"剩下来，便是全连一齐击掌，巴掌声夹着全连的"快！快！！快！！！"，在集会场、电影场滚过。再看"标兵连"，也不含糊，坐得齐刷刷的队伍里也冒出个"尖尖儿"。不说话，一挥手，手落声起："一机连呀吆来一个，来一个呀一机连！""尖尖儿"喊一声："不来行不行？"全连便一阵"嘘……"，好不诙谐！连台上坐的首长，都乐了，乐得眼眉儿弯弯，鼻梁儿冒汗。一机连唱罢，"英雄连"声起："一机连唱得棒不棒？"全连干部战士应："棒！棒！！棒！！！""再来一个要不要？"那连着三个"要"字儿，真个把天上的星星摇得打颤颤儿。

拉歌，像打仗一样，非心齐不能取胜。打仗要有个"头儿"挥旌擂鼓，调兵遣将；拉歌也不在话下，到各连调查一下，哪个连都有两至三名出来叫号的"尖尖儿"。各连的"尖尖儿"，籍贯不一，南腔北调。四川来的，拉歌就有路"四川号子"的风味；而海南来的，拉出的调自然就有渔歌的味儿；说起来，要数西北的调儿奔放，因为声里夹有粗犷的"秦腔"余韵。"尖尖儿"们尽管南腔北调，但全连的声儿，又有其统一的气质，比如"尖尖儿"喊："要不要?"全连应"要"时，就不管是哪儿来的，一个个"要"都合而为一，听起来像听潮起潮落、雷炸雷鸣，那余音儿，准在人耳畔里绕上七七四十九个圈儿……

常听拉歌，常觉新鲜；常觉新鲜，就常常想听。有时个把星期没集会、没电影，就默默地回想着拉歌小调，想得人心痒痒的哩。为啥? 很简单，杀猪的还夸说自己的行当呢? 咱是战士嘛，能不爱听咱战士的歌子吗?

原载于 1983 年 12 月 3 日《人民军队报》第 4 版

"猪倌"小传

——二连人物小传

进入我们军营，顺卵石蛋蛋铺成的小径走，往左拐三个弯，再往右绕两排房，三排笔直的白杨尽头、军营围墙的墙根儿下，便是二连的猪圈。猪有三十六头，母猪三头，公猪一头，崽猪最多，二十三头，剩下的全是一年猪，个个说不上肥，也说不上瘦，正好，不肥不瘦，连队啥时有喜事儿，啥时捉来一头宰了吃。"猪倌儿"叫小乐，今年二十一岁，整天哼哼唧唧，不知道个忧，也不知道个愁……

忙时，铡刀闪，炉火旺，锅里水翻腾，圈内猪儿唤。他呢？有条不紊，先铡完猪草．再下麦皮入锅，搀上些猪草，用个棒棒搅一搅，熟了，扁担钩上两只铁桶环，盛得满满的两桶猪食便上了肩，一摇一晃，进了猪圈。猪儿有了食吃，不唤了。他呢？沾了猪食的手撩起围裙擦两下，搬个墩儿便坐下，掏出本书来看，一会儿便入了神儿。

初夏，野草葳蕤，花儿飘香。小猪倌喂上猪食，便推着板车去打猪草。小曲儿唱了一段儿又一段，不觉就出了军营一里又一里。到了草场，拣那鲜嫩的草儿割，一镰又一镰，一捆又一捆。累了，镰一丢，汗一抹，打个滚儿，仰天一躺，才发现太阳快落西天。找镰、推车，一溜烟儿，回到了猪圈。抹把汗，舀几勺煮熟的猪食，忙往猪槽里添……

遇到母猪下小崽，小猪倌早早煮好红糖水，铺了干草垫，心儿还是放不下，直等到三更天。小猪崽生下，一只、两只……他捧在手里，看了一遍又一遍……

逢年过节，连队个个喜笑颜开，小猪倌愁眉不展，围着猪圈看，看了一圈又一圈，宰哪头，都像把他心儿剜。让连里决定吧，每次杀猪，他总躲得老远、老远，生怕听见猪叫唤……

转眼小乐喂猪三年，连里让一名新兵来替换。他哭着去找指导员："求求指导员，让俺喂猪，俺心里舒坦。"那新兵听了，大睁诧异的亮眼，眼里，似有疑云一团……

原载于 1983 年 9 月 10 日《人民军队报》第 4 版

李豆芽儿

——二连人物小传

　　站着不直，躺着不挺，背似背了个棉凸凸的枕头……难怪这个兵刚到我们连，六个班长唯有炊事班长肯要他。

　　班长领他回到班里，问："你能干啥？"答："不会干啥。"班长"唉"了一声，他也"唉"了一声，嗫嚅道："俺会生豆芽儿。""真的？""真的！""那你就生豆芽吧？""那我就生豆芽。""需要什么？""缸！筐！塑料布！"他回答得挺简单，班长答得也简单："好！"

　　缸、塑料布找来了，唯有筐不好找，他说"不用找了"，便往门外去了。门外的戈壁滩任啥不长，却生得一丛丛的红柳儿，那枝儿柔韧韧的，手一折，便弯了腰。他采了几捆儿，搬个墩便编筐了，一边编筐一边想心事……在家编筐生豆芽，整日弯背垂头，胸挺不直了，可钱却像小河的水，哗哗啦啦地流进了钱袋子。爹说："别看钱看花了眼，去尽个义务吧，也算咱富了没忘国家。"他不很情愿的，爹又跑到他亲家，对未过门儿的媳妇儿说："去说说豆芽儿！"媳妇儿就来劝说豆芽儿，豆芽儿就真的依了媳妇儿，应征了。编筐他是里手，一会儿一个，五会儿就编了五个。起身，浸洗绿豆，水一浸，瘪的浮起，实的沉下，用个大漏勺将浮上的瘪豆捞起，甩出，锅里的水便沸了，炸烫一下豆豆，一边烫豆，一边用个棒棒搅均匀，约一分钟，兑冷水，水温降到35℃，他便撩起围裙擦擦手，到班里和战友们聊天去了，干起活儿来像玩，玩起来又总是放不下心，一会儿，便要去看看。豆儿爆胀裂嘴了，他也咧嘴笑了。跑去对班长讲："豆豆裂了。""裂了就裂了呗。""裂了就快生屁尾儿了。"再看那豆豆，果真就冒出小芽芽了，他又忙活了，将缸搬来，用个钻子在缸底儿钻个眼眼儿，将豆芽倒进，用草帘子盖严，给屋里洒水降温，一会儿他用温度表量量温，一会儿给缸内兑些冷水或热水。夜里，班里人睡了，他起来了；白天，班里人训练去了，他又睡了，没日没夜。豆芽儿生出来了，他眼睛熬红了，连长批他："咋不按时就寝！"他哭了，连长弄清原委请他原谅来了，他又甜蜜地笑了。

自从他进了炊事班，全连便吃上了绿豆芽，去年李豆芽退伍还乡了，连里便断了绿豆芽儿。上士每每来到菜市街上问绿豆芽儿的价钱，大姑娘小媳妇一张嘴，"两角五一斤"，他便伸舌头做鬼脸，说："要是俺连的李豆芽儿没退伍，让他多生一些到街上来卖，非逼你们降价不可！"

是啊，李豆芽不退伍多好呀！连长常常这么说……

原载于 1986 年 3 月 6 日《西安晚报》

李豆芽儿 　129

张三儿

——二连人物小传

油乎乎的白手套成了黑色的了，白白的方脸膛成了黑色的了。吆喝一声："满了吗？""满了！"一仰脖子，两眼朝车厢一飞，黑亮亮的煤果然装了满满一卡车。他拔下嘴唇夹着的白色烟卷，朝地下一甩，钻进了司机楼。车响了。

"三儿！三儿！"老乡叫他。"啥事？""信！"白色的信封，稚气的小字儿，写着"张三收"。薄薄的一封信，只一张纸、一句话"三儿，你好！我们俩的事算了吧。"谈得好好的，怎么说算就算了呢？三儿有点懵了，半天才吐了句："谢谢！"拉上车门。车屁股后边冒烟儿了。一会儿，远了。

柏油路很平，他的心不平。二十万公里无事故，跑完这一百公里，年底就能立功了。今天咋的了？眼眶子里有两股子泉水一个劲儿地想往外涌：视线今天怎么了？老一个劲儿地发黑发暗。上山了，山道弯弯，是筑路人用无数个"S"拼起来的山路，平时开上去开下来忽悠忽悠，像坐飞机。上山，"呼"一家伙，上去了；下山，"呼"一家伙，下去了。养路姑娘向他招手致意，向他飞媚眼儿表示爱慕，他没看见，眼睛直视前方。"真威风！真来劲！"副手冲他叫，他还是没听见。他想，他今年才二十二岁，家里还有个水灵灵的妮儿等他哩，已经等了一年了，再一年回家就可以按村里的规矩娶亲养儿子了，他不想把车开到山崖下面让颤颤巍巍的烂石头拥抱他，也不想去啃那长草长庄稼的泥脸，他还想学着城里小青年的样子，亲一亲不刷牙照样白莹莹的村妮儿呢。家里的妮子逗过他："你敢不敢？你敢不敢？"他说："我敢的，但是我是军人，军人要遵纪守法。"他用手按住乱蹦的心，说："再等我一年，我不干，我是小狗儿！"他发狠时才这么说，说得很坚决，那妮儿哭了，一转身，跑出了他家的门儿……

手握着方向盘，他心里还想着那妮儿跑出时苗条的身影。不好！前边山道有"S"弯儿，刹车！一个前轮子露在了那悬崖上，悬空地转着，像他刚才转着的大脑。手摸了一下前额，汗涔涔的，真没出息！他在心里骂自己，算了就算了，又不是七老八十拉倒爬不起来了，天下的好妮子儿有的是，干吗为这种不忠贞的玩命儿？不值得！我才二十二岁，还年轻着咧！

倒车。打方向盘。掉头。踩油门。车又呼呼地爬坡上山了；车又呼呼地俯冲下山了。车笛在山谷中歌唱，汽车在山中穿梭。一起一伏地荡着呀，一高一低地前悠着呀！一百公里，一百公里，又一个一百公里安全无事故啊……他的心在平静地唱着，唱着自己过去的忠贞，唱着自己未来的忠贞，无数个"S"弯儿被甩在了车屁股尾儿，还有那封写着"我们俩的事儿算了吧"的白信……

跳下车，用劲关车门，"咣"一声，很干脆。连长问："路上没出事儿？"他神采奕奕地对连长说："二十万公里无事故，板儿上钉了钉，能跑吗？"连长说："好小子！是我的兵。"

此文原载于 1986 年 12 月 15 日《人民军队报》

克里木

——二连人物小传

二连八班的名册上，共有三名维吾尔族的战士，其中有一位是当了七年兵的老兵，名字叫克里木。

克里木的眼睛，闪着一种热情的幽默；嘴角，翘着一种深沉的微笑；高高的鼻梁，又笔挺地屹立着一种耿直和倔强。七年来，吐鲁番的葡萄结了七次了，克里木的胸前，也先后挂上了三枚闪闪发光的军功章，而最值得往连史册上添一笔的，还是那第三枚。

克里木分到二连的第三年，连里的同志便从那首《吐鲁番的葡萄熟了》的歌儿里，知道了他的家乡，有位名叫阿娜尔罕的姑娘，在为他在果园精心照看着他入伍前种下的葡萄，那是一棵他和她心中借以寄托爱情的葡萄呦！……战友们都这样想，这样说，想得克里木见了人就脸红得像霞飞霞舞，说得他见了人就不敢把目光往人脸上搁……

班里的城市兵爱逗他:"克里木,阿娜尔罕为你照看着葡萄,你咋感谢人家呀?""克里木,不能让你那位给咱送几串葡萄尝尝吗?真小气哟!"他那脸,就又红了;眼光,就又重新从别人的脸上移开,落到自己那双解放鞋上……连长是不开玩笑的,也开了个玩笑:"克里木同志,你为爱情种了葡萄,就不能为连队种些葡萄吗?"一句话,拨亮了克里木心头上那盏如豆的灯光。

他先是写信给阿娜尔罕,后是在房前屋后转转悠悠地看了一遍又一遍,手里拿个小皮尺,这儿量量长,那儿算算宽,长长宽宽都算量好了,阿娜尔罕也赶来了,她从吐鲁番带来了一棵棵葡萄苗。他们俩一同来到连部找到了连首长,又一同和班排的战士们一起踩锹挥镐……从此,二连的营房前后,果真就种下了葡萄,果真就结了葡萄,在葡萄架下出现了全连一致为克里木请功的热烈场面……

去年秋天,阿娜尔罕赶在葡萄下架之前,来到了连队。啊,我们连队的葡萄熟了,全连干部战士的心儿醉了,克里木与阿娜尔罕的婚礼,也在葡萄架下简单而又隆重地举行了……

婚礼上,大家鼓掌欢迎他们唱支歌,他俩唱了,唱了一支《我们连队的葡萄熟了》……

原载于 1984 年 7 月 19 日《人民军队报》第 4 版

伊犁马

——二连人物小传

人类所曾做到的最高贵的征服，就是征服了这豪迈而
剽悍的动物——马。

——法国自然科学家　布封

伊犁出好马。

二连共有六匹军马，其中性子最烈的就是那头从伊犁入伍的白鼻马。

那马入伍的当天，就挣脱了驭手，漫天地飞奔，漫天地嘶鸣，仿佛谁要宰了它似的。驭手是刘大黑——一位驯马的里手。那"白鼻儿"窜了，他也死命地追去……

草原上沼泽地一片连一片，"白鼻儿"驰过了这片，又骋过了那片。最后，终于被一片很软的沼泽地给拽住了四蹄。它越是想拔

蹄出来，越是陷得深，急得它那白鼻梁子上淌汗水儿；等大黑赶到时，它那四条腿已全陷进了淤泥……

"白鼻儿"此时好像也后悔了，眼望着大黑，淌出了泪。淌泪管啥用？大黑对它说："这回我有活儿干了，你也逞不得威风了！"说罢，一跺脚，他跑了，请来了哈萨克族牧民，把木板铺到了"白鼻儿"的身边，用绳子拴牢了它的肚子，牧民们用尽了全身的劲儿，才把它拽出来……

马通人性。"白鼻儿"被救出来时，人们围着它。它这回也不觉得有什么可怕的了，伸着大舌头，一个劲地舔大黑的手……真是患难逢知己，大黑与"白鼻儿"从此结下了生死之交，大黑指哪儿，它奔哪儿。回到连里不到两个月，它就完成了军马所要完成的基础训练科目。半年，就能执行任务了。但大黑不满足，为了摸索军马在沙漠的耐旱能力，他带着"白鼻儿"进了沙漠，逼着它找背阳的沙坡卧，自己找草吃。真正的沙漠里，草几乎没有，但这一逼，它竟然找到了一簇草，不仅吃了草叶儿，而且学会了用蹄刨草根儿，连根儿一起吃，乐得大黑在沙梁子上翻跟头。

铁打的营盘流水的兵，大黑要退伍还乡了，离队前，他将接替他工作的新兵张小强拉到"白鼻儿"身边，对"白鼻儿"说："他叫张小强，以后你听他的；我要走了，这是部队的命令。"说完，他将缰绳交给了小张，又说："它很听话，你带它遛遛吧。""白鼻儿"跟着小张去遛弯儿了，头也没有回。

大黑走了，再也没回来。但每每有人喊"刘大黑"时，那"白鼻儿"便要回头望望，并常常仰脖嘶鸣几声，看看确实没有大黑时，眼里就涌出了泪水……

此文原载于 1986 年 1 月 9 日《人民军队》第 4 版

三个兵

卡车进了祁连山区，路更难走了。车身摇摇晃晃，像少林大汉在打醉拳。车厢里坐着三个兵，全都板着脸儿。

两年前，他们仨一块分到电影队。大眼儿李高从武汉来，小眼儿小赵从兰州来，眼儿不大不小的小董从古都西安来。平常三个人好得像炉膛里的火蛋儿，热乎得没法说。可今天为点鸡毛蒜皮的小事儿，谁也不理谁了。一路上，谁也不说一句话，好像谁说话谁就要犯法似的。

车又爬了两个坡儿，来了个俯冲，拐了个急弯儿，再绕过了一片小树林。到了。这就是他们要放电影的三连驻地。

卸机、卸片儿，都不说话。第一个把机往哪儿卸，第二个第三个便把片儿往哪儿搁，不用指挥，不用招呼。连队干部来了，李高先上前握手，小赵、小董都是热情地笑笑。连队干部问："你们吃饭了吗？"三人一起应："放完再吃。"连干部又说："那哪儿行呢？"

三人齐答："两个片儿，放完还要赶路呢。"连队干部集合连队站队去了，他们架机的架机，升幕的升幕，……挺快的。晚霞落下去了，连队都坐好了。一号机先开，调焦，银幕上的人眉眼儿刚一清楚，二号机立即开启，……仿佛他们是天然的配合默契，又仿佛是人为的巧合。明眼人一看，便知道他们在赌气儿。

电影放完了，却不忙吃饭，先装了机器和片儿，再用清水净一回手，雪白的毛巾拧干凉到盆架儿上，这才端正在桌前坐下……饭吃完了，李高首先站起来，小赵、小董也跟着站了起来，连队干部说："再吃点吧？"三人便应："吃好了。"又劝："再吃点吧？"又应："真吃不下去了。"连队干部这才去叫通讯员收拾，李高忙唤那连队干部。"这是我们三人的伙食费，一共一元二，一斤二两粮。"说完，便将钱粮往那干部兜里塞，那干部见状，忙说："决不能收钱！决不能收钱！你们为我们忙到现在才吃饭，我们已经很过意不去呢，再收伙食费，这不是见外了吗？不能收！这钱粮决不能收！"三名放映员全严肃了起来，同声说："吃饭给钱交粮，我们可不能多吃多占连队战士的利益，钱粮一定要收下。"话说得极坚决地，好像他们都是军区一级的大首长。

祁连山区素有"昼热穿罗纱，夜寒捂皮袄"之谚。解放车开出三连的时候，已经是深夜十二点多了，加上车开得飞快，风又冷得刺骨，走时只有小赵带来了皮大衣，可他又不肯穿，往车厢里一丢，那意思是你俩谁冷谁穿吧，我不冷。可他俩谁也不去拿。于是，三人便一起冻着，又都谁也不肯先说话……

唉！这三个兵，实在没法说了。

1985 年《人民军队报》军运版

地窝子！地窝子……

　　我们班住的是"地窝子"。二班、三班、四班、五班以至连部，也住的是"地窝子"，唯一住在土房里的，是那六匹军马。

　　"地窝子"挨着"地窝子"，我们这儿，是"地窝子"的天下。想起来，最富有诗情画意的，是到了晚上，一个一个"地窝子"的门口，都挂着盏灯，爬到祁连余脉狼山的山腰往下看，像是那天上的银河，飘降到这荒凉的戈壁滩呐……

　　所谓"地窝子"，就是简易营房。条件有限，挖个一米来深的坑，然后上面支上几根制式钢架，罩上帆布帐篷，帐篷边用挖出的鲜土盖上，压得严严实实。搭一个"地窝子"，就解决了一个班的住宿问题。人们都知道戈壁的风能将卵石蛋蛋刮得满天飞，可就是再大的风，也刮不走这"地窝子"！

　　"地窝子"都比较小，床挨床，还得拼挤到一起，三个人睡两张床板，但一个班十二个战士，没有一个嫌房挤。听说在大城市，人们常埋怨住房面积小，战士们觉得这未免有点不知足，他们说：挤一点多好啊，晚上寂寞睡不着，拍拍身边战友，一起悄悄聊会儿天，聊够了就睡，没准儿晚上做个好梦，还能遇见个腾云驾雾的老寿星哩！战士们就是这样乐观，这样知足，闻说西方一些军队住的是高楼大厦，他们便觉得好笑，住那么老高，上上下下还要坐电梯，打起仗来，哪有咱这"地窝子"好啊！冲出来就能进入阵地，打起来，在帐子里也能发射导弹，而且"地窝子"是天然掩体，一般不会拐弯儿的子弹，就是从战士的头顶上飞，也伤不了咱一根儿毫毛！虽说住得挤了点儿，但西北夏天凉爽短暂，冬天生冷漫长！挤一挤，省得花钱买煤、装暖气管儿了，十二个战士，就是十二个火炉、十二副暖气管儿，大家挤在一团儿，你烘我，我暖你，再漫长的冬天，一眨眼儿也就过来啦。

听说明年部队施工盖营房，新兵个个乐得在"地窝子"里的通铺上打滚儿，冲出"地窝子"喊"乌拉"。当了一年兵以上的老战士，便发脾气，烦躁不安，望着帐篷顶痴情般地呆想。过去就着咸菜疙瘩啃馒头，觉得比鸡鸭鱼肉还香，现在馒头走了香，咸菜跑了味儿，嘴嚼着嚼着，目光便又转向地窝子，好像他们的心都在抖！

前几天，师里的新闻干事来我们这"地窝子"的军营采访，班长对他说："干事同志，你能不能给我们的'地窝子'照张相呀。"那干事不以为然地说："给地窝子照太浪费。"班长却说："不浪费、不浪费，我们以后还能照，您现在不照'地窝子'，过几年就照不上了。"于是，那干事便给地窝子留了个影，一来满足战士的心愿；二来也想拿到报社试试能不能刊用。真怪，那新闻干事将照片拿到报社摄影组，编辑同志一见钟情，连声称赞这照片有戈壁军营的风味，不仅刊用了，而且在报社举办的"军营美"摄影比赛中，还得了个头奖。把那位新闻干事感动得直落泪，他对人说："这奖我受之有愧，受之有愧啊！"

噢！地窝子，地窝子！……

原载于1984年1月7日《人民军队报》第4版

龙首书屋

出镍都金昌向西行八十里，便是祁连山余脉——龙首山。山下，东、南、北三向伸延着望不到边沿的戈壁滩，一早一晚，朝霞和夕阳变幻着色彩和形状，像位魔术师玩弄着奇异的彩巾，把滩上小蘑菇似的地窝子，映得像一粒儿一粒儿的七彩豆豆儿。

其中有那么一粒豆豆儿，便是我们团的学习室，长 12 米，宽 6 米，是用大号帐篷搭起来的。窝子里，左边 6 张条桌，右边 6 张条桌；条桌两边儿，各有两排条凳，一条可坐两人，24 条便能坐 48 人，刚好，加上团长、政委、参谋长、主任，全团 44 名待业转业干部人人有座。上午，文化教员来讲课，大家全神贯注，句句顺着眼耳流进了人心里，变成了知识，化作了才华，滋补了精神；下午自习，你读你的书，我作我的文，反正位子是固定的，张三的座，李四不能坐；王五的凳，李六不能搬，互不侵犯，互不干涉。开始，带兵的干部不习惯，觉得屁股蛋子上生刺儿，坐不住，便想出去遛着玩。教员也不管他。任他去了。可他去了一时三刻，便又回来了，啥都不长的大戈壁上有啥玩头？就又回来读书了。不久，屁股蛋子就沉了，一坐就坐到熄灯，还挺气，骂一句："熊！时间长了兔子腿儿，蹿得倒快！"平时，只要进了室内，便不得乱伸舌头，静若淑女闺房。帐窗有四孔，孔前均有一盆茉莉，花开时香气袭人，随着读书人翻动的书页沁出书香，和着作文人指上捏着的笔管儿漫出了灵秀文章……

政委好喝茶，每天端着一只大号的保温杯，喝一口茶，看十行二十行书上文字，他喝一下午茶，便看完了一本《茶花女》。晚上继续来喝茶，喝一口茶写几行文字，喝一晚茶。就写出了一篇《试论茶花女悲惨命运的思想蕴含》的论文，论文没出半年在杂志上发表，人家给他寄来几十元稿酬，他用40元买了龙井茶，40元买了文学名著，茶和书一齐拎到学习室，茶未喝完，书读完了，谈起巴尔扎克、莫泊桑、别林斯基，唇上警句迭出，话语剖析精密，口若悬河，妙语如珠，把个文化教员给镇住了！说："一天不努力，赶不上咱政委。"于是，读书之风便在这个普通得不能再普通的"地窝子"里，又掀起了一股子热潮。

有天，中国书法家西北参观团来此学习室参观之后，一位著名书法家的弟子指着龙首山问团长："那山名叫啥？"答："龙首山。"那书法家听罢连叫三声"好！好！好！"之后，又吆喝了一句："拿纸来！"纸笔砚墨备毕齐当，只见他狼毫轻扬，气神齐下，写下了4个大字："龙首书屋"。

这4个字儿，已刻在一块长方形枣木匾上，黑漆涂底，金粉描字，现挂在学习室门楣上，自有一股子书斋之气。

原载于1989年8月21日《人民日报》

"老虎嘴"里有个兵

从兰州市兰山西坡向南，沿一沟槽往兰山腹地慢慢走，约半里多路，便到了绝处。此处三面环山，正中岩壁凹进有六七米，人一抬头，岩顶壁触摸人脑袋，湿漉漉清冷冷的感觉，便顺人头发丝儿爬遍了周身。酷日来此消暑避炎，真是梦不到的好地方。

我站在这崖壁下，细细地察看，发现此处之所以凹了进去，是因为这儿泉流满壁，而且泉眼都一人来高，泉水顺壁流下，将泉下的壁全都冲蚀了。俗话说，水滴石穿，时间便成了雕刀，把个好好壁立云天的天门般的青石崖，给濯成了这么一副"老虎嘴"的模样，多让人悲哀！

这是我的感觉，这感觉随着我到此地——警卫部队采访的日益频繁，也日渐地改变了，而且变成了另一种全新的感觉，它使我越看这"老虎嘴"，便越觉着这儿有了一种优雅的古朴美。

仲夏节，我听说警卫部队有个小战士诗写得挺不错，便生了采写一篇小通讯的念头,可是找到营里找连里,进了排里进班里,就是找不到这个小家伙。班长对我说:"他在老虎嘴哩。"结果过去一找,果然就找到了他。他不仅精瘦而且矮小,一双小眼儿格外地专注。他坐在一张小椅子上,用双手捧书轻声默咏,屁股下的椅子和着他的身子一起一摇,摇动的椅子又合着唇上的语句,平平仄仄地起起伏伏……近前听,他正品读朱自清的散文名篇:"……等到灯光明时,阴阴的变为沉沉了:黯淡的水光,像梦一般;那偶然闪烁着的光芒,就是梦的眼睛了……"我站在"老虎嘴"外,他倚坐在"老虎嘴"内,构成了一幅天然的画图,这画图使我想起了古人读书的许多故事,什么"程门立雪"啦,什么"头悬梁"啦,什么"囊萤夜读"啦,等等等等,而且耳畔里不仅飞进了他的读书声,还有潺潺入怀的泉水声,在人的心室滴答,使朱自清散文里那如梦幻般的意境,与这"老虎嘴"幽幽静静之中的纯纯亮亮的读书声浑然一体,又构成了境中之境,妙意无穷。从这个小战士身上,我仿佛突然看到了古人勤学苦读的美姿倩影。他同时又撞响了我心头埋着的今人的一句传遍八方的名言:"自古雄才多勤苦,从来纨绔少伟男。"是啊,这个老虎嘴里苦读的小战士,不正是靠着这种勤苦的精神而取得成绩的吗?

我问他:"你为什么要来这儿读书呢?"他怔怔地望着我,叹了口气说:"你可别写到报道里,我们班有点乱,再说这儿很静,能读进去。"好一个"读进去"!我想,他们班的战友若也能像他一样,不管抱本什么书都能像走进这"老虎嘴"一样自然,达到出神入化的"读进去"的境界,那该多的有益啊!

是的呢,每当我想起"老虎嘴"里的那个兵,我读书作文的困顿之感,便全然地不见了。

原载于 1986 年 7 月 19 日第 4 版《人民军队报》

飞机楼上下

师机关大楼是我们全师的"首脑"。战时，这儿是作战指挥中心；平时，这儿是指挥全师教育训练的核心。从这儿发出去的每一道命令，每一条指示，既神圣又庄严，外来人总觉得这儿有一股子表达不清楚的神秘色彩。

新兵来了，问："班长，那儿是什么地方？"答："那是飞机楼，师部就设在那里边儿。"问话的便像弄清了一条"欧姆定律"似的，很觉得满足了一点什么；答话的，也像个博士似的，以为给学生们阐明了一个什么了不起的原理，尔后从上衣兜里掏出一盒兰州牌香烟，很小心地抠出一根儿送到唇上，眼光从那新兵的红脸蛋上挪向那座被他称为"飞机楼"的楼门口儿……

其实，这座楼名为"飞机楼"，却并没有人见过有飞机起落，听老首长们说：楼上那个大平台，可以停落五架直升机，是专为战时师机关转移设计的；楼下那个大草坪，也可以停落五架直升机，也是为战时转移而修建的。"飞机楼"便因此得名。外人乍一听这名字，还以为这楼与国家的航天事业有关，其实不然，我就在这座楼上工作了六年零三个月又二十一天了。说有什么特殊的，没发现。这儿还和其他地方一样，工作就是工作，讲效率，求成果，谁分管的工作出毛病，板子就往谁屁股上打，轻的大会点名，重的那就不好说了，反正日子决不会好过。因此，才进此楼的干事参谋们，总觉得这儿有点阴森森的可怕，话是绝不敢高声调儿的。敢于高声调儿的，除了首长，便是我，因为我负责机关的文体生活，一到课间操时间，我便拉电铃，大声地喊："打球了！打球了！"楼上的平台，成了羽毛球场，楼下的草坪，成了排球场，二楼中央的廊道，支了副乒乓球台。我的高调儿一落地，这儿便银球儿飞舞了。师长来了，对不起呀，靠边儿站队去；政委来了，对不起，一边儿等等吧。这儿不分级别职务的高高低低了，大家都是竞赛对手，谁球艺高谁为王，要是哪个发了善心让首长先打了，这可是"犯规动作"，大家便一齐将白眼儿甩过去，弄得打球首长不好意思，让首长先打的干事或参谋也不知该把脸儿往哪儿放。若是这时楼下打字室里的女打字员来了，嘿嘿，你瞅那两个才从院校出来的小干事，劲就更吊得高喽，脚使劲地踩那地板，眼儿里更是流光溢彩地闪亮，好像梁戈亮在与匈牙利的约尼尔争夺世界单打前五名一般！

是的，在这座楼里工作的人员，基本上都感到了那种工作有序、生活愉快的理想境界。但可不能因此而马虎，有回"乒乓球王"在起草一份演习预案时，因为晚上看电视晚了，便按外军的一份演习预案改头换面地抄了一遍，送给了师长，谁知师长看完后便打电话将这位"球王"叫到了办公室，说："你这是从一九八二年第九期《外军学术》上抄来的……"说得那位"球王"头都不敢抬。最后，师长将他写的那份预案一甩，从牙缝里挤出两个字儿："重搞！另外，我警告你，只此一次，下不为例！"那"球王"一出师长的房门便叫了句："娘啊！这师长可是个现代派，马虎不得、马虎不得呀！"自从"球王"出了这件事，就再没有去打过球，他对人说："前段玩得太厉害了，差点误了工作。"谁知他这话却传到了师长的耳朵里，师长又打电话喊他来了，问："我说不让你玩了吗？去玩吧，可以拼命地玩，但要记住，也要拼命地工作！""是！"那"球王"一个军礼，便跑出了师长办公室……而师长呢？却还在办公室里来回地踱着步子，他自言自语地说："全师现在还很沉闷，应该……应该让宣传科……对，让宣传科将师机关开展文体活动的事总结成经验，在全师推广，打破军营里的沉闷气氛，对，一定要打破。"说着，便踱到办公桌前，拿起了电话："接宣传科……"

啊，飞机楼里又飞出了一道命令，而这道命令却很新鲜，是关于"玩"的命令……

1984年12月22日第4版《人民军队报》

编外的兵

有人把我们军营"后院"里的那些随军家属们，叫作"编外的兵"。她们听了，也不怪，只是甜甜地一笑。

我们军营在河西走廊，一个土围墙围成个圈圈儿，军营的后院，是圈圈里套的又一个小圈圈儿，小圈圈儿说起来也不小，加起来二八一十六个排，每排能住五六家子，闹闹嚷嚷的，那便是"编外的兵"们的天下。

这些编外的兵，差不多个个是从农村来的，话音腔调各有各的弯弯儿。要是几个人凑到一块打开话匣子，听吧，几种调儿配在一起，谁听了准乐得露白牙，笑得忘了形儿。夏天，她们围在一棵大树下，虽说家家有了缝纫机，可她们还是不改过去乡里的旧习气，她搬个墩，她拿个凳，这个给小子纳鞋底儿，那个给小妞缝个褂儿，城里人见不到的针线筐箩，在这儿，各式各样都有：竹编的，那主人定是南方人；麦秸、高粱秆儿编的，那主人不用说是北方人。扯起个话头，总是离不开张家营长脾气好，李家科长性子直。说她们不关心国家大事儿，那可是没有细听过她们扯话头儿，什么"翻两番要得"，什么"生产责任制可富了拿锄头人家呀"，密针密线密密地缝，蜜言蜜语蜜蜜地讲，比那鞋底儿、小褂上的线线儿长哩！冬天，她们爱串个门子，细细数一数，哪家的门槛儿，都有她们踏过的脚印儿。要是张家煮了饺子，必给赵、钱、孙、李各家端去一碗……

到了星期六晚上，军营后院常有连队干部来找，但商讨工作的多，谈私事儿的人少。"编外的兵"们，虽识字儿不多，却知道事理儿长短，一般沏上壶茶水，便哄孩子忙着去了。人虽走了，耳朵却没走，隔着墙听呢。一位副连长爱人有病，一天三趟找营长要求探家，可连队指导员外出学习，连长刚探家走了，咋能让他走呢？营长费了好大劲，总说不通，这时营长家里的"编外兵"插了言："我说副连长，爱人有病说到底儿是一个人，一个连队可是百八十人，难道你心里没杆秤？称一称也该知道哪头分量重呀！"说得人家不自在，脸蛋红红的，站起来要走，她呢？也不拦，等营长送人回屋，她塞给营长五十元钱，说："明天给他！"这些"编外兵"们不仅家务事干得漂漂亮亮的，处理这些事儿也真够干脆利索。

不过也有些事儿让人头痛，部队是军令如山，说走就走，有时外出执行任务，总要走个三月两月的，每次走，她们总免不了要掉泪儿。也不能怪她们，家属嘛，眼窝窝就是浅呀。但听听她们对孩子爸说的话，你准会乐出声，你听："家里的事儿你别挂记着，有俺，你就放心把队伍带好！"说完，嘴角上笑着，眼眶里闪着，推着丈夫往门外赶……

瞧，这些"编外的兵"！

原载于 1983 年 3 月《人民军队报》

军人服务社轶事

前年春上，军营拐角儿响起了令人耳鸣的爆竹声，寻声望去，明白了，是新添的军人服务社头天开张。那服务社新盖的小楼，四四方方，红砖到顶，连那墙缝儿，都是用上等的水泥抹过的，光溜溜，一条线儿。也许是办社人爱热闹红火，竟像娶"新娘子"似的给小楼披了红、挂了绿，沿着楼顶水泥板沿儿，还扯了一幅大红绸，绸上是用黄灿灿的纸剪的美术字儿——为部队服务、为连队服务、为战士服务。人看了，便觉得格外地鲜明、亲切。

转眼，服务社已开张两年了，社里那十来个随军家属，忙得家里锅碗儿朝天，社里手脚儿不闲，却整天乐乐呵呵，开起玩笑盖了相声演员。十来个人有一个头儿——师长夫人。她，姓田名萍，原在北京某化工厂政治部当科长，为了不拖累丈夫，便离开了大城市，到了这大漠边沿儿的军营，当了个售货员。同伴笑话她："嘻，吸引力不强，让男人给吸来啰。"她也笑咧："现在城市待业青年就业难，俺是给青年人让个位儿，要是为他谁来呀！"

那师长夫人到底是大城市里来的人，点子多，办法稠，知多识广，办事利索。报上登商品广告，她订个大本儿，将那广告一段一段剪下来，分类贴到那本本儿上。架设连要买台洗衣机，她翻翻那"剪贴本"，便对人家说："告诉你，西安出的'双鸥'牌洗衣机，荣获全国同类产品优质奖，国务院还发了证书呢！啥？派人到上海去买？光车费来回就得一百多，加上住宿费、补助费，还不一百五六十出头哇！敢情花的不是自己的钱，不知疼呀！再说，人家西安实行三包、代办托运。你们没时间，我们替你们邮购。"有人做过统计，田萍这个"剪贴本"，两年就为部队节约开支近万元！

平时，田萍和社里的同志，还爱和战士闲拉扯，她看许多战士爱读书，便与社里的人一合计，到地区新华书店联系书籍，把售书专柜建了起来。遇上星期天，她们推个板车，将新到的书刊送到连队。战士见她们来了，像鸟儿、像燕儿，叽叽喳喳，奔飞相告，即刻便把她们围了个水泄不通。连队干部说她们："劳苦功高，是半个指导员。"战士们说："像自己的母亲、姨婶儿，知人冷暖，能疼人心。"

秋末雨多，服务社准备给门前铺条炉渣路，刚与烧锅炉的老师傅商量定，星期天来拉炉渣。结果，星期天太阳还没露头，炉渣便拉来了。还来了好多好多的干部战士，拿着锹，提着镐，足有两个营的人马，大家七手八脚，路便铺得平平展展、扎扎实实，再不愁来服务社沾泥沾水了。田萍和社里的同志一激动，便跑去给师里的新闻干事打电话："喂！王干事吗？今天有近千名干部战士放弃休息时间，来帮我们修了一条路，你来看看，给报社写篇稿子，表扬表扬他们吧。"王干事来了，找干部战士了解修路的事儿，可他们讲的却是服务社为他们服务的事，什么去年八月给他们送过笔记本儿啦，今年三月给他们送过针呀线呀，桩桩件件，都有鼻子有眼儿。干部战士们说："俺们做的是表面儿活，人家军人服务社才是真正该登报表扬的无名英雄哩！"说得王干事左右为难，笔头子不知该往哪儿转。

近日，我听了这事儿，在心里也揣摩了好几回。我觉得，做人若都像军人服务社的同志这样热情，像筑路的干部战士那样真诚，生活该多么美好啊！想到这儿，心一热，手一痒，便记下了这段文字。

原载于 1984 年 5 月 19 日《人民军队报》第 4 版头条

军鸽小记

　　农历初一，见军鸽排从排长到战士，个个神情庄严而泪眼迷离，面色悲怆却悄无声息。问，才知"功勋号"军鸽死了。

　　日升三竿，霞漫营地。那军鸽排全排官兵，伫立营前松下，排长手捧精致小棺，小棺内安睡着"功勋号"军鸽。一士兵手举八一军旗，军旗如悲如诉，全排官兵，脱帽默哀，一分钟又三分钟，三分钟又五分钟，排长才开口念悼词，大意是——功勋号军鸽，一九七七年入伍，七九年在祁连山洪暴发通讯中断时，逆风三小时，飞行一百八十公里，赶在洪峰到来之前，将洪情传报出去，使河西三地区五十二县免遭洪祸。次年十月，随侦察连远涉边境，连续三次完成了机密情报的传送任务，年终，荣立二等功……一九八三年初，军鸽排在祁连山中执行训鸽任务，战士王涛自山上跌落滚下，急需用药。但山中无路，车行不便，步走误时，排长命"功勋号"带领另外三只军鸽回营取药，它身负重任，展翅翱翔，往返飞行六小时，将药送到，使王涛免致身残……"功勋号"军鸽入伍九年，执行任务共一百一十一次，次次任务完成出色，领导满意，战友欢喜……

排长口念悼文，语调时断时续、时清时浊，外人很难听懂，但士兵们个个泪湿前襟。一直到午饭开了，全排仍在军鸽墓前，无一人离去。看天下白云，便觉其中会有它的矫健英姿在穿梭遨历；望日下彩虹，便以为虹上有它歇息的身影在昂首鸣啼。看那个个士兵，又如失去了同胞兄弟、知心爱妻……

傍晚回到"地窝子"，饭难下咽。便觉得这一只军鸽了不起，真幸福！蓦然间，又明白了一个道理：哪怕是一只小飞禽，只要它为人们做了许多好事，人们便会怀念它，更何况人呢？

原载于 1985 年 12 月 4 日《西安晚报》

五星杨

听说我们大院是当年西北军阀马步芳的"土围子",而这大土围子里的白杨树,则是当年被马匪抓去的西路军女子红军团的战士们种下的。你若有幸能来我们大院里转悠转悠,我想,你一定会被那一排排粗如石鼓,高指云天的白杨树所吸引。更为奇特的是,拾起根从树上刮断的枯枝,折断来看,那断开的两节枝芯里,都嵌着一颗红五星!

"写一首诗吧!""写一篇散文或小说吧!"每当瑞雪纷飞,白杨树上挂满了洁白洁白的雪花,我就这样对自己说!初春,白杨树绽开了鹅黄浅绿的小芽芽,树枝上像挂满了新生的音符时,我的心上就仿佛有一首歌儿在缠绕,心里痒的,但却不知该往哪儿挠……到了盛夏,我在那树荫下望见三三两两的战士坐在小马扎上读书时,我的心潮便又推出一句古老的名言"前人栽树,后人乘凉",

又想起了那些栽树的女战士……特别是进入秋末时分，金色的叶子纷纷扬扬地铺满了大院清晨的每一条大道小径，阳光在那一张张叶片上泛着灿灿的金光，而扫叶的战士提着扫把走来的时候，我便真正地发现了光阴的形象，真正地理解了"一寸光阴一寸金"的含义……"写一首诗吧！写一篇散文或写一篇小说吧？"我曾不止一次地对自己说。

　　然而，我终于还是什么也没有写，整整七年了，不是写不出，而是我怕想那故事，想那沉重的会让人夜难成眠的故事……在张国焘的错误路线下，红军西路军进了河西之后连遭挫折，女子红军团在金昌战役之后，除了牺牲的大半之外，约一百多名女战士被马匪押进了这个大土围子……她们年龄最大的不过三十出头，最小的年仅十三四岁。"青春啊青春，美妙的青春！"那时还没有这支歌，但她们的心里却都有一杆信念的旗呼啦啦地飘扬……自从被捕后，她们每天栽树，栽了满满一院子；每天担水浇灌，一棵又一棵白杨树，在"一川碎石大如斗"的坚硬的土地上成活了……一天，马匪头子将她们集合起来，吼道："姓'共'的，站左边！姓'马'的，站右边！快！"没有人动！"听见了吗？！"呼啦啦，左边一下子站满了所有红军女战士，她们的眼里流出的，是坚不可摧的火流，射出的是仇恨的寒光……八挺马匪的机关枪同时吼叫了起来，同时，一百多名女战士像咆哮嘶鸣的烈马，喊出了最后的心声："共产党万岁！！"是的，一切都归于了平静，一切都像没有发生一样的平静。四十多年过去了，白杨树叶绿了又黄，黄了又绿。林荫道上，走进一批新兵，又送走一批老兵。当我以晚辈的身份回忆起葬于白杨树下的年轻的女子们时，我的眼里怎能不出现那颗红五星呢？

　　有人说，那树心里的红五星是那些牺牲的女子们的英魂所凝结，也有人说，是那些女子们的贞洁信念所幻化。我没有到植物园

五星杨　　157

去核实是否有人的英魂、信念能使枝芯生出五星的事来，但我愿意相信他们的说法，并在心里给我们大院里的白杨树正式命了名：五星杨，又称"红军杨"。

1986 年发表于《人民军队报》

苜蓿花叶

苜蓿，叶青碧。青似小葱茎叶，轻掐出绿水儿，细嫩莹莹；碧如泉溢苔池，绿荷摇珠儿，清纯灵动。脉细密似网纹儿，如蛛丝，形或瘦长或扁圆或满月，叶边儿圆周有齿，似锯牙，如山峦。花，或紫或黄或白，从春开到夏，从夏开到秋，紫得富贵，黄得璀璨，白得高雅。开在枝梢之叶儿细茎根儿上，一簇一簇，如粒粒珍珠环抱，似颗颗明星辉映，但既不惹蝶翩翩，又不诱蜂嗡嘤，艳而无媚，素不少姿，隐在葳葳蕤蕤茂茂密密碧叶之中，似大家闺秀不肯风流，似小家碧玉煞是多情。

房前一畦花池，遍生苜蓿，苜蓿之中，偶尔窜出几朵月季，月季高而苜蓿矮，月季花鲜硕目，而苜蓿花小如米，远望近观，月季没了苜蓿作陪不能增其花容月貌，苜蓿没了月季照样在丛叶之中颔首含笑，其姿容之美更显，不过不肯争头露面罢了。

月前，好友携妻带子前来观赏月季，赞不绝口。月季亭亭玉立一副孤傲之态，余心有数，故作《苜蓿花叶》，愿好友美赏全畦。时在乙丑年五月九日。

1986 年 6 月《西安人防报》第 4 版

冬　青

　　我们师部机关大楼，前是冬青，后是冬青，左是冬青，右是冬青。高，一米六五；宽，一米六五。那冬青剪成了一排排长条条儿，左一排、右一排，纵一排、横一排，站到五楼的阳台上往下看，啧啧，如梭织绿网，似针穿碧珠，像要把西北的春光全都网了去、穿起来……

　　初春，万木竞萌，大地气暖。看那冬青，萌而无胆怯、生而无畏惧、鲜而无幼稚、嫩而无天真，长得虎虎有生气，生得勃勃有追求。人们赞扬东边冬青长得好，西边冬青也得意忘形。为啥？大家长得都惹人爱，都令人疼，赞扬谁都一样啊！

　　仲夏，千花展媚，万卉伸娇。冬青无妒，长得青青盈盈，生得绿绿碧碧。万卉扶花，她亦扶花。蝶儿绕花飞舞，蜂儿围花翩翩，她无艳羡。依旧吐着碧翡翠，依旧吐着绿玛瑙，扶着姹紫嫣红的花，衬着缤纷烂漫的花……让人动情，令人折腰。对此，冬青置若罔闻，依旧照自己信念去生，依旧照自己理想去长……

秋末，花卉凋零，大地失茏。再看那冬青，如柏似松，不仅没有失翠，反而长得更有锐气，那鲜枝，那嫩叶，像渴望的手指，伸向湛蓝的天空……淫雨霏霏，绵绵无期，冬青无畏，换了崭新的容颜，更一番碧翠，更一番鲜绿。淫雨无期，她生的信念，也依旧地久天长。

去年冬天，北风断树，白雪没沟。冬青含笑，于风中歌唱，在雪下横生，如天山雪莲，似陌上梅红……它把那肆虐的寒风，将那暴戾的狂雪，皆置于生的乐趣之中。

难怪，老师长离休三年，仍忘不了楼前楼后的冬青。他写信来说：我今生唯有一愿，愿生如冬青。

1983 年 10 月 22 日《人民军队报》第 4 版

第四辑

挑灯看剑诗如锋

开江后记

　　"开江"这个名字，是一个伟大的隐喻和象征。它隐喻的是打破坚冰万马奔腾的诗，它象征的是冬去春来花香四溢的歌。从金垭机场出来，被开江县两个美女接上，她俩告诉我：机场距开江县，还有一个小时车程。上了车，我便问：开江指的是哪条江，是嘉陵江还是长江？司机师傅笑了，说：我们开江没有江啊。没有江？为什么叫开江呢？那一刻，我陷入了沉思。

　　那是1991年4月初，我带着中央电视台总政《中国之路》电视系列片东北摄制组，从北京飞抵沈阳，又由沈阳军区提供两辆切诺基，驱车在东三省的黑土地上采访，直至5月1日才到达黑龙江的黑河岸边。此时正值龙江的开江时节，当地人告诉我：早在十几天前，龙江两岸，每天都可以听到冰封的龙江炸裂的巨响，每一声，都响彻方圆十几里。我当时就在想：那就是思想解放的炸裂、精神迸发的巨响吧？人们从冰封的龙江上走过，像走在坚硬的钢板上。可是谁能想象得到，有一天，不，就是十几天后，这坚硬如钢的冰骨，会炸裂，会消融呢？

那天，我站在龙江边上，看着从上游缓缓往下游漂移的一块块巨大的冰峰，都是一米多厚的冰，一块一块叠压着，一块一块错动着，缓慢的游动游走。那个开江的气势，沉稳，博大，巍峨磅礴，蔚为壮观……而开江没有江，又为什么取名叫"开江"呢？据史记载，早在1400年前，原名新宁的开江就设县了，至民国三年，由于新宁县与湖南的新宁县重名，故借此更名为开江县，就是说这个名字在110年前，就已经被命名了。而我在想，在这个没有江的土地上，是谁不用开天开地开山来命名，而要用开江之名的呢？是幻想着开出一条江，或引嘉陵江，或引长江之水，来灌溉家乡田亩，养育子孙后代？敢想肯定是从幻想而来，他们把自己的幻想命了名，一用就是一百多年，我想这期间的时空交错与时空召唤，挪移的是多么庞大的艰辛，一代代的开江人念着开江这个自己命名的土地，在其上劳动生息，繁衍子孙，这其中蕴含了多少开天辟地的幻想和渴望富裕的向往啊？！

现在，我就站在开江，站在四川省达州市开江县的土地上，距离我此时此刻念想着的黑龙江的开江景象，已过去了遥远的三十多年，亦已拉开了遥远的千里之距。我无法想象遥远的开江人取开江之名时的真正用心，但毫无疑问的是——在没有江的开江之上，一直都有一个开江放水的想象在，开江人渴望开一条江，哪怕在梦里，在想象里，在未来的日子里，它也是真实的动力所在，这所在是渗入骨子里的幻想，是融入下意识的选择，是敢于按想象去干事业的精神……

在开江采风，我们的车子奔驰在一个个小村庄，我无时无刻不被乡村焕然一新的民居而感动，又常常被民居的不讲究，甚至是没有设计的简陋而扫兴。当车子放缓，拐入三里田园，一座挂着"孙家别院"的大别墅的园子时，我的心立刻就被那中西结合的秀美建筑惊到了。主建筑是一个"L"形，延伸过来的两边顶头建筑，从下到上都是圆形，房顶则是欧式塔尖；三层，每层都有分隔巧妙的房间，两百平米左右；主建筑边上，还配建了"小方屋"茶室和独立的"宴会厅"，整个园子合成了一个松散而又聚拢的田园建筑群；其间还有三片空地，可以供不同的人等坐而论道，喝茶饮酒，写字画画；尤其建筑周边种植的花木，把这座没有围栏的建筑群，装点得诗意盎然。远远望去，这个建筑群在方圆几十里内，犹如鹤立鸡群的鹤之丹顶，又似万绿丛中的一点红梅。"孙家别院"的女主人告诉我：这个建筑群的材料，全部都是用最新型的钢材建造，造价不高，结实程度比土木建筑结实百倍，设计精巧，雄伟壮观，融合了哥特式与中式檐帽的建筑风格，并且可以随时拆装移动。她接着说：我们之所以在老屋宅基地上建这个别墅式的小园子，就是想给乡亲们树个样板，让乡亲们知道，花同样的钱，可建造更结实更耐用，也更漂亮雄壮的，比城市建筑更具有欣赏价值的房子。我忙问：有效仿建造的吗？她回答：有一家已订建了一座和我们这座一模一样的，还有很多乡亲们来看了又看，都非常喜欢，他们说要好好地合计合计，建房毕竟是大开支，乡亲们肯定要琢磨透了才好下决心。听到此，我的心不觉一动，这不就是开江人按他们自己的幻想去努力奋斗，实现的一个具体实际的案例吗？女主人的丈夫是一位搞建筑的开发商，游览过世界各地和祖国的各大城市，看到家乡房屋建的简陋平常、缺少设计，于是就请了最好的设计师，来设计了多种样式；他们自己先挑选了一个满意的图纸，投资建了一个样板。希望能以看得见摸得着、实实在在物美价廉的别墅样板，来吸引乡亲们的注意，逐渐改变乡亲们的建房观念。他们一家人的这种敢于幻想的实干劲头，不就是开江人的开江精神吗？想象一下未来开江的乡村，如果家家户户都住上了各式各样又各不相同却是美观漂亮的别墅，那幸福的指数还能不飙升？人们再来乡村旅游的观感，一定会更有审美的愉悦吧？

开江没有江，但是有河；有河就有水，有水就有荷。开江人喜欢种荷，因为荷花从出芽到开花到成蓬出藕，始终都有着精雅独特的动人之处。但开江的公园并不多，尤其能供人漫步游览的开阔地少。县文旅局根据习新书院"今士堂"一群文学爱好者的建议，将分散的荷塘合并，一下子就开出了一个"万亩荷田"，之后分包给农户来种植。陪同我们采风的朱映琤告诉我：自从有了"万亩荷田"，这里一年四季游人如织，当年朱自清先生笔下的荷塘月色，在这里被放大了百倍千倍万倍；尤其是夏季，从早到晚，这里都有游人来赏荷花，十万朵百万朵千万朵的荷花，都冲着拿手机拍照的人笑，早上笑，中午笑，晚上笑，夜里也笑；这里还有一个诗意的名字叫——"藕花深处"，到了夜晚，月亮不睡觉，陪着游人照，而且还是亮如白昼般的亮，白白大大的月亮，高高地挂在天上，不用闪光灯，一样可以拍出塘里的荷花，那粉嫩的花瓣，因了月光镀上的薄银，熠熠生辉，那粉便有了光芒，花蕊也生出了莹莹的灵性；在这里漫游的情侣，会忍不住地一往情深，哼出动人的呢喃花语，默誓今生白头到老；而当年朱自清先生所见的那个小小的荷塘，哪里能与这里的万亩荷塘相媲美呢？如果朱先生在世来到这里，相信他要再写《荷塘月色》，一定会写得更细腻，更有意境……藕花深处是花蕊，娇娇的黄蕊弥发着香气，微风拂过，花影动，蕊香飘，月光伴着荷叶摇，是自在在摇，是幸福在摇，是少男少女的欢心在摇么？这意境，是幻想还是现实？说是幻想，却包含着现实；说是现实，却扑闪着幻想。我觉得这更像开江人的梦，只是他们把梦变成了现实，所以就有了点幻想的味道……

县文联早在十年前就创办了《魅力开江》杂志，每年荷花盛开时节，他们都要组织当地的文学爱好者、周边县市的作家艺术家来采风。想象一下从"藕花深处"采风回家后的作家艺术家伏案写诗作画的情景吧？诗文中描绘着荷花的姿色，丹青笔墨中挥洒着荷花的清香，写成的诗文和画就的画，就登载在《魅力开江》杂志上，然后每期印2000份，分发给周边的学校，图书馆以及寄赠给各地打拼的开江人，物质变成了精神，精神鼓舞着人们去创造物质，这不就是开江人幻想想象的意义和价值吗？据说这个小杂志，十年来以开江为中心，向川东蓉城，向四川全境及全国，影响所及，已经遍布了世界……

自我从达州金垭机场去往开江的路上，司机师傅告诉我"开江没有江"的那一刻，我就想起了龙江开江的壮观景象。之后采风过程中，我会时不时地就被眼前的景象所触发，再次想起龙江开江的炸裂声。在"孙家别院"，在"藕花深处"，我仿佛就听到了开江的炸裂声和开江放水灌溉良田的景象。临别时分，习新书院"今士堂"的几位文友，要我为他们写一句寄语，我想了想，春天的时令早就到了，开江人的幻想，也该一一兑现了吧？于是乎，我便提笔写了八个字儿：开江灌溉，文盛年丰。

2024年1月6日晨于开江草
2024年1月21日改定于北京

活着的古歌

　　有一种缘，会突如其来；之后，会与再生的缘串连在一起，形成一个人的精神轨迹，乃至精神世界和思情的境界。

　　我来到这个世界若干年后，才被一封家书带入一个意想不到的地方——大约是 1981 年底，我收到一封加盖着"义务兵"邮戳的书信，打开来看，才知道是弟弟小乐寄自四川西昌空军场站基地的。他高兴地告诉我，他当兵了，而且是空军。这比在大西北戈壁荒漠上当兵的哥哥我来说，自然环境要好多了。那时候发射卫星的航天城还没有建成，而我的弟弟在空军场站基地——西昌服兵役，所以，西昌自然就成了我们家的关注点、想象点，尤其是父母大人的思念天地。后来，弟弟考入空军沈阳航校，毕业后在西昌场站的汽车连当指导员，想象着我的同胞兄弟开着汽车奔驰在大小凉山的道路上，不由得就有一种自豪之情漾溢开来。虽然那时候我还没有去过西昌，但是，在我的想象里，这里是我非常熟悉的地方，是我弟弟奔驰向前、为一个连队操心、为军空建设奉献青春的地方——它应了马尔克斯的话：有亲人的地方，就是故乡。

第一次踏入我的这个梦里故乡西昌的时候，已经是38年之后的事情了。2019年4月的一天，《星星》诗刊的副主编干海兵打来电话，问我是否有时间到大凉山彝族自治州的山寨去看看，那里正在扶贫攻坚，如果现在不看，以后就再也看不到原始的彝族山寨了。我一听就觉得机会难得，立即表示：我非常乐意去。之后不久，海兵帮我订好的机票信息发来了：北京——西昌！哦，大凉山在西昌，或西昌在大凉山？我小的时候读过诗人梁上泉写的《挑担茶叶上凉山》等一系列的诗歌，没承想过，在弟弟从军的地方，还有一座山，一个诗人，是我很早就熟悉的人物。我有时会想，所有你最初遇到的人事，后来都会成为你的记忆你的经历，乃至成为你的财富。在飞往西昌的天空上，我又开始了想象：西昌，这个彝族自治州的首府之地，会以一个什么样的姿态来迎接我呢？或者说，到得西昌之后，会看到一个什么样的西昌呢？

扑入我眼帘的，是一个身材苗条而面容姣好的彝族少女，她拈着裙摆的两个角，做出的一个轻轻下蹲的姿态——那是彝人欢迎宾客光临的敬爱礼。前来接机的青年诗人、彝族兄弟马海子秋热情地接过我的拉杆儿箱，引着我到停车场去上车，而我的双眼已经被牢牢地拴在了到达厅正前方的一座雕像上。我问：那个少女雕像塑造的是什么人？子秋说：阿嫫妮惹，汉译名：妈妈的女儿。她的那个双手拈着裙摆两角下蹲的姿态，实在是太优雅了。让我想来，没有三千年的造化，百代的蜕生，决做不出这么娴雅静淑的感觉来。忍不住的向往，使我丢下子秋，径直向雕像奔去，之后驻足仰望欣赏，"那其实就是一个眼神儿 / 和一个轻盈的体态，更具体地说 / 就是一个眼漾热诚而身体的轻轻一点 / ——行一个彝家欢迎礼的自然下蹲 / 很轻，几乎就是微风拂柳的一晃 / ……嗯，很多美的闪现都是这样／像暗送的秋波，凤眼儿的一瞥／只有会意的情人和诗人／如我——才能于瞬息之间接收／并即刻转化为情感／进入灵魂，所以瞬间永恒，或永恒的瞬间／才是真正的艺术／追求的美之浩瀚"这几行诗，是我后来写下的当时的感慨。值得一说的是，这座雕像的作者，与南京大屠杀遇难同胞纪念馆前后左右的雕像群作者是同一个人，即大雕塑家吴为山。我们都被彝族少女的美所击中，又同时发现了一个伟大的史诗。在去往宾馆的路上，子秋边开车边介绍说："《妈妈的女儿》是彝族民间流传的一部史诗，而这个雕像，是吴为山先生根据史诗和现实生活中的情景塑造的。"是的，我围着雕塑观赏良久，于今思之，我觉得吴先生真是艺术大师，他没有囿于史诗，而是更强烈地把历史传说浓缩在现实生活中的一瞬，将一个饱含着先人遗传基因的瞬间体态凝固定影，显示出一个大艺术家洞察不朽之魅的创造能力。他为老子孔子马克思费孝通等等伟人塑像，"这一刻／少女进心入魂／情怀刹那奔涌／斧凿刀刻为灵魂开先河／又塑出个——妈妈的女儿来。"于是，我的好奇心又忍不住了，忙问子秋："这个史诗能找到吗？我非常想看看。"子秋说："没问题，我家就有，回头我给您送来。"然而，我还是不能释怀，入住宾馆后，天还早呢，便在百度上搜索了起来——还真有！是汉语版的。再于是，我便在手机上读了起来……

这是一首千行长诗，我记不得阅读时中断了多少次，总之，我是陆陆续续读完的。我读得很慢，很用心，联想到开天辟地的中华文明，实际上有一个严重的缺陷，那就是对女性生命存在与女性文化的遮蔽，在中国卷帙浩繁的典籍中，表达女性的作品少之又少，甚至可以说少得可怜。而《妈妈的女儿》原名《阿嫫妮惹》，则以女性的生命历程为中心，从女儿的孕育开始写起，一直写到婚恋与后来的生儿育女，始终沿着女性的成长和境遇遭际的波折与创伤而一唱三叹，疼痛感伴随始终，命运的旋律挥之不尽，女性本体生命的深重写实与情感境遇的描摹，构成了这部罕见的以女性、女人、女儿为角色的史诗以独特的魅力，它直视女性的悲惨生活与命运，对于不合情理的世道，给予了强烈的抨击反抗与叩问。如诗中写道："山上牲畜有九群／女儿没有一只羊／山下耕地有九坝／女儿没有地一垧／家中粮食有九囤／女儿没有一粒粮／姑娘长到出嫁时／枉自躲藏在闺房"。不仅如此，在中国几千年的传统文化中，关于女性的地位问题，似乎一直都没有过公正的对待，更没有成文的典籍形成社会尊重的原则。诗中展现的，假若女性出嫁后生活很不如意、很悲惨时，她们几乎就没有什么办法来改变。别说离婚，就是寻死，也是难上加难。"若在公婆家中死／引起冤家械斗来／弟兄为我把命抛／若回父母家中死／引起诉讼难分解／荡尽家产女心焦／若往山前山后死／路人认为葬虎口"，诗中的表达，读来让人有一种揪心的疼痛。尽管这部史诗的七言译法过滤掉了大量的生命感觉与意境的书写，但是，仍然能够让我们进入女性的情感世界，进入她们命运的境遇、伤痛、悲苦、期盼，等等；使我们能够看到并感知与猜想到她们生命的艰辛磨难，抑或更多内容……在我想来，这不仅是一部为女性女人女儿而歌的史诗，想想我们就要开启的访贫问苦的采风活动，能够及时地发现并阅读此诗，谁说这不是上天赐予我的一个绝好的、理解这片土地和土地上的人们最好的方式呢？而我有了这首长诗提供的背景和意境，再看看今天彝家山寨与彝家的女儿女人们，我想这样理解起这片土地和人们来，是不是就更接近她们真实的精神世界了呢？

我们要去访问的地方，是昭觉三岔河乡（现属三岔河镇）的三河村，距离西昌市区有一个多小时的车程，包括最后的一截山路。在即将到达三河村的半山腰上，因为脱贫攻坚的首要任务，是实现公路的"村村通"，而我们的大轿车恰恰被一段即将施工修通而暂时尚未修通的路段拦了下来。这似乎也是一个提示，即曙光在前头，脱贫攻坚仍然任重道远……我想，这或许正是此次活动的组织者有意的安排，不让我们一下子就进村入户，而是让我们在前来的路上，先看看这里的路是如何开通的，这里的村寨，是如何改变，原汁原味，艰难曲折，却又稳中向前。我心里默默地想：好啊，不玩花活，来真的，就是要这样一寸一寸地向前推进。虽然下车后要步行上山，但是我们却真切地看到了"脱贫进行时"的生动场景。

很快就要看到新世纪的阿嫫妮惹了，她们是母亲，也是女儿。我与《星星》主编龚学敏、副主编李自国等，登上了一间向阳山坳中的茅草屋，屋里坐着一位67岁的彝家阿妈，她叫吉木子洛——应该就是当代的阿嫫妮惹吧？她家的门又低又窄，弯腰钻进茅屋后，我很难想象，时至今日，竟然还有如此简陋的供人居住的茅舍，屋里所有的家什都是20世纪五六十年代的旧陈设，床、桌子，和一个柜子，全都破烂不堪，除此，家中几乎什么都没有。吉木子洛有一儿一女，可惜的是他们都在市区工作生活，只能双休日来照看一下她。村干部看出了我们的心思，对我们说："这个寨子里的所有住户，包括吉木子洛家，都列入了精准扶贫的重点范围，下周开始就全部都要翻新了。公路也马上就修通了，吉木子洛的儿女以后要来，踩一脚油门，车子就开到家门口了。这次约请诗人们来看看，就是请大家来见证我们市委扶贫攻坚的奇迹。"作为中共党员，我从首都飞来，看到如此窘境的山寨彝家阿妈的生活状况，内心深深地感受到了扶贫攻坚工作的迫切与重要。现在，凉山彝族自治州首府西昌的党政领导干部们，严格按照中央的要求，在大小凉山上展开了脱贫攻坚战，不仅实现了公路"村村通"，而且彝家的山寨，也都翻盖上新啦！我想，《妈妈的女儿》这首古歌，是不是也该有一个新篇章了呢？

有一种缘，会突如其来；之后，会与再生的缘串连在一起，形成一个人的精神轨迹，乃至思想境界。我没有料到我的弟弟会从军西昌，也没料到38年后我会与吉木子洛阿妈相见，更没有想到2020年12月初，我会应《民族文学》邀请，再次来到西昌，而且又被西昌深深地触动了一次心灵——仍然是女性，仍然是女儿，是少女。

那天，我们一行作家乘车去"彝海结盟"之地参观，车上闲聊时听到广西作协主席冯艺与人说起了高缨。我知道，在诗人圈里就有好几个高瑛。艾青的夫人叫高瑛，写《丁佑君之歌》的也叫高缨，字不同音同，便问：哪个高瑛（缨）？冯艺回我："写《丁佑君之歌》的高缨呀？你不知道？他是原西昌县委宣传部的副部长，还写过电影《达姬和她的父亲》，今年二月刚刚去世。丁佑君的纪念雕像就在邛海公园里，我早上起来散步，还去看了。"真是完全没有想到，沉睡在我心中最少40年以上的记忆，突然就被冯艺大哥的几句话唤醒了……

我小学的同班同学毛钢，四年级时被西安外国语学校特招，我们两家住得很近，他每月都要回家一两次，而每次回家都会找我玩。一次他回来拿了一个笔记本给我看，上面是他抄写的长诗《丁佑君之歌》，并说这诗写得非常好，希望我也看看，我立即就接过翻看起来。说心里话，如果不是毛钢亲笔抄写，或许我不会认真看，但正因为是毛钢一笔一画抄出来的，这么厚厚的一本子诗歌，的确是惊到了我，对于自负且又刚刚开始喜欢诗歌的我，这一本子诗歌的确是及时雨般的精神食粮，他走后我便立即读了起来……毛钢的钢笔字方中带着点圆，也许是他写英文多自然而然带出来的痕迹，一行行诗句抄出来，显得格外地整齐有序，而我读的也比读书上印的铅字更容易入脑进心。这首长诗，让我记住了丁佑君，知道了这个小姐姐才19岁，就英勇地牺牲了！于是，我也找了一个精制的笔记本，用了几个晚上，将毛钢同学的手抄本也用心地手抄了一遍，并在心里默默地感叹——这个小姐姐太伟大了，像刘胡兰一样，都是有理想有信仰的人。如果我没记错的话，那一年，我与毛钢都是十五六岁！这么多年过去了，我记不得丁佑君是哪里人、在哪里参加革命、在哪里英勇牺牲，但是我记住了她的名字和高缨的名字。真是没想到，竟然在西昌又一次提起了她和他，他们一直都活在我的心中，让我再一次陷入情感的撞击中……

从"彝海结盟"参观回来，我找到接待我们的负责人请求说，我很想去拜谒丁佑君，不仅是我，我还要替我的小学同学毛钢，向丁佑君烈士三鞠躬。接待我们的市作协的朋友非常理解我的感受，当即决定：下午就安排车子和人员送我去。下午，车开得很快，似乎懂得我的心情。一个小时后，车便上了"佑君大道"，并行驶在"佑君镇"了。西昌人民没有忘记这位为了他们的解放而英勇献身的少女，以她英雄的名字命名了佑君牺牲前走过的路段，并将她殉难之地的镇名，命名为"佑君镇"。这当然是一份荣光，更是永恒的纪念。当我来到"丁佑君烈士陵园"，我的心里突然有了一种从未有过的感觉，那宽大的陵园和丁佑君高大的雕像，立即将我内心蕴藏着的几十年的情感耸立了起来，是，她应该有这么一块圣地，以容纳我们今天乃至以后的少男少女们来徜徉、来漫步、来缅怀、来追寻……我希望我们的年轻人在结婚的时候，也能像俄罗斯的青年男女一样，先来给佑君献上一束鲜花，并牢牢记住她，是她的牺牲赢来了胜利……

是的，革命的烈士已经慷慨赴死，

只剩下风烟浩浩，气象茫茫。

毫无疑问，丁佑君首先是"妈妈的女儿"，其次才是少女，才是革命战士。作为女儿与少女，她没有辜负母亲的养育；作为革命战士，她没有辜负党的哺育和培养。诗人高缨为之而作的千行长诗《丁佑君之歌》太长了，我这里无法转载。为了让更多人了解丁佑君，我把百度的介绍压缩了一下：

丁佑君（1931年9月27日—1950年9月19日），女，别名：丁一之，生于四川省乐山市瓦窑沱一个富裕的盐商家庭，自小受到良好的教育，新中国成立后，丁佑君考入西康人民革命干部学校，加入中国新民主主义青年团，毕业后担任西昌女中军事代表。1950年9月17日，盐中区土匪发动反革命暴乱，丁佑君不幸被土匪绑架。土匪们对丁佑君进行了百般摧残，始终不能使她屈服。匪首竟卑鄙下流地将她剥光衣服游街示众，后又将她捆绑在柱子上用皮鞭、棍棒抽打，施老虎凳、用钢针刺穿她的乳头直至插进乳房，并对她轮奸、用枪击穿她的左胸，但丁佑君宁死不屈。1950年9月19日，匪徒围攻盐中区公所，妄图利用她劝说坚守碉堡的战士投降，丁佑君视死如归，鼓励战士们坚持到底，不要投降，并高呼："中国共产党万岁！"恼羞成怒的土匪向丁佑君开枪，之后，土匪抓提起她的双脚，将她在凸凹不平的山地上拖了一里多路，直至全身被粗砺的石子擦得皮开肉绽、血肉模糊，最后被丢弃在荒野中，被狼残食得只剩下头骨和一些骨架，时年19岁。

若干年后，《丁佑君之歌》的作者、79岁的高缨再次来到五通桥，为纪念丁佑君烈士题写了这样的句子：

　　白玉一样纯洁，钢铁一样坚强。
　　她永远十九岁。

老作家准确地概括了丁佑君烈士短暂的一生，这是对烈士的高山仰止，表达了自己对烈士一辈子的尊崇。1951年5月19日，中央人民政府颁发了毛泽东主席签署的"革命烈士证"，并核定丁佑君的革命功绩：记一大功。

是的，我完全没有准备，完全意料不到：会有一种贯通古今的缘，突如其来；之后，会与我的少年时代、现当下的生活与未来的寄望串连在一起：我在西昌从军的弟弟、吴为山的雕像《妈妈的女儿》、史诗《阿嬷妮惹》、昭觉三岔河乡的三河村的吉木子洛，以及丁佑君的英勇献身与后来西昌的解放和于今西昌卫星发射中心的直通宇宙的大国重器的巡游天外，都形成了我内心深处一个清晰可见的精神轨迹，乃至形成了一个庞大无垠的我的精神世界和思情境界。在这里，在我心上，西昌不是一个地名，而是一个又一个古老而又年轻的、一直都活在我们新时代的生命体，它有过往的历史，也有蓬勃向上、欣欣向荣的当下，更有辉煌的未来。它从远古走来，要向阳光明媚的灿烂文明的世界走去，这是我们56个民族的自信，浩浩荡荡，一往无前——如此，这后来与未来的一切，是不是可以当作祖国母亲的大地上，再次响起了《妈妈的女儿》的新篇章呢？

2021年1月14日草于京华

想象文天祥在白鹭洲书院读书

想象不需要雨，但如果是探访书院或准备深情地回忆，那最好能遇到雨。听雨打芭蕉，观檐上吊珠，像为探访与回忆配了溪流婉转的音乐——那是美的呢。

唉，因为没有资格回忆，所以我决定用想象。关于文天祥，或关于白鹭洲书院，因为要探访古人和古书院，我只能动用我的想象了。想象有时的确是可怕的，因为它常常直抵真相，甚至比真相更生动。虽然我的想象并不比任何人厉害，却很有可能更生动更形象一点儿？现在的确没有雨，而且是阳光直射的正午时分，因为热，我的前襟与后背已被汗水浸透。但是我探访的劲头十足，而且想象温婉跃跃欲试，而且还精微，从哪儿开始呢？

事实上，文天祥在白鹭洲书院只读了一年书。在此之前，少年文天祥主要跟着父亲文仪读书。其父嗜书如命，常常孤灯黄卷到天亮。有记载说，文仪通宵读书至天色微明之时，仍手不释卷，毫无倦意，甚至会推门出来站在屋檐下，再借着初照的曙光继续读书。文天祥家学渊博深长，经史子集与天文地理医卜鸟兽虫鱼等等，无所不通。最重要的是文仪读书，还有着强烈的济世情怀，与人闲谈，常经天纬地，礼义廉耻，这对儿子文天祥的影响，绝对入脑进心，深入骨髓。

文天祥生于1236年，1255年因仰慕江万里而来到白鹭洲书院求学读书，那一年他不到20岁。此前，他除随父读书，还在固江圩镇的芦西井头村的侯城书院就读，那说起来话就长了，据清版《庐陵县志》与民国版《吉安县志》记载，侯城书院的古柏，乃"宋文天祥手植"。这让我想来，似乎有点儿离奇，因为文家在富田，距侯城书院50多公里，为何如此舍近求远，跑到外地来种树？嗯，这就又与宋代的游学传统有关了，想想文天祥顺富水乘舟过赣江到这里读书，水路两岸风光旖旎，似乎还很浪漫呢，并不是什么千难万险之事。不过，从这里传说文天祥种柏立志的举动来想象，我以为20岁之前在侯城读书的他，一定在家父的调教引导与自我的发奋中，已经成长为一个英姿飒爽、胸有大志向大抱负的青春少年了。据《宋史》记载，文天祥"体貌丰伟，美皙如玉，秀美而长目，顾盼烨然"，想想那个"顾盼"，一般都是形容女孩子的词儿，"烨然"，嗯，那就是说两眼放光吧？哈哈，文天祥如此的体貌出众，加上腹有诗书，这个"青年才俊"一定是个引人注目的美少年。现在，他来到了白鹭洲书院，而他的到来会给他的精神世界增添些什么呢？又会得到什么样的教诲与启悟，使之成为国之栋梁、民族英雄呢？这是我最感兴趣与最渴望想象与求证的地方。

有文引李白《登金陵凤凰台》中"三山半落青天外，二水中分白鹭洲"两句，说"白鹭洲书院"乃取自李白诗句。我站在"书院桥"看无人机航拍回来的白鹭洲前后左右的视频画面，这个洲似乎还真有李太白的诗意，中分二水的白鹭洲，郁郁葱葱，苍翠中露出来的房檐屋角，各具形态。可惜事实却并非如此，此洲非彼洲，李白写的是秦淮河西入长江，被横截其间的白鹭洲一分为二，那是另一个白鹭洲；而且在唐，与在宋的这个洲完全不是一个时空，说明李白写的绝对不是庐陵的白鹭洲。不过他的名头太响亮了，而诗中的景象又实在是太像了，宋人江万里硬要攀高枝，借"白鹭洲"这三个字儿用用，作为新建的书院大名，这当然是珠联璧合的千秋美意，倒也无妨，倒也无妨啊！

这就说到了文天祥的老师——江万里（1198年—1275年），初名临，字子远，号古心，江西都昌县人，南宋末年民族英雄、政治家、教育家。他1241年创建白鹭洲书院，文天祥1255年入院求学。那时书院已在江万里的经营中有了14年的办学经验，尤其江万里从政45年，为官任职达91种，秉性耿直，为政清廉，经历丰富又以民疾为忧怀之志，他办学，自然与凡俗的办学目的与方法完全不同。特别是他极为重视表里如一、言行一致与学以致用、学用结合。据多篇研究资料记载，江万里不以官身自居，长期挤时间给学生上课，白天政务繁忙，他就晚上亲自驾舟渡江上洲给学生们讲课。在白鹭洲上，时常与学生们同吃同住，同漫步，同畅谈，不分彼此，亲切可人。我想象着少年文天祥在这样极心尽力的老师教导培养下，会获得怎样的精神滋养呢？"天地有正气，杂然赋流形"，这里的"杂然"是纯正的杂然，所赋之的流形，自然也是纯正的吧？要么说要与第一等的人交往，要住在一等一的文字里呢？在最好的"杂然"中接受涵养涵育，获得的当然、必定也是最好的品质了。

想象文天祥在白鹭洲书院那短暂的一年里，不知道获得了江万里多少次的耳提面命，言传身教。我想象，那些个日日夜夜，江风渔火，明月星稀，他们师生品世象，谈理想，说人生，论天下，哈哈，那个口若悬河，那个神采飞扬……一定在文天祥眼里栩栩如生，在心在梦，在一切的生活中……尤其是 20 年后，江万里一家在鄱阳湖投水自尽的壮烈之举，包括江万里最后说："大势不可支，余虽不在位，当与国家共存亡。"言毕，偕子江镐及家人 17 口从容投水，之后尸积如叠的情景，在我想来，如此壮烈牺牲的言传身教，绝对是百倍的耳濡目染亦难得到的刻骨铭心的精神给予，对当年的文天祥和后来的文天祥来说，我想那应该都是对他极致的锥心刺骨的教育，对他做人要做顶天立地的大丈夫、大英雄之气贯长虹的警世钟般五雷轰顶的教育，前无古人，后无来者，得此一育，难道不是文天祥三生有幸吗？！

"古之学者必有师。"文天祥的老师就是江万里。他之所以来白鹭洲书院，就是要求拜老师多多赐教，渴望从老师那里获得经天纬地之才华，报效国家，为民奉献。其实，有这样强烈报国愿望的年轻人太多太多了！可以说古今中外，层出不穷。问题是有那么多江万里这样的好老师吗？"师者，所以传道受业解惑也。"这是作为老师的基本职能，要教育好自己的学生，那一定是要用一切心力心智来教育的，包括用生命。江万里说自己"平生士气之乐，唯鹭洲一事"。可见，白鹭洲书院是一个什么样的书院啊？！那就是一个人的命，江万里的命。用文天祥的话来评价江万里，就是"都范（范仲淹）、马（司马光）之望于一身"。并在《贺江左丞相除湖南安抚使判潭州》一文中，对老师江万里的学问名节，有过深情的回忆，他写道："修名伟节，以日月为明，泰山为高；奥学精言，为天地立心，为生民立命。"我不认为文天祥在这里所用的"修名伟节"是一个词组，更不以为他用"奥学精言"是四个字的拼接，这样的极致之言通过热血与诚智的心之思虑而出，完全是江万里在白鹭洲上对他心授神予、悉心教诲的必然结果。

在我的想象里，20 岁的文天祥，可以说他的心灵，完全是一块洁白无瑕的通灵宝玉，而他之所以是幸福的，就正在于此——在最好的青春年华，遇到了最好的、最渊博、最卓越、最无私、最乐于奉献的老师。虽然时间很短，也就短短的一年！然而在我的想象里，这就足够了。所谓的石破天惊，云开雾散，不都是刹那间的震撼人心与照彻心灵么？人这一生啊，有那么一次真正的开蒙启智也就足矣！像文天祥这样志洁行芳的俊彦，这一年的教养，足以令他一以贯之，万古不朽！是的呢，我想象文天祥是深知江万里老师的心念的。"星折台衡地，斯文去矣休，湖光与天远，屈注沧江流。"文天祥把江万里老师一家的投江，比喻为屈子的又一次殉国，在我的想象里，也可以说那是江万里给学生文天祥上的最后一课——这也是江老师理学之"体用"的身教形容，更是其"性情"之说无言的启智比方，是真正的体立行用与性情充斥，这样的楷模范式哪里找得到啊？真乃千古一师，文天祥何其之幸运！又何其之幸福！

让我再诵读一遍："天地有正气，杂然赋流形。下则为河岳，上则为日星。于人曰浩然，沛乎塞苍冥……"如此纯良美质、浩荡动人之诗，究竟是从哪里来的？让我想想，让我想想看？太明显了吧？太明显了。江老师如影随形，相伴终生，甚至于在文天祥的诗句里，都能看到江万里老师魂魄的影子。什么是好老师？哪里有好老师？孙中山先生说："世界文明，唯有我先。"这自信不是从域外学来的，而是从江万里这样的老师们身上摄取提炼而来的，并且不止一个，而是一个接着一个，一代连着一代，仅哺育文天祥的老师，就不止江万里，还有欧阳守道……

没办法，写文章不是拍电影，可以全息拍摄投影，我得一个人一个人地交代，一个字儿一个字儿地写出来。文天祥在白鹭洲书院读书的那一年，也是欧阳守道受江万里之聘出任学院山长之任上，关于欧阳守道，文天祥有这样的介绍：

先生之文，如水之有源，如木之有本。与人臣言依于

忠，与人子言依于孝。先生之心，其如赤子。先生之德，
其兹如父母，常恐一人寒，常恐一人饥，而宁使我无卓锥。
其与人也，如和风之著物，如醇醴之醉人。及其义形于色，
如秋霜夏日，有不可犯之威。其为性也，如檠水之静，如
佩玉之徐。其处人之急，如雷霆风雨互发而交驰。其持心
也，如履冰，如奉盈，如处子之自洁。其为人也，发于诚
心，摧山岳，沮金石，虽谤与毁来而不悔。其所为也，天
子以为贤，缙绅以为善，类海以为名儒，而学以为师。

　　从上文字可知，文天祥对老师欧阳守道的认识与理解，与对江
万里是一样的无出其右，都是入心进魂的透彻明慧，显然超越了他
的同学同道，虽然他在老师的门内，与在江万里门内一样，也仅仅
一年。可见他识人之能，也是了得啊！山不在高，学不在短，然一
日长于百年，一年便足以永垂青史。我这样想象似乎有点儿夸张了
吧？没有。非凡之人必有非凡之举，欧阳守道与江万里一样，他们
都是非常之人，包括教育出来的学生文天祥，也是非常之人。要不
怎么就一飞冲天了呢？

　　欧阳守道，字公权，初名巽，晚号巽斋，学者称巽斋先生。他
注重学生人品气节与学问气象的一致，以教化心灵为第一，带领学
子在庐陵"四忠一节"牌位前礼学先典、砥砺学风、提振精神。他
与江万里一样，都以行为师范为教育学生最好的方法。他出身贫
寒，少年时，逆境攻读；为官时，不曾有丁点儿发财的念头。欧阳
守道常对学生们说，任何人，如果把学习的目的寄托在升官发财
上，而不是国家民族的利益上，那都是气节的丧失，是可耻的。他
鄙视醉心科场、一心钻营的小人；他认为一个人如自幼便把个人利
益当作目标，那他日后就很难保持住大节，并会为日后留下变节腐
败的隐患；他特别器重知识分子，却又担心他们沦为游末之士、吏

青之士与盗窃之士。他对学生们说，读书人一旦成为蚕食百姓、鱼肉乡里的人，这不仅仅是读书人的耻辱，而且是国家不幸的征兆。所以，他在讲学中总是苦口婆心、谆谆教导，一边抨击时弊，一边要求学子们严于律己、培养浩然正气。他大声地、一遍又一遍地告诫他的学子们：浩然之气，人人有之，不必外求，只需内养。并进一步阐发说：浩然正气，能使人获得强大的战胜一切艰难险阻而决不被强敌所屈服动摇的精神力量。在白鹭洲书院，文天祥与他的同学们，夜浸日润，耳濡目染，接受着老师这样的教诲。即使在今天，如果老师们能如此地忠于教育，我坚信，当代的与未来的孩子们，也一定会成为新一代的文天祥……

江万里是这样评价欧阳守道先生的，他说："其事亲孝，谨身如玉，澹然无世间荣利意。"他痛恨贪渎，呼吁遏制"仕进自肥"的腐败现实。想想古代的先贤硕儒，想想文天祥，我就无限的感慨，他在白鹭洲书院遇到的两位老师，都是如此内外纯净至透明的人，他的"天地有正气"的信念，自然而然就"养"了出来，节义与忠孝，也就自然一理贯通。

欧阳守道的兄长早逝，侄儿由他抚养。长大结婚要钱，欧阳守道拿不出来，还是文天祥援助才将婚事办成。《宋史》记载，他去世时，就五个字："卒，家无一钱。"想想他那么大个官人，走得竟如此干净。文天祥在祭文中说，"橐无赢赀"，家徒四壁，只好"诸生为集丧事"。此情此景，学生们怎么能不被感动，他们"泫然而哭吾私"，责怪自己太自私，只想自己而没有关心照顾好老师。"穷且益坚，不坠青云之志。"这样有着青云之志的老师，带出来的学生，自然而然就有着"穷且益坚"的心志与抱负，愈挫愈勇，愈穷愈坚，以一当十，其力自能断金。想想和文天祥一起读书的学子，我还真是万分无比地羡慕他们，他们真是精良美善优秀的学生，不以老师的穷困而垂头丧气，更不以老师宦海沉浮为追随去留的风向标，这要放在今天，让那些精致的利己主义学生遇到了，还不跑个精光？

在白鹭洲书院，我特意和江万里、欧阳守道的塑像合了个影，良师优渥，苦穷弘毅，他们的人格魅力没有因为穷困与沉浮而消减一分一厘，相反却更坚定了文天祥和他的同学们对老师的敬仰，他们是老师九泉之下含笑的原因，他们的心志不在利禄与荣华，在穷理之志，在践行之志，在求公平正义、求社稷太平、求民足国富的理想。我在想：如果说《正气歌》是中华民族的精神瑰宝，那么，我更愿意把这块瑰宝当作一棵参天的大树，而五千年来无数的江万里与欧阳守道的行为师范与诲人不倦的默默耕耘，才是《正气歌》真正的根脉；而正是因为有了这个根脉，我们这个国家，这个民族，才能永远都有层出不穷的文天祥，因为我们有真正的活着的灵魂。

让我再来想象一下当年在白鹭洲书院读书的少年学子文天祥吧？700多年过去了，斯人已逝，唯余教楼空空荡荡。为什么不下点雨呢？如果有一场大雨哗哗啦啦地在楼前楼后泼着，让我的想象也多一点江南的水气，我想我的文字会不会飘出些氤氲的气息呢？现在，我又站在了"棂星门"前那座文天祥的塑像前，回忆着刚刚看过的书院历史的介绍——

白鹭洲书院的学子们在宝祐四年，即1256年丙辰科举：有文天祥高中状元，又有40余名学子考中进士。当朝理宗皇帝高兴，亲题"白鹭洲书院"匾额相赠，以示奖励。史记：遂使书院声名隆起，云云。

对此，我不以为然，不以为然！在我心中熠熠生辉的、最真实、最高洁、最神圣的"白鹭洲书院"，与那个昏庸皇帝没任何关系！而且，我觉得书院的大名倒是因了江万里、欧阳守道两位先生的行为师范而有了隆誉飞升，包括伟大的民族英雄文天祥的以身殉国的爱国壮举所造就的宏伟气象，我觉得他们都是最真实纯洁、丰富庞大的血肉灵魂，都是大写的——人，是一口饭一口饭，一个字一个字，一个理一个理，一段情一段情，一片爱一片爱……喂养大的，虽然默默无声，却是很伟大，很伟大的——人！

人间烟火把我们养大，那么，我想问问：是谁喂养的他们和后来的我们？

我看到，天地间一直都飘着两行诗，似乎在对我说：人生自古谁无死，留取丹心照汗青。

2021 年 10 月 5 日北京

料青山见我应如是

——辛稼轩墓园遗迹遗址俯拜记

对我来说，公元 2023 年 5 月 26 日，即"词中之龙"辛弃疾诞辰 883 周年的前两天，是一个值得铭记的日子。这一天，我与文朋挚友彭程、徐剑、炳根、海蒂、小惠、华诚、燕霞一起，在《香港商报》驻江西站郭美勤主任的引领下，怀着无比虔诚的心情，来到了辛稼轩的终老之地阳原山，俯拜我心中胸雄万夫、剑笔凌云、一心要洒血践行"九州归一，山河一统"的千古风流人物——辛公稼轩弃疾大先生。

天有点阴，似水墨泅染，湿气未干，空中飘弥着 800 年来一直未能凝落的泪水。我们来到铅山县永平镇陈家寨彭家湾村牛皮岭的阳原山半山腰，驻足望去，通往稼轩墓的神道有点窄，好在铺了新石阶，我们仨俩并肩，沿阶踏厉而上。昨晚，听说我们要去拜谒辛公，上饶市作协的石红许主席，特意送来了 20 年的陈酿，交给徐剑兄："稼轩好酒，别忘了陪先生喝一杯。""那是当然。"来到墓前，仔细察看，发现原碑已毁残不见，展现在眼前的是辛弃疾后裔立的新碑，至今亦已斑驳模糊，碑文上行"皇清乾隆癸卯年季春月重修"；中间"显故考辛公稼轩府君之墓"；下行"廿五代玄玄孙口口霞溪口口口凌湖口东山辜染安北口立"。据说，此为辛弃疾仲子辛柜后裔所立。1959 年被列为省级重点保护文物。1971 年和 1981年又先后两次修整。麻石砌就的墓冢有四层，顶堆黄土，高 2.5 米，直径 2.5 米，占地 51.5 平方米。墓前原有郭沫若先生题写的挽联石柱一对，上联：铁板铜琶继东坡高唱大江东去；下联：美芹悲黍冀南宋莫随鸿雁南飞。我前后左右搜寻，却并未见得，倒是头顶之上，有一块浮云停在苍穹，我在想：辛弃疾 1207 年口喊"杀贼"谢世时，国家仍是山河破碎的惨状，那应该是他心头挥之不去的乌云，永远遮盖在他不朽的英灵吧？否则，辛公生前，为什么会把自己的新居，命名为"停云堂"呢？那是不见晴日的痛苦标志，时时刻刻在提醒他自己，要"收拾旧山河"啊！我要去看看那里的陈迹，接续他伟大而不息的情感并期冀他圣洁赤诚的情感之汹涌澎湃的浪涛，来撞击与淘涤我的心灵。

辛公墓前，我们恭恭敬敬地站成一排，整装肃立，面色凝重；之后，三鞠躬，屏心静气，躬身到底，从心到心，可以感知到彼此的心跳声。那是我们为稼轩词的每一句、每个字而跳动，为辛弃疾 67年的生命历程中渴望着祖国统一的每一天、每一刻而跳动。礼毕，我们逐一向先生敬酒，浓烈的酒香似稼轩复活了的灵魂，与湿气融合在一起，仿佛有一种精神在弥漫，让我的一吸一呼，都有了辛词的味道。我低下头，沿着墓冢转了一圈一圈儿又一圈儿，像汲取奋进的力量一般，获得了难以形容的底气。一个伟大的生命，像他的词：横绝古今，别开天地，气吞万里如虎，风驰电掣，一往而情深似海，永驻人心，并令人心心念念，永志难忘，遂成就了遗世的绝响……

1

翻遍史册，像辛弃疾这样的狠人猛人真人，还真是找不到第二个。在我眼里的辛弃疾，自幼年、少年、青年时代，一直都是：一柄剑倒插于地，他端坐在椅子上，一手搭在剑把，一手拿着诗书，目光炯炯，莹润进心；较之关云长，辛公幼年的专注，少年的精灵，青年的锋锐，都是关老爷的书卷气里所没有的；而弃疾身上弥漫的精气神里，始终都有刀光剑影，气贯长虹，其光芒，闪得真切，耀得是势如破竹的大气魄。一如刘克庄所言：辛词"横绝六合，扫空万古"。他动如剑舞流星，静如磐石深重，一棵嘉木转瞬参天，成了国家"文武兼备"的栋梁之材。而每每国家有难，他根本就用不着谁来召唤，总是闻风而起，呼啸而至，从骨子里迸出来的爱国情感，如天籁发乎于根脉的正气凛凛，散射而出，又如"狂飙为我从天落"的勇毅果敢，当机立断……

公元1161年，金主完颜亮大举南侵，欲灭南宋。只有21岁的辛弃疾毅然"鸠众二千"，参加了声威浩大的起义军。想想都吃惊，一个二十刚冒出头来的"愣头青"，竟然能纠集起2000多人跟着他去拼杀战斗，这得有多大的人格魅力才能获得如此的感召力呢？八百多年前，通讯交通又极其简陋，凭嗓子喊，能喊来一支队伍？没有点点滴滴，言行一致的行为示范，没有从心而至的信任、信服与追随，是绝无可能。这可不是瞎编的网络故事，在辛公自己自献给皇上并藏于史的《美芹十论》里，就有白纸黑字的记载："臣尝鸠众二千，隶耿京，为掌书记，与图恢复，共藉兵二十五万，纳款于朝。"就是说，他召集的队伍并入起义军，归朝廷使用。极心无二虑，一意全抛身家性命及所有召集的弟兄，捐躯献国，没有条件，绝无回顾。这是什么？气吞万里如虎，狠，猛，真，一腔热血，倾囊而出，青春靓丽啊！

当时，1162年正月，耿京命辛弃疾和贾瑞等人奉表南归，宋高宗在建康（南京）接见他们，任耿京为天平军节度使，辛弃疾为右承务郎、天平军掌书记，并令他回山东向耿京传达朝廷的旨意。然就在此时，义军内部生变。叛徒张安国、邵进等杀了耿京，带着队伍降了金朝。辛弃疾行至海州闻听此讯，即与统制王世隆等五十余骑，飞马急驰，面对五万众金军大营，如入无人之境，直捣黄龙。

此刻，张安国正与金将酣饮相庆，辛弃疾等出其不意，杀将进去，扭住张安国的脖颈，就是一个五花大绑；之后，甩于马上，飞身跨骑，再次冲入五万金兵大营，左冲右突，仗剑而出，揪着按着叛徒张安国，拼驰而归，献俘于行在。在临安，叛贼张安国被公审，当场验明正身，手起刀落，枭首示众，极大地鼓舞了南宋军民的士气。而辛弃疾的智勇果敢与大无畏的壮举，在朝野上下也产生了极大的震撼，正如洪迈所云："壮声英慨，儒士为之兴起，圣天子一见三叹。"辛弃疾后来词忆这段少年往事："壮岁旌旗拥万夫，锦襜突骑渡江初。燕兵夜娖银胡䩮，汉箭朝飞金仆姑。"狠人猛人真真切切的"浑不吝"，使辛弃疾名重一时。宋高宗任命他为江阴签判。自此，开启了辛稼轩在南宋的仕宦生涯，这一年，他23岁。

我从来都不相信什么天才，也不信辛稼轩能无师自通，独木成林。我坚信任何教养，都不比血亲的言传身教管用。事实上，辛弃疾一直都是在血脉承传的养育中成长，七岁就随父亲辛文郁带领族人偷偷练兵，期待有一天能为祖国统一献身。遗憾的是父亲辛文郁、母亲孙氏早亡，迫不得已，辛弃疾只能由爷爷辛赞抚养。祖父辛赞是北宋末年进士，有文化，且精神健硕，一身正气。"靖康之变"后，很多人跟着宋高宗赵构逃到南方去了，而祖父辛赞却留在北方等待王师北伐。因为他是有影响的人物，所以敌国拉拢他到朝廷做官，出任朝散大夫、知开封府。但他始终不忘家国天下，对子孙后代的教育，更是从来都没有马虎。古往今来的大义精神，天上地下的人情物理，点点滴滴，教习养成，且每逢闲暇，就带着辛弃疾等子孙"登高望远，指画山河"，殷殷启智孩子们勿忘"九州归一，江山一统"的使命。

特别是 1154 年和 1156 年，辛赞两次让辛弃疾以应试为名，到燕京考察地形，他告诫辛弃疾：要时时刻刻准备着，只有做好了准备，机会来了方能大显身手。果然，辛弃疾没有辜负爷爷的教育，机会一闪，正逢青春的他，便紧紧抓住，不仅自己走上了抗金的道路，而且还召英聚雄，带领身边的亲人朋友和他一起奔赴战场。遗憾的是：那时祖父辛赞亦已去世经年。新松恨不高千尺，更有青笋长万竿。一代文武双全的英雄人物横空出世，之后的狂风暴雨，无情打击，开始了对他的挑战……

2

瓢泉，辛弃疾晚年的故居遗址，位于铅山县稼轩乡瓜山山麓。我们的旅行车，正是沿着此路来到瓢泉。下了公路，在两座高大民居中间穿过，老远就看到迎面山下，有一块石碑，近前看：那是县文化局立的"铅山县文物保护单位"石碑，上面隶书刻着"瓢泉"两个大字，落款是"铅山县人民政府，1986 年 8 月 11 日公布"。下刻的正是辛稼轩的《洞仙歌·访泉于奇狮村，得周氏泉，为赋》——

> 飞流万壑，共千岩争秀。孤负平生弄泉手。叹轻衫短帽，几许红尘；还自喜：濯发沧浪依旧。
>
> 人生行乐耳，身后虚名，何似生前一杯酒。便此地，结吾庐，待学渊明，更手种，门前五柳。且归去，父老约重来，问如此青山，定重来否。

没错，这里就是传说中的"瓢泉"。近前看，脚下是一块三四十米的大青石，之上内里的左角，是鬼斧神工般凹下去的一个窝，窝内蓄满了清澈见底的泉水。公元 1186 年，辛弃疾来到此山发现的那一泓天然石潭，应该就是这里，其"形如瓢，水澄淳"，与展现眼前的景象一样，准确无误。据说：当年辛稼轩见状，钟情流连，爱不思归，夜宿泉边，并赋如上词一首，写的正是他内心的喜爱。我们几个围泉嬉戏，徐剑双手捧起清泉，不由分说，就往口里送饮，连呼"好甜"。炳根、彭程、海蒂、小惠也都不由自主地把手伸入泉中，我想：那浸肤的清凉，一定会激起他们对稼轩词玉洁冰清的联想。此时，我俯身向泉，撩起一掬泼向右眼，再撩起一掬泼向左眼，念想稼轩长短句中，那目视千里，直入魂灵的力道，必定与他那双锐目有关。我要沾沾大词人的福灵，岂能错过了濯洗双眼？

刚刚情急，直奔瓢泉，忽略了泉边还坐着一位老者，他正冲我微笑呢。我忙上前招呼，老者指指上山的小路，我猜那示意是说：你不上去看看吗？稼轩当年就常从这里上山，你要真是来寻找稼轩踪迹的，岂能不上？我仰头沿山的翠绿望去，望不到山头，却见天上正有一片白云停在我的头顶，朵堆云山耸立晴空，阳光镀金熠熠生辉，心头一热：这不正是辛弃疾写过无数遍的停云佳境么？"且饮瓢泉，弄秋水，看停云。"哈哈，难得，神授天予，给我好运。喃喃："上，上。"我三步并作两步，忘记了自己膝关节的疼痛，一脑儿地往上冲，好似回到了青春少年！

遥想稼轩当年，比我还小得多呢，也就四十几岁吧？却几经官场失意，屡遭同僚弹劾，在山林中浪费了许多宝贵的光阴。他却是不甘心呐，一直都在等待"沙场秋点兵"的召唤，等来的竟然是无尽的"天凉好个秋"的寂寞。正如他另一首词中所说："万一朝家举力田，舍我其谁也？"都被反复弹劾了，却屡屡更怀期待，忠义奋发，时刻准备着拼将出去。这就是一颗捐了心的身，横竖不改志坚，出口即是狠词儿猛句：是"男儿，到死心如铁"。甚至祈求说："看试手，补天裂！"那意思是：只要给他一个试试身手的机会，他立马就能把开裂了的老天给补上！乖乖，金石掷地，振聋发聩。而这些壮志凌云的词，会不会有瓢泉之水的涵育，使泉边那个半老头子辛稼轩的心手，获得了锋锐无比的笔力呢？

或许吧！否则两年后的公元1188年正月，辛弃疾不会动心起念，把"周氏泉"正式改为"瓢泉"，将"奇狮"改为"期思"，他是朝思夜盼，期待着一展身手啊。然而，他期待的那一天始终没有来。公元1194年，辛弃疾选定"瓢泉"为终老之地，"便此地、结吾庐，待学渊明，更手种、门前五柳"。一年后，"瓢泉别墅"建成，有诗为证："新葺茆檐次第成，青山恰对小窗横。"辛稼轩依着"五柳先生"陶渊明的样子，建了园林式庄园。他手植万棵松，恨不高千尺，依旧期思着一直都坚持不战的大宋，有朝一日能改变乞和的态度，让他去完成建功立业，报效祖国，实现"补天裂"的夙愿。

海拔300多米的瓜山不高，被我一口气登上了，折了两个"之"字弯后才到的小亭子。近前仰望，檐下中央匾额上三个大字："停云亭"。哦哦，这就是辛稼轩反复多次写到过的"停云亭"么？廊柱上联：抚意烟霞松竹静，下联：寄情鸥鹭水云闲。吟罢联词，站到亭子里遥望四周风光，心想：当年辛弃疾登高望远所伫立之亭，就是这里吗？难怪老者示意我登山，那是希望我获得与稼轩一样的视野呀。老人家，我深谢啦。这时炳根老哥与海蒂也上来了，我们一起向山下遥望。当地文联的同志指着山下左角的围栏给我们看，说那里围着的就是"瓢泉别墅"或"瓢泉书院"的原址，现在是空余出来的闲地一块；而这个亭子，就是稼轩读书作词之余，常来远眺望云的地方，即辛弃疾为纪念陶渊明爱"停云"、写"停云"

而建之亭。

在我的印象里，辛弃疾最少有十五六首词写到了"停云"，当然了，陶渊明比他写得更早，常以天空的云彩，代表盘桓永远的思念，来抒发内心复杂的情感。而正是在这一点上，两位大词人"心有灵犀"，都对"停云"情有独钟。那时的辛稼轩也就40多岁，却已经等白了少年头。没办法啊！只能像陶渊明一样，弃官归野，放废家居。但陶渊明归隐的是故乡，而辛弃疾则无家可归，只能反认他乡是故乡，欲哭无泪心恓惶啦。由此，可以猜想到：为什么辛弃疾不改初衷，始终如一的要等待着应召出战，甚至急不可耐；而陶渊明却是真真切切的心安理得、彻底断了俗世间功名利禄的一切念想，踏实归隐？那是因为家仇国恨都没报，辛弃疾的心无法平复，只好也效法这位先贤隐士，窝居乡野，以期能够安抚自己躁动不安又委屈伤痛的灵魂。

3

在去往"鹅湖书院"的车上，有两个与辛稼轩有关的问题萦绕着我：一是在中国历史浩如烟海的诗词歌赋中，如果没有辛弃疾的那些烁金闪光的长短句会如何；或者说，我们将这些长短句忽略不计，再或者说压根就没有出现过辛稼轩这个人，那么中国诗词歌赋的天空之上，又会是一个什么样的景观呢？当然不能没有屈原、李、杜、苏东坡，但稼轩的这些并不绵长逶迤的小词令，是可以没有的吗？让我们诵读一下，想想看，他难道不是中华诗词歌赋大厦上，那最耀眼的飞檐之一翘吗？少了他难道不是天缺一隅？默诵一下吧："醉里挑灯看剑，梦回吹角连营""金戈铁马，气吞万里如虎""弓如霹雳弦惊""了却君王天下事，赢得生前身后名""千古兴亡多少事，悠悠。不尽长江滚滚流""把吴钩看了，阑干拍遍，无人会、登临意"我看青山多妩媚，料青山看我应如是""男儿到死心如铁，看试手、补天裂""休去倚危栏，斜阳正在，烟柳断肠处""天下英雄谁敌手？曹刘。生子当如孙仲谋""更无花态度，全有雪精神""千古江山，英雄无觅，孙仲谋处。舞榭歌台，风流总被、雨打风吹去"……

这些烁金万丈，光芒四射的长短句，包含着英雄热血与家国情怀的极致表达，充盈着丰沛的精神力量，任何时候，尤其是国有危难之时，这些沉雄无比又锋锐无比的长短句，裹着沙场飞扬的气势与英雄虎胆一齐吼啸，恰如一柄柄出鞘的利剑，狂闪如电，又似惊涛拍岸，震撼着、鼓舞着人心。自辛弃疾之后，在中国历史上，那些叱咤风云的人物，哪个没有读过他的词、受过他深深的感染呢？孙中山、毛泽东等等，几无例外，除非那些丑陋下贱的"官腻子"、文坛上的混混儿，大凡久有凌云志的各路英雄豪杰，都会想起他，想起他的这些长短句，就浑身是胆雄起起！包括在中国百年的新诗史上，大凡留下点名的诗人，又有哪个没有受过他的感染与激励呢？所以啊，辛弃疾不仅是一个横绝古今的大词人，而且是我们中华民族精神的一部分……

我们的旅行车在"鹅湖书院"的院门前停下，书院门楼有三阶，梯次而上，顶有亭檐，拱形门洞之上是"鹅湖书院"四字。走进书院10米左右向右，即是正门，匾额题："敦化育才"；穿过门廊，便可看到高古的石牌坊，上书"斯文宗祖"，背面"继往开来"，字均峻端含弘，厚重光大。书院因附近山顶积水成湖，湖中有荷有鹅而称"荷湖"或"鹅湖"。唐时，山下是鹅湖禅院，南宋时香火鼎盛。吕祖谦、朱熹、陆九渊、陆九龄、辛弃疾、陈亮等等，都是来此暂住的常客。他们在这里高谈阔论，说书评词，通宵达旦，酒香四溢。

据史载，书院的历史可追溯到公元1250年，是江东提学蔡抗为纪念"朱陆之会"所建，皇帝赐名"文宗书院"。中国思想史上有深远影响的两次"鹅湖之会"都在此寺举行。第一次是朱熹和陆九渊、陆九龄兄弟俩的哲学辩论，主题是：圣贤人格；第二次是辛弃疾与陈亮纵论国家统一大业，核心是：英雄理想。而萦绕于我心的另一个问题，正是：辛陈"鹅湖相会"的核心议题：什么是理想？什么是真正的英雄？这两个看似并不起眼，然而直至今天，仍然是时刻关涉着我们的生活、家国天下、子孙后代的大是大非问题，须臾回避不得，必须正视，并要矢志不移地追索……

"辛陈相会"，虽然朱熹爽约，但这场"二人专场"的"鹅湖之晤"，却将"英雄与理想"阐扬个透底，当然，这也是词人兼收复将领辛弃疾与陈亮，两位惺惺相惜的大思想家、大英雄、大词人，难得一次痛快淋漓的精神交流。整整10天，比朱陆会多了三倍还长的时间，而且结束之后，又有词作飞传，思想情感的交流、交集与交融。史记：陈亮到鹅湖当夜，辛陈两人就对酒当歌，极论世事，共商复国大计，却又因报国无路而涕泪长流。中国文人的"士"之精神，在他们身上得到了一次极致丰沛而又痛快淋漓的展现。从这个意义上说，辛陈会与朱陆会，刚好形成了互补，一个是向虚的、从哲学的形而上的精神上探索"圣贤人格"，一个是向实的、从形而下的爱国报国的思想充盈，来践行"英雄理想"。这个小小的书院，承载了大历史观的两个粗壮的顶梁柱。我站在书院"讲堂"之中，望着仿朱熹的四个大如人高的"忠孝仁义"，想象着这些古代先贤的精神风貌，突然就觉得：他们的思想，他们的精神，一直都萦绕在我们的生命与生活中，一刻也不曾离开过我们，一种幸福充盈着我的心，让我不由自主地哼吟默诵了起来——

　　醉里挑灯看剑，梦回吹角连营。八百里分麾下炙，
五十弦翻塞外声，沙场秋点兵。

马作的卢飞快，弓如霹雳弦惊。了却君王天下事，赢得生前身后名。可怜白发生！

这首词，是辛弃疾寄赠陈亮的。但却是一个大英雄大词人的精神骨骼与灵魂写照。从这首词联想古往今来的英雄先辈，哪一个不是遍体鳞伤，哪一个又不是打碎了牙齿和血吞？气吞万里如虎？那是先和血吞了坚硬无比的牙骨，才获得的力量。辛弃疾自23岁入仕，之后就反复被谗毁摈斥，屡遭弹劾，好像始终有人要按着他的头，不让他冒出来。我琢磨着：这里边固然有别人对他中伤诽谤、罗织罪名等等原因，但也不能排除他刚强好胜又有着甫一出手，就有彩头的超级膂力，让人望而生畏，担心自己的利益受损，而奋起攻讦。辛弃疾是根正苗旺，品行纯粹，且又成长茁壮的狠人猛人真人。故而说话办事，难免用力过猛，以法治下，苛刻严厉，在所难免；而这样的为人处事的方式，怕很难不被人记恨。加之他少年即成才，青年即建功、即成名，文武双全，又有感召力、组织力与很强的执行力，年纪轻轻就进入了最高权力人物皇帝的花名册，他若得势成就非凡，那庸碌之人还怎么活呀！所以，他很早就暴露了目标，按今天人的说法就是：早就被人盯上了，非弄死他不可。因此，对他的弹劾，就一直如影随形，从未停止。

4

那年，宋孝宗即位。新皇新政，一度曾表现出要收复失地、报仇雪耻的样子。他开始重用主战骨干，发动第一次北伐。符离大败后，主和派又占上风，26岁的辛弃疾哪肯善罢甘休？向宋孝宗上《美芹十论》，剖析敌我双方优劣，提出周密详尽的收复大计和克敌制胜的战略战术。结果石沉大海。他又向右丞相虞允文上《九议》，再次陈述他的抗战方略。在偏安已成风势的情况下，他的心血还是付诸东流了。尽管后来他在江西、湖南、福建等地曾平定茶商赖文政起事，又力排众议，创制了飞虎军。然终因与新皇和当政主和派政见不合，而屡遭弹劾，一降再降，不得不退隐山居。一个又一个十年，就这样过去了，直到宰臣韩侂胄出山，他没忘记辛弃疾，这个一心一意要收复失地，统一祖国的干将，接连起用辛弃疾知绍兴、镇江二府，甚至征他入朝任枢密都承旨等官，然他刚一露头，均不出一年半载，又遭反复弹劾而终被免职……

辛弃疾一生有过数十次被弹劾，其中三次是改变命运的经历，第一次弹劾他的是王蔺，第二次弹劾他的是黄艾，第三次弹劾他的是谢深甫。而主要的罪名有二："贪饕"及"残酷"。我想：辛弃疾几次复出任职时，并未有大规模动乱，亦无发兵讨贼之事，何来残酷之说？年逾花甲时他知镇江府。当时镇江是与敌交界的前线，他一到任马上备战，搜集钱财，置备盔甲军装，花重金派间谍到敌占区收集情报。程泌《洺水集》就记载了这件事。结果是又被弹劾，说他"奸赃狼藉"，其不怪哉？他在提点刑狱任上，坚持"折狱定刑，务从宽厚"，还亲自辨释五十余人，何来残酷之说？他怜悯盲废的下属，呼医治疗，更显其宅心仁厚。倒是在帅任时"置备安库，积镪五十万缗"，"以备荒年、补军额、防盗贼、修郡学、瞻养宗室"等，为国为民尽职尽责的举措，很可能加重了地方负担，或与民争利，加之他生性耿介，又不擅回旋照应，引起种种不满他的舆言，恐怕在所难免吧？

人生短暂，转眼就是百年。历史，就是这样一个可笑的轮回，它要用能人狠人猛人推动历史前进，又要用庸人歹人恶人钳制能人狠人猛人有所作为，防止他们建功立业，夺了、挡了庸歹恶毒之人的生路，而必欲置之死地，直至打入渊薮之底而后心安。至于家国天下？这些个宵小贪恶之徒，哪里会往心上搁呢？

辛弃疾在上饶生活了27年。公元1207年10月3日，辛弃疾抱憾病逝，享年67岁。当年辛弃疾吊祭朱熹时写了四句话，现用在他身上似更贴切："所不朽者，垂万世名。谁谓公死，凛凛犹生。"他是一个坚执不二的人，是一个有着英雄抱负、胸怀天下而"猛志固常在"的人，尤其还是一个天真浪漫、无邪如赤子般纯粹的人，一如他词中所说："我见青山多妩媚，料青山见我应如是。"他满眼热望，心怀美好地看待一切，不仅青山，还有人世；他想象的是人心都是肉长的，料人世万物一切的一切，也会像他一样地看待他。真是太遗憾了！他们把你辛稼轩先生想到哪里去了呀，你知道吗？这妩媚的青山可以作证吗？你们看看吧，这人世，真是太对不起辛子啦！……

　　　　　　　　　　　　　　2023年6月5—10日于京华

虎门遗堞遗思记

6月末，威远炮台的气温超过了40度，即使我和诗人李浩躲进炮洞，那弥漫的热气依然让人难以忍受。我将双手放在一丈多长的大炮身上，后干脆伸开双臂抱住炮身，期盼清凉的大炮，能够镇去我胸口的燥热。果然，还真有凉意浸肤了呢！我汗涔涔的胸衣，洇湿了炮身，留下小半圈儿的潮印子……这难道是现实的今天与历史的昨天拥抱之后，留下的痕迹吗？

这时，濒海的炮口，刮进了一股凉爽的海风，把我的思绪吹到了1841年2月，即中英在这里爆发的那一场惨烈的海战。尽管守卫的清军将士在关天培冲锋在前的拼杀中，与英军展开了浴血的肉搏，然而终因全方位的弱势与落后，根本无法抵挡英军的坚船利炮，清军有近500人当场阵亡，大部分受伤，还有1000多人被英军俘虏，而水师提督关天培则因坚不后退亦力战殉国。相比之下，英军仅数人受伤，战舰毫发无损，可见中英双方武器装备与战略战术的差距之悬殊，实在是太大了。而清军将士忠于祖国的英勇献身，则在英军降维打击下，显得多么的悲惨哀艳，甚至是惨不忍睹！虎门，这个威风凛凛而又响当当的名字深处，埋藏着的是中国人内心永远都无法抹去的这样一个奇耻大辱。也许组织采风的同志洞悉了我的心结，特意邀我来重温这段历史，是期冀着我能写点什么吗？我如约而至，来到了坐落在广东省东莞市虎门镇海口东岸的威远炮台，来到了距炮台不远处的"海战博物馆"，参观、感受、发现。

　　是的，我感受并发现了一个公开的不是秘密的秘密。史书上一直都说：清道光二十年（1840），英国以林则徐虎门销烟为借口，派远征军侵华。而我在展厅看到的1831年9月8日，英国《中国信使报》发表的、题为《对华的战争》的文章，早就明白无误地道出了他们在开战前11年的狼子野心。正是这篇文章，最早披露了英国要发动对华战争的正式主张；之后的1833年，即开战的前8年，英国商人哥达德在英国的《中国丛报》上，又发表了关于《对华自由贸易》的文章，更明确昭告了要通过武力达到对华贸易的目的。也就是说，即使林则徐没有在虎门销烟，只要清政府不允许他们来"贸易"，他们一定要对中国动武。而且一直都在酝酿准备，寻找一个最佳的开战时机。就是说：你不让我贩卖鸦片，我就用大炮轰开你家的大门，闯到你家里，用枪炮来逼着你的家人，同意我在你家里贩卖鸦片。历史与现实何其相似，"自由贸易"在强盗的逻辑里，永远都是弱肉强食的丛林野兽的法则，不存在你同意不同意……这就是帝国主义的本质属性吧？虎门海战，这块亮豁豁的历史疤痕，至今仍然痛照着中华儿女的心，历历在目，挥之不去。让我们看看英国《对华的战争》是怎么说的吧？

　　　　中国人从未想到有一天，外方会为了强行与中方签
　　署商业条约，并将为改变在广东做生意的模式而付诸武

力。……从所有现象看来，唯有通过武力才能从中国有所斩获。

"唯有通过武力。"这是英国人的意志，而在我们中国人的观念里，从来都是"己所不欲，勿施于人"，崇尚真善美的民族，骨子里就没有强加于人的念头，也永远理解不了豺狼的贪婪。然而，人家已经下定决心要动武了，而且准备了十多年。事实上，清政府不是不知道战争的危机，正一步步逼近，于是斥巨资构筑了"三重门户"系列炮台，给两万守卫的清军装备了大炮。问题是，没有科技支持的装备武装与防卫体系，也从不看看世界工业的发展与进步，只是闭着眼睛修筑炮台，又怎么可能一厢情愿地守护好自己的家园呢？

果然，战幕拉开，高下立现。那天，英军对虎门要塞发动总攻，在10艘战舰、3艘汽船上的火炮支持下，登陆部队向虎门要塞的各个炮台，发起了猛烈的轰炸与疯狂的进攻。水师提督关天培指挥各炮台反攻，却发现己方炮台发射的炮弹，根本就够不着敌舰；相反，敌舰却在我炮台射程之外，向我炮台猛烈轰击，发发命中要害。就是说，我打不到他，他可以打到我。而且清军炮台上的炮位是固定的，射击半径有限；而英舰炮位在舰上，不仅舰可以游移进退，而且炮位也是360°旋转的；更要命的是：我方弹药是工匠凭经验配方装填，药力根本没有达到最佳，所以射击距离仅仅150米，而英军的射击距离竟数倍于我，人家是反复进行科学试验，药方配制达到了极致，所以射击距离达到了450米。我打他是老虎吃天够不着，他打我是一打一个准，而且英炮是可近可远可左可右，是全方位的精准打击！如此看来，这已经不是敌我双方在打仗，准确地说，这就是英军对清军的大屠杀！而所谓的具有"三重门户"之称的著名的虎门炮台防御体系，在英军先进的战舰与大炮的轰击下，只有挨打的份儿，完全没有任何招架之力。悲乎哉？大痛之悲也！

让我们来回顾一下，当年水师提督关天培设计建筑的"三重门户"防御体系，即最强大的海防要塞"金锁铜关"吧？战争前夕，关天培在威远与镇远炮台之间增建当时清朝火力最强大的超大型炮台——靖远炮台，安炮60门；在上横档岛新建永安炮台，安炮40门；在芦湾山新建巩固炮台，安炮20门；同时，还在副航道水底遍插木桩，将其封闭，以防敌舰通过。在大虎山岛建了大虎山炮台，岛北面设师船十艘，配以泅水阵式兵、中水对械兵、爬桅兵、能凫深水兵130名，以拒防闯过虎门防线的敌舰。

然而，看似固若金汤，牢不可破，然思维的层级不同，结果当然也就不同了。虎门海战，我们的确战败了，但是这个战败，败在工业落后，败在科技落后，败在军事装备、防御体系落后，尤其是败在思想层级的落后，而虎门海战博物馆展示的文字与图片资料汇总出的结论，告诉我们——鸦片战争的历史教训，可以总结出很多条，但最为重要的是两条：一是面对帝国主义强霸，决不能心存任何幻想；二是落后必遭暴打掠夺，没有任何幸免的可能。

正如虎门失陷，英军接着发起进攻，先后攻破广州福建厦门和浙江定海、镇海、宁波等地，并溯长江上犯，张开了血盆大口，逼迫清政府签订了中国近代史上第一个不平等条约——中英《南京条约》。之后，世界列强一看急了，这块大肥肉不能让英国独吞，于是乎纷纷威逼清政府签订了更多的不平等条约，自此中国彻底沦为了半殖民地半封建社会。这个教训，对每一位中国人来说，都刻骨铭心，没齿难忘。

尽管如此，当我驻足海战博物馆展厅，还是被清军将士勇于牺牲的大无畏的壮烈精神所感动。明知无用，仍冒着敌人的炮火装弹发射，有效阻滞英舰长时间不敢近前；水师提督关天培为提升士气，拿出自己全部积蓄，甚至典押自己的衣物，给每位参战士兵发银两元，以激励士气。当时，英军直逼虎门第二道防线，琦善拒绝增援，关天培当众宣誓："人在炮台在，不离炮台半步！"直至中炮，与400多名将士一起，壮烈殉国。史载：血，由岸漫流入海，染红了天边的朝阳。

早在炮台陷落前，关天培就抱着必死之心，寄回家一个小匣子，内有几枚脱落的牙齿和几套旧衣服，以为永诀纪念。噩耗传来，林则徐挥笔写下一副挽联："六载固金汤，问何人忽坏长城，孤注空教躬尽瘁；双忠同坎壈，闻异类亦钦伟节，归魂乡关面如生。"关天培的英勇牺牲，是中国近代史最悲壮的一个警叹号，亦是中华民族百年屈辱史上舍身为国、英魂永驻的大烈大悲之壮举丰碑。

是的，一个国破家亡，一个英烈尽殁。这么无边无际的大灾大难，我们怎么可以不谨记永远，而辜负了先烈前贤的捐躯与呼号呢？此刻，我不能不想起鸦片战争60年后，中国近代民主革命家陈天华愤然蹈海弃世前所写《警世钟》开题诗："长梦千年何日醒，睡乡谁遣警钟鸣？腥风血雨难为我，好个江山忍送人！万丈风潮大逼人，腥膻满地血如糜；一腔无限同舟痛，献与同胞侧耳听。"听，听吧……好个江山忍送人？这是在问中华儿女的子子孙孙吧？让我们：谨记住，莫辜负。

2023 年 7 月 22 日于京华

捍卫我们民族的文化基因

——记东方主战场上没有硝烟的战争

我们所说的抗日战争，通常只是指炮火硝烟的战争，倘若真正深入到战争的深处，便会透彻地看到没有炮火硝烟的另一场战争。在第二次世界大战中的中国大地上，不仅从北向南渐次展开了正义与邪恶的钢铁绞杀、血肉拼搏的战争；同时，还展开了中华民族与世界的良知志士一起誓死捍卫中华民族的精神血脉与文化基因不受篡改、玷污、灭绝，与日本法西斯精神对垒、灵魂搏杀的另一场战争。

一

早在 1931 年日本入侵东三省之前，中日之间的这场没有硝烟的战争便开始了。为了实现丰臣秀吉之"使其四百州尽化我俗"，彻底同化、征服所占的东三省，日本几乎用尽了所能之手段。电影在那时是最先锋的文艺娱乐形式，那一年，日本拍摄《东游记》《北方的国境线》《伸展的国都》等电影，目的是麻痹与愚弄、欺骗中国民众。这类伎俩配合着日本法西斯的铁蹄，一面用炮火，一面用香风，两面用力，企图以此实现他们扩张侵略的狼子野心。

然而，洞若观火的世界各国人民，早就看穿了日本帝国主义的真实面目，他们以自己的方式针锋相对，与日本的"香风"展开了对垒。美国米高梅公司出品的电影《龙种》让世界第一次看到了中国人民在反法西斯战争中的英勇斗争。而影片的主旋律，是聂耳创作的歌曲《义勇军进行曲》。1940年，在纽约的露天音乐堂，美国著名歌唱家保罗·罗伯逊用汉语和英语演唱了这首歌，震撼了台下所有纯洁善良的心灵。这首歌曲的词是田汉同志在被捕前一个小时内写出的；而它的曲作者聂耳，于1931年1月的两天两夜中写出。作为中华民族最优秀的分子——中国共产党人，他们几乎是从日寇踏入中华大地的第一时间，就发出了怒吼。

一边是日本法西斯的蓄意麻痹、愚弄与欺骗；一边是中华儿女的最优秀的子孙与世界有良知的人们"拿起笔作刀枪"，与日本法西斯的强盗文化肉搏与血拼。

二

面对日本法西斯的文化欺骗与灭绝我血脉的种种伎俩，毛泽东在七七事变之后就指出："今天中国政治的第一个根本问题是抗日，因此党的文艺工作者首先应该在抗日这一点上和党外的一切文学艺术家团结起来。"

中华全国文艺界抗敌协会于1938年3月27日在湖北汉口总商会成立。"拿笔杆代枪杆，争取民族之独立。寓方略于战略，发扬人道的光辉。"当年中华全国文艺界抗敌协会主席台前的这两行标语，非常明确地表明着文协的宗旨。

在这次中国近代文化史上广泛持久的文化界统一战线引领下，一支声势浩大的文化抗日大军迅速集结。1939年4月9日出版的《新华日报》写到："无论在前方和后方，或是在沦陷区中，都可以看见我们的作家站在自己的岗位上，以他们的武器——笔杆子，来发动民众捍卫祖国，来组织民众打击和歼灭敌人。"《边区自卫军》《保卫卢沟桥》《光复台儿庄》等一批批抗战艺术经典，在民族危亡的腥风血雨中，唤起了劳苦大众和各个阶层救亡的觉悟和激情。中国的抗战文化，使中国的文化获得了新生。

1938年11月20日，日军的飞机第一次飞临延安上空轰炸。一颗炸弹在作曲家冼星海的面前爆炸了。而这次与死神近距离的遭遇，将冼星海的个人情感与民族的命运紧紧地连在了一起。他在延安创作了《黄河大合唱》这部伟大的民族经典。1939年5月11日，在庆祝鲁艺成立一周年的音乐会上，冼星海亲自指挥一百多人的合唱团，演出了《黄河大合唱》。最后一个乐句结束，毛泽东"嚯"地从座位上站了起来，连声称赞："好！好！"《黄河大合唱》的歌声，从延安发出，很快就响遍了中国，传向了世界。为抗战发出怒吼，为民众吼出了心声。

活跃在东方主战场上的作家、艺术家们，用一腔腔的民族热血书写着誓与日本法西斯决战到底的血性文章，其永久的生命力，昭示着一个艺术常青的真理——与国家之命运、民族之血脉相通相系的作品具有永恒的魅力。

三

1937年7月30日，日军对天津进行了持续4个小时的大轰炸，把南开大学变成了一片焦土瓦砾。日本法西斯侵略到哪里，就对哪里的文化教育事业进行疯狂摧残。仅"七七"事变后一年内，中国108所高校就有94所遭日军轰炸。

在国破家亡的民族生死关头，为了让中国教育的文脉得以延续，为了坚持民族教育，并使无校可归的师生不致失学受到奴化，国民政府采取果断措施，将高校迁往内地，以保文化的根脉。这是人类历史上一次大规模的知识分子的迁移运动，学生、老师纷纷带上他们的书本和教具，踏上了长达千里的内迁之旅。

当时的带队老师，著名教授、诗人闻一多先生这样描述迁徙之旅："今天，要用我们的脚板，去抚摸祖先经历的沧桑……现在国难当头，我们这些掉进书堆里的人，应该重新认识中国了。"这是中国知识分子与日本法西斯在精神文化战线上的战争。它体现了一个民族在国难当头之际，保卫自己的民族精髓血脉、国家栋梁人才的深远宏大的眼光与胸怀。

事实上，抗战期间，在中国，还有一条著名的迁徙路线，那就是从四面八方奔向延安的知识青年。仅1938年至1939年一年，从全国各地奔赴延安的学者、艺术家和知识青年就有6万多人。他们都怀着抗日救国的一腔热血与理想，奔向延安，经过培训，然后，东渡黄河，义无反顾地奔赴抗日战场，成为八路军、新四军中第一批从延安来的抗战知识分子。

四

自抗战爆发以来，许多外国人冒着生命危险奔赴东方战场，用一切可以用来表达的艺术手段，来反映中国抗战的真实状况，与日本的欺骗、愚弄、粉饰性宣传，展开了舆论、文学与艺术的较量。

纪录电影大师尤里斯·伊文思用8个多月时间拍摄了纪录片《四万万人民》，让国际社会及时了解了中国人民危险艰难的处境，认识到中国是世界反法西斯洪流的重要力量。

1943 年春，电影《龙种》的编剧赛珍珠，为了敦促美国领导人支持中国的抗日战争，在美国举行了一场抗日文艺演出。在白宫门前的草坪上，赛珍珠亲自担任报幕员，著名歌唱家、中国共产党党员王莹用英文演唱了抗战歌曲《卢沟桥》《游击队之歌》《到敌人后方去》《义勇军进行曲》。坐在手摇车上的美国总统罗斯福和夫人以及美国内阁所有高官及各国驻美使节，都被王莹饱含深挚情感的演唱感动了。一时间，中国抗日战争成为美国高层的主要话题。这是没有硝烟的战争，它的武器，是表演、是歌唱。

卡尔逊、斯诺、史沫特、莱詹姆斯·贝特兰等一批外国作家与记者先后来到延安实地采访，向世界发出了客观公正的报道，为中国人民的英勇战斗赢得了国际社会的广泛同情和支持。

德不孤，必有邻。可以说，在东方主战场上，中日之间展开的精神信仰的拼搏、思想文化的较量、文学艺术的格斗，是全球性的。世界上许多正直、善良的作家、艺术家们，与中国的作家、艺术家们一起，用一切的艺术手段，捍卫了正义，赢得了崇高无比的荣誉。

五

1940 年 1 月 9 日在陕甘宁边区文化协会第一次代表大会上，毛泽东第一次明确地指出：中国的新文化应当是"民族的科学的大众的文化"，揭穿并粉碎了日本法西斯麻痹、愚弄与欺骗中国人民的反人道、反人类的法西斯文化图谋。

在这次中国近代文化史上广泛持久的统一战线引领下，一支声势浩大的文化抗日大军迅速集结，走上抗击日本法西斯的战场。他们纷纷组成宣传队、歌咏队、演剧队、放映队，用独幕剧、街头剧、报告剧、诗歌、小说、电影、漫画等群众喜闻乐见的艺术形式大力宣传抗日斗争，动员组织全国人民与日本法西斯战斗。

1942年，是中国抗战最艰苦卓绝的一年。这一年的5月2日，中国共产党在延安召开文艺座谈会，毛泽东指出：我们要战胜敌人，首先要依靠手里拿枪的军队，但仅有这种军队是不够的，我们还要有文化的军队，这是团结自己、战胜敌人必不可少的一支军队。

当时的中国，虽然极其贫弱艰难，但是一直都有一种精神巍然屹立，凝聚着积贫积弱的人民，同仇敌忾、众志成城、奋勇杀敌，这就是毛泽东领导的中国共产党所倡导的伟大的抗战精神。

"假如我们不去打仗 / 敌人用刺刀 / 杀死了我们 / 还要用手指着我们骨头说 / 看，这是奴隶！"这首《假如我们不去打仗》的短诗，是我国著名的枪杆诗人田间的名作。一时间，这种短小的诗歌形式被抗日将士广为传抄，极大地唤起了抗战军民的斗志。

从延安出发奔向战争最前线的文艺战士，创作出一批批鼓舞士气、激励斗志的优秀作品，构成了中国20世纪30—40年代所独有的"抗战文化"经典，至今熠熠生辉。抗战文化是中国文化史上的一座丰碑，昭示了中华民族文化血脉的强大凝聚力、号召力、战斗力和生命力。

正月里来闹新春。1945年2月23日，毛泽东对到枣园拜年的延安秧歌队队员们说："我们这里是一个大秧歌，边区的150万人民也是闹着这个大秧歌，敌后解放区的9000万人民，都在闹着打日本的大秧歌，我们要闹得将日本鬼子打出去，要叫全中国的四万万五千万人民都来闹。"

毛泽东在黄土高原上的预言不久即变为现实：1945年8月15日，日本天皇面对败局已定的现实，低下了罪恶的头。9月9日，中国战区投降仪式在南京举行，日本在投降书上签字。

这岂止是钢铁战争与热血生命的战争胜利，这更是中国人民抗战文化与日本法西斯文化斗争的胜利！我们务必认识这一点，因为这个胜利是阶段性的，日本军国主义并没有彻底被消灭，它的阴魂一直都在，中华民族务必保持清醒的头脑，这就是我们经常说的"勿忘国耻，警钟长鸣"所包含的真正的深意。

在这场关系到民族命运的残酷战争中，70年前中华民族亿万人民同仇敌忾、一往无前的战斗精神证明：优秀的抗战文学艺术作品，发出了激励人民战胜日本法西斯的时代最强音。

诚如伟人毛泽东对中华民族的精神概括中所说："它要压倒一切敌人，而决不被敌人所屈服。"这就是中国，这就是中国人，这就是中国人永远无法灭绝的文化基因。

原载2015年9月9日第9版《解放军报》

活着的灵魂在歌唱

——重读经典《回延安》

"心口呀莫要这么厉害地跳，灰尘呀莫把我眼睛挡住了。"一首好诗，要经得起时间的考验，如果没有对历史情绪与情感的高度凝聚与提炼，那它的深刻思想从何而来，高妙的技艺如何附丽于其身，独特的形式又如何与内容融汇为一体并落地生根？考察一首诗的经典性，一定要弄清楚其所包含的历史情绪与历史情感，也就是说一首诗对于一个历史时空的概括，不仅是对历史史实的概括，因为是诗而不是政治论文，所以它的概括就要有对历史的概括，同时还必须要有对这段历史时空的情绪与情感的高度概括与提炼。有了这样高度浓缩的概括与提炼的表达，一首诗才可能具有经典的价值。从这个角度来重温诗人贺敬之的经典之作《回延安》，当我们除去诗人对历史现实生活的表达，而从其表达的情绪与情感的提炼来考察，就会发现：《回延安》是浓缩了整整两代人的情绪与情感之后的高度概括的凝炼之作，它所表达出来精神境界，实现了淋漓尽致的感染力并使读者感同身受。

为什么诗人贺敬之要选择"信天游"这种形式来表达？这个形式的选择本身，就是对一种情绪与情感的选择，就是对这一方水一方土的选择，因为这个"信天游"是这一方水土之上的人，最熟悉最热爱最有感情的艺术形式。诗人理所当然要选择这个能够与当地人最为贴心的艺术形式，来表达他与大地及大地之上的人心相通的情绪情感。且不要小看对这一形式的选择，因为作为一个"外来人"要掌握好陕北民歌这一形式，绝非易事！而诗人贺敬之正是因为有抗战期间在"延安鲁艺"数年的学习生活，才获得了对这一艺术形式的娴熟掌握。而要真正运用好这个形式，还要有更为扎实的生活基础，并获得语言的畅达流利。我们再来看看《回延安》的语言，就可以清楚地看到，贺老敬之先生对"信天游"语言的行云流水般的表达，就恰似当地人民群众亲切有如己出的语言："白羊肚手巾红腰带""羊羔羔吃奶眼望着妈""东山的糜子西山的谷""米酒油馍木炭火""白生生的窗纸红窗花"等，可以说一如竹筒倒豆子，这从另一个角度，又告诉我们：只有身心皆入陕北土著人民的生活，与他们息息相连，才能与他们的思想感情、生活习惯、语言艺术实现融会贯通。而诗人贺敬之正是首先闯过了这最关键的一关，才实现了匠心独运地对"信天游"形式与陕北民间语言的自由选择与运用。尤其在他浓烈的思想情感推动下，创作出他那一代人所没有创作出的"这一个"经典诗作。这首诗保留了诗人作为"老延安"的历史，又加进了"回延安"的情绪与情感，实现了史的有温度、有激情的现实表达，从而获得了他那一代"老延安"的强烈共鸣，同时也赢得了陕北人民的高度认同与赞誉。即，诗人通过运用陕北民歌的语言与形式，证明了陕北对诗人深刻的影响，证明了诗人与陕北人民心心相映的情感融汇。这样的情绪表达与情感表达，使得诗人的表达实现了对史的复活与超越，实现了对人心强烈的感染，再次证明了诗的经典性与情绪情感表达的概括性，有时比单纯的史的表达更为重要的经典创造的原则。

我是 20 世纪 70 年代初第一次读到这首诗的。坦率地说，对诗中浓郁的情绪情感的表达，我当时并没有真正地理解，尤其对诗中的那种急切的情绪与夸张的情感表达，初始甚至觉得诗的情绪情感过于强烈了一些。于今想来，也许这就是隔代人与未曾经历过的人对父辈心灵的理解上的差距吧？所幸的是，我还有一次精神的游历，使我有了一次进入父辈心灵的机会，不仅对父辈的理解，也对诗的情绪情感的概括提炼的表达，获得了新的认识。1976 年 10 月，中央一举粉碎"四人帮"，我父母所在的工厂，即原铁道部西安三桥车辆工厂也和全国各行各业一样，开始了"拨乱反正"。党委急需要选一个政治和能力俱佳的干部部部长，但是选来选去还是选不出来，一晃就是半年多了。党委会上，书记赵志同志发言，他说："还用选？我给你们推荐一个吧！'文革'前就是干部部的老部长王荩民同志，他至今还在南泥湾五七干校劳动改造，这都什么时候还不放人家回来工作？！大家有什么意见吗？没有？明天我就去接他回来。"这是 1977 年 7 月的事情，那天早上，因为母亲恢复工作在铁小担任书记走不了，家里决定让我代表全家，和赵志书记与厂办的另外一位姓何的阿姨一起去延安接父亲——那一年，我 18 岁，第一次去延安。

听说要去延安，我兴奋得睡不着觉。小学时，我们就唱陕北民歌，唱"高楼万丈平地起，盘龙卧虎高山顶"，唱"太阳一出来呀，哎咳呀，满山红哎，哎咳哎咳呀"，特别是那个笛子独奏曲《陕北好》，天天都能从工厂的喇叭里听到，还有"鲁艺"，还有杜鹏程的《保卫延安》，古元的版画、贺绿汀的歌曲……可以说延安对于当时的我——一个文学少年来说，那是真正的"圣地"！向往是从梦到现实的每时每刻，激动的心情与《回延安》诗中表达的极为相似，也是恨不能立刻就"双手搂定宝塔山"，把梦中的延安仔仔细细地看个遍……那天，我只背了一个军挎包，装了一本读了几十遍的诗人贺敬之的《放歌集》，就随赵书记上了车。当时，从西安到延安全是盘山路，我们的国产面包车早上六点多出发，直到下午六点左右才缓缓进入"西安市南泥湾五七干校"的大门。进入之后，我便看到了一队人戴着草帽扛着铁锹往院里走，车很快赶上了他们，是赵志书记最先看到的父亲，他喊："停，停！那不是苠民吗？"定睛一看，果然是父亲。他的脸晒得通红。赵书记跳下车，拉着父亲的手说："走，收拾东西，现在就走。"父亲似乎没有反应过来，但是他的笑脸——灿烂的笑脸，我永生难忘。那是瞬间迸发出来的毫无保留的笑容，是贺敬之先生诗中的"亲人见了亲人面，欢喜的眼泪眼眶里转"的感觉，不仅父亲，还有赵书记、何阿姨和我，我们当时也都是"满心的话登时说不出来"啊！诗人写的是回延安见到亲人时的感受，父亲与赵书记、何阿姨和我，我们在南泥湾的相见，又何尝不是"亲人见了亲人面"的感受呢？诗人写的是自己在新中国成立十年后回延安的心情，而父亲和赵书记、何阿姨、我，我们则是"文革"后父亲"第二次解放"再见亲人面的激动心情，不一样的情境，却都是一样的为革命的胜利而激动啊！此时此刻，当我再次回味贺敬之的《回延安》，回味中国革命的曲折行进，我的心中则有了另一番的滋味。但是无论如何，延安，不仅更加巍峨壮丽，而且还充满了更加广阔丰富的魅力。一如诗中所写：革命的道路千万里，天南海北想着你……

第二天早上，我们在当时只有二层楼的延安宾馆，也就是周恩来总理回延安时住过的"延安饭店"，喝了小米粥吃了馍馍，便急火火地去"延安革命历史纪念馆"参观，我的心始终渴望着认识和理解更多的革命历史。伴随着一幅幅照片所揭示的历史，我的心里有了一幅波澜壮阔的历史画卷，而在画卷的正中央，就是中国共产党领导抗日战争的总指挥部——延安；而在延安城的画卷上，有一盏灯——那是枣园窑洞的灯光。仿佛是一种情感的累积，我们的车子被一下子推到了枣园毛泽东、周恩来、朱德同志的窑洞前……那一天，我在毛泽东主席的窑洞里，看到了玻璃柜中《论持久战》的手稿，是铅笔写在粗糙的马兰纸上，非常流利的"毛体"字，一张一张地叠压着，像历史一页一页地躺在寂静的时空里，以无限的思想昭告着世界：人民战争必胜。赵志书记摸着我的头说：小家伙，胜利不容易啊。"枣园的灯光照人心，延河滚滚喊'前进'。"从窑洞里出来，我特意请摄影部的同志给我在窑洞前照了一张相，而照片上我手里拿着的，正是诗人贺敬之先生的诗集《放歌集》——诗集中的每一首诗，我都读过了几十遍。而唯有在此刻，我才觉得那诗是活的。"心口呀莫要这么厉害地跳，灰尘呀莫把我眼睛挡住了。"因为人心是活的，它表达了人心，它当然有了生命。

　　2016年10月，父亲87岁。听说姐姐一家要去延安，便执意要回延安看看。一路上，父亲都在唱"花篮的花儿香，听我来唱一唱"，他唱了一遍又一遍，我想，当年的贺敬之作为这首歌的作者，我猜他一定与我父亲一样，也会这样反复唱吧？母亲说："莨民，别唱了别唱了，嗓子唱发炎了，发烧就麻烦了！"可是他还是要唱，像他要回延安，劝也劝不住。参观完"延安革命历史纪念馆"出来，父亲站在馆门边上儿童团员的雕像前，要姐姐给他拍照，他指着那个手拿红缨枪的儿童团员说："我就是先当的儿童团长，后参加的八路军，14岁。我与这个战友合个影。"于今我看着父亲这张照片再读《回延安》，我似乎对诗人贺敬之诗中的情绪与情感，有了与父亲血脉贯通的感受，不再觉得那情绪与情感"过于强烈"了。因为"树梢树枝"有了"树根根"，看山看水有了"亲山亲水有亲人"的体验。这些活的诗句，与虚空高蹈的标语口号不同，它的情绪是生命真实的状态，情感是思想真实的境界。无需去"火"，更无需脱"水"，是浓缩了两代人的思想情感与超越了一个时代的卓越的经典文本，饱含着浓浓的最真切的情绪与最真实的情感。这情绪属于历史，因为有情绪才生气勃勃；这情感属于历史，因为有情感才有爱憎，活的历史中有活着的灵魂在歌唱，它歌唱往日的辉煌，歌唱今天的创造和未来的美好。

"身长翅膀吧脚生云，再回延安看母亲！"当一首诗成为心灵的呼唤，成为精神的路标，并使一代人与另一代人血脉相通，这就是说：它获得了永生。

2019 年 5 月 23 日北京

《光明日报》2019 年 5 月 31 日发表时改题为：《一首诗，让一代代人血脉相通》

求什么生存?

——从哈里森·索尔兹伯里
《长征——前所未闻的故事》说起

1

深思令人心惊,而深虑则使人看到了更加难以想象的后果。正值中国工农红军长征胜利 80 周年纪念之际,再次想起美国作家哈里森·索尔兹伯里对长征的一段评语。因为这一论断随其《长征——前所未闻的故事》一书,在全国发行数百万册,而这段出自作者序言的话,也随之在出版之后的若干年里,被文史界广为征引与扩散,在读者中流播广泛影响很大。其原译中文为:"(长征)它不是一般意义上的行军,不是战役,也不是胜利,它是一曲人类求生存的凯歌……长征终于为毛泽东及其共产党人赢得了中国。在本世纪没有哪一个事件如此地触发世界的想象,如此深刻地影响着未来。"嗯，这看上去褒奖有加，甚至显得溢美的文字里，却在高大上的词语中低调内敛地埋了一个改变人们普遍认知的长征是革命理想主义与英雄主义壮歌的"关键词"，即"求生存"。这三个字，将他所赞扬的"人类"的"凯歌"，显然"去"了重要内容与成分——即抽掉了灵魂之后，成了一个词藻组成的空壳。

那么，索尔兹伯里的这一写作主旨，与人们认知的长征究竟有什么不同呢？红军的长征，中国共产党的高中级领导人率领的数十万大军前仆后继、视死如归的追求，仅仅是为了求生存而其中没有灵魂的砥砺和精神的指引吗？我怀疑。

2

那么，让我们带着这样的疑问，重温一下长征，再次翻开中国革命史，也许答案就在历史的真相之中。看一看领导人的履历，中共中央、中央革命军事委员会有6名政治局委员，候补委员有5名，让我们查阅一下他们的出身便可知道：6名政治局委员，4名出身于富裕殷实家庭，2名出身佃农与贫苦人家庭，即朱德与陈云，但他们二人在少年时代均受到过良好的教育，并考入专业技术学校和军事学校；5名候补委员全部受到过良好的私塾教育和后来的新式教育，家庭富裕，衣食无忧。只有刘伯承15岁时父亲病故，家庭生活突然陷入艰难困苦之中。在中央红军的政治局委员和候补委员中，有7—8人以上甚至在青少年时期就出国留学。也就是说，在红军这11人的高层领导人中，只有极个别人是家庭困难，确有生存之忧，而绝大多数生活无虞，均接受过良好的教育。在20世纪之初，能有这样的高素质的人才，从四面八方不谋而合地走到一起并组合在一起，实属罕见。但正是这些富家子弟或殷实人家的孩子组成了红军长征的领导核心。他们在衣食无忧的前提条件下，自青少年时代就是追求理想的出类拔萃的有志青年；在投身革命之后的十多年里，他们主动迎接新思想、学习新知识，大胆地尝试着用所学的马克思主义理论来武装自己、指导自己的革命想象与实践，使之逐步成为灵魂纯洁、道德高尚，有理想、有信仰，且无私无畏的革命者。可以这样说，他们是在积极投身于革命的斗争中，迎着腥风血雨与残酷的杀戮，成长起来的一代天骄，是热血浇灌出来的顶天立地的栋梁之材……

而红军长征时期的军委纵队、红一军团、红三军团、红五军团，红二方面军下辖的红二军团、红六军团及各师，红四军、红三十军、红三十一军、红三十三军、红二十五军下辖的各师团的领导成员，其家庭状况，也有超过一半是不存在生存问题的将领。然而正是他们在中革军委领导下率领着部队开始了史无前例的远征，成千上万的烈士为了理想信仰英勇地牺牲了，他们前仆后继，像中国革命的铺路石、马前卒、先行者……为建立红色的苏维埃政权，付出了巨大的生命代价，也感染并传递了他们的思想和精神，使得革命的火焰越烧越旺，终成燎原之势。诚如龚自珍在《己亥杂诗》中所写："九州生气恃风雷，万马齐喑究可哀。"红军的高中级领导人，正是在苦难的"哀中国"的民心之上以无私无畏的奉献感动了上苍，才赢得了"天公"的"重抖擞"，才有了"不拘一格降人才"的红军将帅的层出不穷……

深思党的第一代英才的诞生与成长，让我们后人不能不心潮澎湃又自惭形秽。因为他们中的大多数，是抛却了富有生活与身家性命主动承担起民族命运、国家危亡之使命的英雄儿女，是真正撑起历史天空的一代豪杰。他们哪里是为了自己的生存与性命参加革命的呢？他们不长征，也许就不会有牺牲；而正是有了他们的牺牲，才赢得了长征的胜利。

3

树大根深，苦难风流。长征自 1934 年 10 月开始至 1935 年 10 月胜利会师结束，红军在飞机大炮的围追堵截中，边走边打、愈战愈勇，走过了 11 个省份，翻过了五岭山地的越城岭，云贵高原的苗岭、大娄山、乌蒙山、横断山脉东部的大雪山、夹金山、邛崃山、岷山、六盘山、蓝山、大凉山、芦山、终南山、罗山、名山、井冈山、岷山、英山等 18 座大山，渡过了江西的章水、贡水、信丰水，湖南的潇水、湘水，贵州的乌江、赤水河，云南的金沙江，四川的大渡河，武汉的陶家河、小金川，甘肃的渭水、白龙江等 24 条大河。在这广大辽阔的空间里，他们在一年时间里所经历的苦难深渊，是事实上的炼狱之熬煎，烈焰之涅槃，领导长征的中国共产党人已然成为了火中的凤凰——久经考验又身经百战的年轻的一代职业革命家。

我做了一个统计，当年中央军事委员会政治局委员与候补委员们的平均年龄只有 34.2 岁，如果不参加长征，他们当然可以凭着自己的家庭背景、社会地位与所学所能，谋个"生存"的活计，展开发家致富的宏图，过上自己想要的安逸富足的小日子，而且也绝对不是什么难事。这就是一种抉择，是为己还是为他？是舍己为他还是舍他为己？可以说当时的他们正值人生最最宝贵的青壮年时期，精力充沛，思想活跃，既有雷厉风行的作风，又有韬略在胸的智慧，无论他们选择为自己还是为别人，虽然是两个路向，但都会有结果。而我们的先辈却没有选择为自己，他们选择的是利他的、无私的，也是危险、艰辛，甚至是随时随地都有丢掉性命的理想之路。那么，这就提出了一个问题——他们为什么要选择千辛万苦乃至可能会丢掉生命的道路？难道他们不知道这很可能是一条有去无回的路吗？这并不是一个费解的难题，随便翻看一下红军将士的书信与长征途中英勇献身烈士的诗抄，我们就可以立刻找到答案：是的，他们都是明知山有虎偏向虎山行的仁人志士，毋庸置疑！要理解中国共产党的第一代领导人的宏伟抱负与博大的胸怀，用哈里森·索尔兹伯里敷衍搪塞的浅薄偏狭的"求生存"理论来概括，显然是不行的。在我看来，这也不符合逻辑。而作为一名纪实作家，索尔兹伯里的概括显然缺乏科学论证与理性分析。

若干年以来，索氏的这个结论，曾经在中华大地之上的思想文化与史学界产生过广泛的影响，一度在人们头脑中的确制造了思想混乱，去理想化、去道德化、去崇高化、去英雄化等错误倾向十分严重，其中就包括把长征这个伟大的壮举世俗化。这种用"求生存"将灵魂取而代之，遮蔽了所有精神的力量与思想道德的高尚纯洁，将中国共产党人在长征途中抛头颅洒热血为亿万斯民英勇献身的伟大壮行变成了包含一己之私的生存努力，将为追求真理、为世道的公平公正所付出的奋斗牺牲的理想之魂抹去，而这种"明升"，将长征给予虚拟的赞美"凯歌"，却将长征的信仰之核降为"求生存"。在我看来，这种降格以求的概括，是很不严肃很不妥当的。虽然我不能说索氏的概括是一种主观的故意，但他毕竟是一个外国的局外人，思想的局限与中华民族根性的缺失，也许是他无法正确理解长征的重要原因。如若作为一种思想的发酵来考察，我不能不认为这是一种浅薄的遮蔽与局外人不知就里的一种无知的表述。可悲的是，这种表述被上百万册的发行并在相当长的一段时间被广泛引用，一个"求生存"把长征的精神光彩一笔抹去！我不知道造成如此状况的根本原因是什么，但我不能不问的是：世上可有放弃安逸生活不过去追求子虚乌有的生存吗？人间可有放弃自己生命去枪林弹雨中拼杀的求生存吗？如果有，那他就一定不是为了简单的生存，尤其不是为了个人的生存，他一定是为理想和信仰。我们说当生存不是问题之时，他们为什么还要去慷慨赴死？深思吧，深思令人动容令人泣泪横流而幡然醒悟，并能使我们调整认识世界的角度与了悟历史真相的目光。

以上所言，并不影响哈里森·索尔兹伯里作为一名优秀的有着自己认知力度与考据水准的纪实作家。在我看来，他是继斯诺写出《红星照耀中国》之后，正面客观书写长征的一位了不起的美国作家。但是，他毕竟不是生于斯长于斯的中国人，他对东方哲学与智慧和东方人格的精神理解，渗入了他自己的生活经验与知识，尤其渗入了西方的生存哲学，他以自己的生存与生命的价值观来分析采访所得的材料，因此就无法理解中国的马克思主义者的精神世界，对长征的理解也就难以进入精神之核。他感知到了"不是一般意义上的行军，不是战役，也不是胜利"，他是从人类整体的发展角度来分析梳理长征的，他说："（长征）它是一曲人类求生存的凯歌……在本世纪没有哪一个事件如此地触发世界的想象，如此深刻地影响着未来。"索尔兹伯里深刻地认识到了长征的广远深刻的影响，但他对长征的精神却始终没有获得真正的认识，他不知道这支由出发时的30万后来到达陕北时只剩3万的红军队伍，是凭借一种什么精神走完这个漫长的长征的。他对长征胜利的整体精神与灵魂，没有发现。因此，他的书写是纪实，是故事，他感受到了红军巨大的牺牲，而没有深入牺牲进入理想的追求与信仰的坚定不移的灵魂世界。这是令人遗憾的。

4

"为有牺牲多壮志，敢教日月换新天。"现在，让我们进入中国工农红军长征时所付出的巨大牺牲的内部，来重新看看那一个个鲜活的生命是如何不要生存、不要性命，为理想与信念拼搏的吧。这是索尔兹伯里不曾进入的灵魂世界。因为成千上万的红军将士绝不仅仅或绝不是为了生存而献出生命的。尽管在投身革命的当初，诚如著名作家沙汀在《记贺龙》一书所言：

> 也许他们参加革命之初，并不知道什么是革命，但在残酷的战争中，在枪林弹雨中却逐渐理解了推翻旧世界，建立新中国的道理……并从此义无反顾、出生入死、一往无前，从无知到有知、从无觉到自觉，从不知理想是何物，到为了信仰九死不悔……无数先烈的事迹也证明了这个事实——长征，是理想之行，信念之旅，是纵横两万五千里的灵魂自我净化与升华的壮举……

> ……他们走在人迹罕至的雪山上，对于从南方来的身穿短裤的红军将士们来说——那就是人间地狱。但他们是抱定了"我不下地狱，谁下地狱"的决心而来的。一名炊事员倒下了，却对身边的战友说，把我背上的行军锅带上，下山要用；又一名担架员倒下了，甚至来不及说一句话，另一名战士又抬起了担架……

> ……在野茫茫的松潘大草地，粮断了，水没了，野菜挖光了，皮带吃净了，但是炊事班的九名战士，却将粮食全部送到团队，颗粒未留，滴水未进。夜深了，风更加刺骨，九名炊事员围靠在熄了的篝火前，肩并着肩，手拉着手，比雕像更像雕像……他们是饿死的吗？军团长彭德怀目睹了这座生命的雕像，对警卫员说：记住，到我们死的时候，也要这样肩并着肩、手拉着手……

> ……红三十师师长陈树湘腹部中弹，昏迷中被俘。在弯弯的山道上，准备将他抬去领赏的敌人被陈师长的行动惊呆了……只见陈师长像从衣兜里掏东西那样，正从淌着鲜血

的伤口里，把自己的肠子一截一截掏出来，又一截一截扯断……他的脸是平静的，像在平静地处理文件，之后訇然倒下，奇异的安详，甚至没有给敌人留下一个领赏的机会……

……红五军军长董振堂在弹尽粮绝之后英勇自尽，敌人气得把他的身体绑在大炮的炮口上，然后开炮……董军长的身体被炮火羹上了蓝天，一块一块血肉，一块一块碎骨，那是真正的理想的超度，信仰的涅槃……

……还有党的早期领导人瞿秋白被捕就义那天，他在罗汉岭下的一块青苔地上盘腿而坐，然后对刽子手说：就这里，开枪吧。他带着党的机密与共产党人的气节，笑对刀丛，毫无惧色……

也许方志敏烈士的遗言最能代表中国工农红军将士的革命意志，他说："敌人只能砍下我们的头颅，决不能动摇我们的信念。"这是一群把生命置之度外的人，他们根本就不在乎生存，又岂能会为生存而乞求什么呢？对于决心要为理想而奋斗到底的人，长征胜利的旗帜，早就在他们精神的世界中高高地飘扬……值得肯定并纠正的一点是：美国作家哈里森·索尔兹伯里用他所著的《长征——前所未闻的故事》一书，在西方世界传播了中国工农红军长征的英雄事迹，但由于他终于未能进入领导中国工农红军长征的中国共产党人的理想与信仰，所以，他的叙述尽管是生动、鲜活的，但依然是缺乏灵魂的作品。而我们对于长征的认识，一如我们对苦难造就人才的理解、奉献必将赢得胜利的坚信，无论世界怎样解读长征，长征永远都是对苦难风流的中国工农红军灵魂的砥砺、精神的鼓舞、人格的胜利……

2016 年 9 月 21 日《解放军报》第 5 版，以《苦难中的人格丰碑》发表

挑灯看剑诗如锋

——中国百年新诗中的军旅诗歌

上篇：往来皆厚重，依史著华章

不觉之间，中国新诗已经诞生一百年了。一百年来，中国新诗与历史同行与时代同步与社会发展紧密相连，充分表达了中国革命的历史进程和社会主义建设事业的丰功伟绩，以及前仆后继、不怕牺牲、英勇奋斗、波澜壮阔的英雄气概和感天动地的传奇史诗，并凝聚起了新的精神，在更新一代的诗人中继承发扬，勇猛精进。可以说，其中最重要的骨干力量，就是中国军旅诗人创作的一系列的诗歌作品。

回顾百年新诗创作的发展，军旅诗人一直都活跃在时代的最前列，涌现出一大批流传至今的精品力作，并成为新中国新诗创作的重要组成部分。在我看来，军旅诗歌无论在战争年代还是和平时期，始终都以其雄浑、刚健、崇高、壮美以及惨烈、悲壮、痛苦、忧怀的艺术高标与丰沛的美学品质，在中国百年新诗的史册上熠熠生辉，在千百万军民团结一致的战斗中，感染着、激励着、鼓舞着不同历史时期的人们，投身到改变祖国命运和获得维护人民的根本利益的火热的斗争生活中，其诗歌中充盈的爱国主义和英雄主义，更是锤炼军人英勇善战的战斗意志、尚武忠诚的铁血品质极其重要的精神来源，可以说，军旅诗为推翻"三座大山"、解放全中国，建设社会主义和社会主义现代化文明，发挥了十分积极的感染、鼓舞、催发的推动作用。

今天，当我们重新认识军旅诗歌的历史和现实的时候，实际上就是在进行一次精神的游历与回溯。回顾发展历程，展望前进方向，尤其面对现实的军旅生活，进一步厘清军旅诗歌的来路与前路，事实上，就是对光荣传统和厚重历史与精神文化的继承和发扬，就是对过往取得的辉煌成就的肯定和弘扬。通过肯定与弘扬来重新认识现实，认识我们所面临的这个世界和这个世界的和平与发展的严峻形势，从而使我们对军旅诗歌创作的重要作用，获得更切近本质核心的认识，以获得迎接新的挑战从而提出对军旅诗的更高也更新的要求，使我们的军旅诗人能够更加积极地自信、自觉、自主地承担起新的使命和担当，写出无愧于我们这个新时代的新高度新精神的新史诗，这才是真正的意义所在。

军旅新诗的创作从诞生之始，一直都有传统，这个传统就是屈原、李白、杜甫、苏轼、陆游、辛弃疾、文天祥、邓世昌、林则徐等古代先贤开拓的爱国主义和英雄主义。虽然这个传统时强时弱、时主时辅，但它一直都有一个与时俱进的客观自然的发展规律。正是因为这个原因，我们要不断地回顾和总结，通过重温军旅诗歌的经典佳作所表达出来的精神，来感悟新的历史时期那不变的军魂。

军旅诗歌的所指是明确的，其精神是贯穿古今的。在过去的一百年中，军旅诗歌一直都是中华民族新诗创作的主旋律，而且一直都是在场的，有担当的，也是有强大力量的。如田汉的《义勇军进行曲》和光未然的《黄河大合唱》，虽然后来经过谱曲传唱影响更为广远强大了，但这些作品首先是军旅诗，是那个时代最优秀的军旅诗歌，还有田间创作的"枪杆诗"系列《假如我们不去打仗》与蔡其矫的《肉搏》等等，其浩瀚的海浪犹如排山倒海的山峰，鼓舞并唤起了亿万人民的爱国主义与英雄主义精神，当然，也包括当时对军人英雄气概、爱国精神的激发。事实上，军旅诗无论过去还是现在，都构成了各个历史时期与当下时代的最强音。

关于军旅新诗的创作，如果从第一次国民革命的北伐战争算起，那么，在国共第一次合作时期全国到处流传的："打倒列强，打倒列强，除军阀，除军阀；国民革命成功，国民革命成功，齐欢唱，齐欢唱！"即在新中国成立十周年创作上演的大型音乐舞蹈史诗《东方红》对这一革命史歌《北伐军军歌》的再现与表演，则说明这首后来被改编成歌曲的军旅诗歌，正是军旅新诗与史同在、为史而生的发轫之作，而这首诗歌的作者就是早期的中国共产党党员邝鄘烈士。他不仅写了这首诗歌，而且用生命践行了这首诗歌的精神。这种精神在之后的中国共产党领导的工农红军的长征中创作的一系列的"红军歌谣"中又再度澎湃而起……值得特别推崇的是，这些不朽诗篇的创作者，首先都是战斗者，是迎着枪林弹雨冲在战斗最前沿的战士，他们的创作直抵人心又鼓舞激励人心，是灵魂最真挚也最强烈的极致表达，是人性渴望获得自由和解放、言行一致的精神境界的彻底展现，是革命先烈抛却头颅式的诗歌风采。因此这种践行式的行动的诗歌，是人格与诗格完全融合的，所以富有最实在的生命魅力和最强烈的战斗精神与激动人心的力量。不是宅在家里的书桌前可以写出来的，是带着整个生命的投入，是生命之歌的章章节节的无私奉献的诗。我们所说的中国新诗的百年历史，一直都是这样为理想献身式的军旅诗歌的经典创作在冲锋陷阵、旌帜高举。从已经被历史淘洗出来的经典作品来看，无论是第一二次国内革命战争，还是抗日战争、解放战争，以及新中国成立之后的若干个历史时期，军旅诗歌一直都伴随着中国新诗的发展而发展。事实上，现当代耳熟能详的经典诗人，可以说一半以上首先是军旅诗人，或者说他们的主要成就都是写军旅诗赢得的不朽英名。我们简单回顾一下就可以明了，那些闪光的名字和响当当的佳作名篇，均来自军旅诗人。

这些以生命的最纯粹的血性与灵魂、担当与天职，为家国天下而创作并贯穿中国新诗始终的军旅诗人，至今仍然澎湃不息，虽然当下似乎没有那么大的气势了，但我们还是能够看到，一波又一波的军旅诗人在成长。可以说军旅诗歌是中国新诗百年以来雄浑壮丽、感人至深的主旋律，无论是对历史的表达，还是对现实的干预与抒写，其现实担当与思想艺术的探索和表达，都取得了不俗的成就，作出了重要贡献。我注意到，近些年来，伴随着一种对宏大叙事的消解与淡化的思潮，特别是在一些脱离历史前行本质推动力的写作中，出现了有意无意地将军旅诗歌边缘化的危险倾向。我以为，这是有悖历史逻辑的一种偏狭的现象。百年新诗的史册上，如果把军旅诗这个"黄钟毁弃"，那就相当于一个人被人抽了筋、剔了骨、汲了髓，是没有脊梁、失了血脉、断了精神、不成体统、不科学、不客观，没有血性，更没有灵魂的"瓦釜雷鸣"，不足为训，亦不足为据，是舍本而求末的虚无与妄为，真正具有艺术良知的作家诗人绝对不能接受，这不仅是数典忘祖，而是不要蓝天不要大地，那么，人又如何能诗意地栖居于其上而获得永生呢？！

我以为，军旅新诗作为一种内容与形式都殊异独特且一直有关家国天下宏旨的诗歌品类，自《诗经》以降，中华民族虽历几千载而文脉不衰，其深层原因就在于它的骨血里一直都有一个强大的基因传承着中华文化博大精深的底蕴的力量，我们随时都可以从中的任何一章一节中，甚至从一个字中感知到中华民族硬朗刚健的文化内涵和昂扬向上的精神气象。而军旅诗歌那独特的文化传统、思想品格、精神气象和审美特质，均源自于中华民族的传统文化，并始终弥漫在军旅诗人的思想感情中，尤其弥漫在他们创作的所有典章佳作中。这些佳作伴随着人民军队的不断发展，在广大指战员中广泛传诵，代代相传，经久不息。在我看来，这不仅仅是作品本身的艺术力量，也是军旅生活本身就充满了丰富多彩的生活魅力，包括战争生活和营地和平生活以及新中国成立后社会主义建设事业的火热生活，等等，都是蕴含着丰富内涵丰富思想和丰富的艺术魅力的生活，是值得诗人去挖掘与创作的精神富矿——这是军旅诗所具有的一个非常重要的特征。

再就是军旅诗一直与民族命运的挫折、国家命运的起落、人民命运的悲苦存亡，紧紧地相系在一起。一字一句，惊心动魄；起承转合，动人心魄；佳作永存，一如法典；含家蕴国，命运相连。正是因为有了这样命运的旋律，才使军旅诗歌的创作与发展，有了恒久弥新的从容淡定的自信，刚健硬朗的英雄主义和爱国主义情怀，才有了人性的深度和普遍的与人类文明发展相适应的、那样一种具有人道主义的精神价值的军旅诗歌。事实上，从上世纪初以来，军旅诗歌始终是以人类先进的思想文化的重要成果来指导创作的，是与中国的思想进步并驾齐驱，甚至是具有人类思想文化先锋性的一种文学创作。例如：当年光未然创作的《黄河大合唱》所具有的史诗般的磅礴气势与民族品格，就是吸收了世界上最先进的音乐绘画与诗歌艺术手段创作的。由此看来，军旅诗歌的思想来源非常广泛，是与整个人类思想文化发展相适应的、是同步前进的，甚至在当时是高过人类思想发展的一种先锋艺术。今天，即使我们把《黄河大合唱》放入世界范围内的军旅诗歌或者说战争诗歌中来检验，我以为那也是毫不逊色的经典之作。其黄河浪涛的奔涌咆哮与岸边农人呜咽悲苦的情景再现，其内在的人性意味与强烈的艺术感染力，至今都显示出强大无比的动人力量。对思想文化的创新，至今都具有无限的诱发、启迪和借鉴的意义。再如 20 世纪五六七十年代公木的《八路军军歌》（后改为《中国人民解放军军歌》），电影《英雄儿女》插曲《英雄赞歌》，韩笑的长诗《我歌唱祖国》和组诗《夜老虎之歌》《尖兵班》，郭小川的长诗《将军三部曲》《白雪的赞歌》《深深的山谷》，贺敬之的长诗《雷锋之歌》《八一之歌》，闻捷的长诗《复仇的火焰》，公刘的长诗《尹灵芝》，王群生的长诗《新兵之歌》，张永枚的长诗《西沙之战》，叶文福的长诗《将军不能这样做》，李瑛的长诗《一月的哀思》，雷抒雁的长诗《小草在歌唱》，白桦的长诗《阳光，谁也不能垄断》，以及 80 年代初至 90 年代末，周涛的诗集《神山》及长诗《山岳山岳，丛林丛林》，李松涛的长诗《无倦沧桑》《拒绝末日》，马合省的长诗《老墙》《逃跑的马车》，李晓桦的长诗《蓝色高地》，乔良的组诗《黄土带》，李钢的组诗《蓝水兵》，杜志民的组诗《山地风》，贺东久的诗集《带刺刀的爱神》、郭晓晔的诗集《隔河之吻》，朱增泉的长诗《前夜》，刘立云的长诗《红色沼泽》，蔡椿芳的长诗《南殇》《环形堑壕》，简宁的长诗《麻栗坡》，包括本人的组诗《热血流程》及长诗《狂雪》《艳戎》《蓝月上的黑石桥》《肉搏的大雨》，等等，构成了中国军人与国家与民族乃至与世界命运的共同体，是情感与思想的极致，是诗与艺术的极致，而这些极致的表达，始终与人民与大地，是血肉联系着的。所以军旅诗歌的创作，从某种程度上说，不是一个诗人一个国家一个民族的，而是整个人类世界的。

下篇：未来仍可期，奋勇再铸魂

大家知道，诗歌对语言和形式的要求相较于其他文体更加苛刻。而近年来，人们对当代军旅新诗的创作与发展越来越不满意了，考察当下的军旅诗歌创作，一些作品语言粗糙、激情泛滥、空喊口号、诗味寡淡的问题比较突出。特别是不追求意境的营造，缺少艺术想象，表达过于直白，使得军旅诗歌数量虽丰，但精品佳作匮乏。等等。如何提高军旅诗的创作质量？与历史相较，为什么大诗、史诗几难看到？尽管新诗创作的门槛很低，好像谁都可以写，现在又是网络自媒体，自由表达的空间很大。这当然没什么不好，也没什么不对。但是要写出来拿给大家看，让大家认同，并能够获得大家的心灵共鸣，就比较难了。正是从这个意义上说，大量的军旅诗歌质量不高，陈陈相因、互相模仿，同质化问题非常严重。这是值得注意的问题。要想获得一首让大家认同嘉许的优秀作品，写作就不是一个简单的事情，还是要遵照诗歌创造的规律来写。什么是诗歌创作的规律？就是要按形象思维和情感思维的逻辑，去发现生活中的美，尤其是要主动地将自己心灵中的美，放入诗歌创造的规律中去创作，而不是把现成的标语口号变成分行的文字，加上一点韵，好像就完成了，这是不行的。诗歌创作是有一定难度的，这个难度就表现在语言的心灵化的处理上，是人的心灵感受世界后对语言的选择、运用与自由的创造表达。这个表达要求形象新奇、角度刁钻、语言精准，要求"精神的高度"与"艺术的难度"和"语言的精准度"的"三度合一"。老实说，这的确是很难的。而唯其难才高贵，否则任谁随便写一写就成功了，那哪里还说得上高贵呢？我一直希望诗歌的创作不要太随意，高贵不是随意得到的，就像人的气质，那是涵泳而成的，不是天生的。诗歌是文学皇冠上的明珠，军旅诗歌是明珠放射出的光芒。不难？怎么放光芒？！

　　事实上，进入 21 世纪后，面对古体诗词创作呈现出的繁荣景象，军旅新诗不仅显得"领异标新"不够，精品力作亦显得"乏善可陈"。无论在军队内部还是全国范围，军旅新诗的创作显然已经不能满足广大读者的要求，且与历史上的辉煌相比，也大逊其色了。究其原因，固然与军队裁军、减编文创组织与人员有关，但是当下的军旅诗人对古往今来优秀的军旅诗歌经典的精神资源认识不足，理解不全，故汲取吸收与学习借鉴也非常瘠薄有限相关。事实上，军旅诗歌可资借鉴与学习的精神资源是非常丰富的，我认为当下的军旅诗在学习借鉴与吸收上，存在以下"四个不够"，是值得注意的：一是对中华民族传统的古代经典诗歌，尤其是"边塞诗"丰富的艺术精神和营养，学习、吸收与借鉴不够，导致语言丧失了汉语的博雅情致；二是对新诗百年来经典诗歌的继承与学习、吸收与借鉴不够，导致有些军旅诗歌的脉象不清，既不像中国诗又不像外国诗，这就是思想混乱导致的表达上的"失心症"；三是对中国多民族语言和歌谣的学习、吸收与借鉴不够，导致军旅诗歌的语言贫乏、底气不足、后劲乏力，呈现出来的是叙述太满而灵性不足，没有令人耳目一新的鲜活语言让人叫绝；四是伴随着改革开放40 多年的对外交流，向外国优秀诗歌的学习、吸收与借鉴不够，导致军旅诗歌的艺术表现方法单一平庸，不丰富，欠颖悟，少新锐。在我看来，由于以上四个方面深入扎实地学习吸收与借鉴不够，导致军队的诗人未能形成自己独特的艺术精神和艺术的表达能力，有些作者可能也学习了，包括对古人今人与外国诗人的作品，却并没有"化"为己有，融入骨魂，因此也就不可能写出激动人心的军旅诗的史诗巨制。凡此种种，都直接影响了军旅诗歌创作质量的提升，而要提高军旅诗歌的创作质量，就必须正视这些存在的问题，及时地给予补血补钙补充营养。这样，军旅诗歌的创作才可能有一个循序渐进的提升。我想，学习永远在路上。军旅诗人一定会正视这些问题，逐步赶上追上并超越自己和前人，领异标新，写出精品力作，这应是诗歌创作永远追求不尽的梦想。

尽管如此，新世纪以来，军旅新诗在诗人们艰辛的努力创作中，还是产生了一些较为优秀的诗歌佳作，传统概念里的"老中青"三代的军旅诗人，都创作出了一定数量的较为出色的作品，而其中比较活跃的军旅诗人有：峭岩、乔良、曾凡华、谢克强、刘立云、郭晓晔、简明、柳沄、祁建青、曹宇翔、王鸣久、黄恩鹏、刘笑伟、宁明、马萧萧、杨献平、兰草、姜念光、温青、郭毅、兰宁远、柏铭久、马志强、胡松夏、郭宗忠、堆雪、吕政保、戎耕等，尽管他们的创作在更广泛的社会认知中还显得不够普及，作品也并未获得广泛意义上的好评，但是，我以为成绩还是显著的，个别作品不仅在军中，甚至在中国当代新诗中，都是非常重要的佳作。我以为，从军旅诗再创新高出发，有必要对这些作品中具有典型意义的作品，进行一次研析和阐述，这里，我不揣冒昧地列举几位诗人较为重要的作品为例，更具体地介绍一下当代"老中青"三代军旅诗歌创作的最新成果，以为示范并期望能够达到抛砖引玉的效果。

伴随着老诗人雷抒雁、韩作荣、李瑛先生的谢世，老一代的军旅诗人自然递减，70岁以上的诗人逐渐进入了老诗人的行列，而他们中的佼佼者，在我看来，无论产量和质量，均应首屈一指——当属诗人峭岩先生的创作为翘楚。这十多年来，他连续不断地创作出了数部长诗力作，令人瞩目。古人言："皮之不存，毛将焉附？"诗人峭岩的创作一直附着于中国革命这个"皮"之根本，创作自然获得了非常广阔的天地。如他创作的《遵义诗笔记》《烛火之殇——李大钊诗传》等五六部长诗，就都是有所依附的史诗。他厚积五十多年的艺术才华，在长诗的难度写作与本土的文化叙述和长诗的诗体变革中，实现了自己的超越性的表达，同时，我们也可以看到，由于诗人固执于念念不忘的中国革命史与中国革命史中顶天立地的伟人李大钊和中国革命重要的历史关头与转折点的"遵义会议"上的毛泽东及其历史性贡献，就使得诗人峭岩的创作，构成了老一代诗人的一个亮丽的绝响。我认为，那是他毕生信念与理想的诗性表达，是他所信到底的人生与艺术追求的完成，令我辈肃然起敬，是光辉的典范。与诗人峭岩先生有某种精神暗合的，是更新一代的军旅诗人胡松夏，虽然他很年轻，较峭岩差三十多岁，却出人意外的目光长远，他直接把一颗诗心投注到了1840年的甲午海战，他钻研并书写"失败"，试图通过对甲午战败过程的诗性抒写，来接近我们的民族魂和我们的民族精神。他创作的长诗《甲午》2000余行，由"鸦片之殇""甲午海战""旅顺大屠杀""最后的绝唱"和"黑色马关"等章节组成，较为艺术地再现了甲午海战的激烈和中国水师失败的惨烈，而且对战争及结局，进行了深入理性的诗的透析与反思，充满了爱国激情和忧患意识，显示出新一代军旅诗人超越当下、忧怀天下的宽阔胸襟和对诗歌艺术不竭的追求与向往。峭岩与胡松夏，这一老一少，把中国军旅诗的表达疆域，牢牢地锚定在了民族复兴的元点人物与元点战争，即1840年鸦片战争与中国共产党的创始人李大钊、毛泽东。这绝对不是巧合，而是血脉承传的自然天序。对于广阔的天地而言，这也许是一星弱火，却被他们点燃，已然成了熊熊燃烧的火焰，我以为非常的壮观，是难能可贵的，值得褒奖。

我们说，历史是丰富渊博的，选择什么书写什么？在我看来，这本身就是对一个诗人的考验。20世纪80年代中期，文学界有过一个"写什么不重要，怎么写才更重要"的艺术理念在流传，强调艺术表现形式的新异独特，鼓励诗人进入陌生维度的灵性写作。作为过来人，我受益终身。但是，当这一切已经成为我们艺术生活与艺术创造的一种习惯，也就是说我们有了"怎么写"的多种甚至各式各样的变化多端的主动性之后，我们是不是还是要回过头来，去关注"写什么"？因为"写什么"本身，不仅有立场问题，也是一种艺术，甚至是"大艺术"。在我看来，诗人峭岩写李大钊与毛泽东，胡松夏写甲午战败，就饱含着形而上的艺术思想的大艺术，是通过所写的内容和人物，来参与社会实践社会建设的一种创造性的劳作，是要奉献一种艺术作品而选择性创造的艺术，不仅是形式，是在汪洋大海的历史中选择一种可能更集中聚合着对当下思想建设艺术发展有益的内容与人物来创作，因为种种的艺术创造都是为着一个新的切近现实的艺术作品进行的，某种意义上说，没有内容的当下性与迫切性，也就没有什么艺术性可言。这里的关键在于：你的选择是否具有当下的迫切性？在我看来，这就是当代的军旅诗与时代构成的互动关联的干预与建设的关系，是至关重要的。为什么有那么多的诗人沉入历史沉入战争？这是因为对历史战争中人物事件的选择，正是艺术对当代性的敏锐感知与对时代最切近的回应与回答。没有时代现实性意义的艺术，在我看来，就不可能获得人心的共鸣，也是不可能传之久远的。因为所有的经典之作，都是对人心的一种大面积感知的概括，我从没见过脱离人心的伟大的作品和伟大的作家和诗人，不管他的作品多艺术，其终极的意义，都是触及人心的艺术。这应该就是写什么的艺术性所传达出的一种思想的永恒性，我以为这是一切艺术创作的一个至关重要的原则。

自从新中国第一代诗人未央写出了《车过鸭绿江》等一系列"抗美援朝"的诗歌，并带出了一个"抗美援朝诗歌潮"后，军旅诗就顺其自然地肩负起了保家卫国与社会主义建设的双重责任与担当。转眼之间，70年过去了。在久违了的题材里，我们终于看到了诗人刘立云发表于2017年第8期《中国诗歌》上的长诗《上甘岭》。值此中国崛起、世界巨变，以美国为首的西方国家对中国的发展进步百般阻挠之际，我以为，刘立云创作的这个长诗，是当代中国军人献给人类世界的一部有关战争与和平的诗的黄钟大吕式的宣言。"上甘岭头雪，越秀山下松"（贺敬之诗句），这一次的审美创造，昭示了一种和血同喷的中国精神，即，中国决不会屈服于任何强大的敌人！哪怕它是世界第一，人类绝顶，那中国军人也无所畏惧，也一样敢于面对并敢于战胜！诗人刘立云说："以长诗的形式，书写抗美援朝中的一次重要战役，已经很长时间无人问津了，甚至在互联网上还出现过否定这场战争的历史虚无主义的声音。"是的，对这一题材的选择，本身就彰显了诗人作为中国军人的使命担当，令人击节赞叹！这是一部诗的电影：有简要的背景交代，有宏大的战争场面，有感人的局部细节……令人动容的，是诗人对中国军人伟大的战斗精神的书写与讴歌："他们从身体里掏出了誓词/掏出了忠诚和胆魄/最后只剩下慷慨一死，掏出自己的命了""代替死在他前面的/所有人，顽强地活下去/把他们想做的事做完，然后去追赶他们/和他们在另一个世界团聚，重做一支部队的兄弟""他们比钢铁更坚硬的意志/他们面黄肌瘦的身体里/隐藏的彪悍和决绝，他们随时迸发的英勇/渐至他们能消化沙子和稻草的胃/他们的骨密度和骨头中磷和钙/的含量；他们的喜怒哀乐/他们的世界观、价值观，还有人生观/是的，比钢铁更坚硬的，是一种精神"。为什么战旗美如画？英雄的鲜血染红了它。这些诗行展现出来的是中国军人传统的思想观念、人文精神、道德规范，是铁骨铮铮的中国军人面向未来的崇高与伟大的精神——它像上甘岭一样，是诗的威风凛凛，是诗人的威风凛凛，刘立云的创作为正在式微的军旅诗，赢得了一份新的光荣。

当此世界大变局的关键时刻，我们需要刘立云的《上甘岭》，但是同样也迫切需要书写和平岁月中的现实的、在场的、锤炼军人战斗意志的军旅诗，因为"能战"的前提是"会战"，而要获得英勇善战的本领，就离不开日常的刻苦训练。然而这样的训练生活不仅平淡无奇、琐碎寡淡，而且对诗意的捕捉也更加的艰难了。这或许正是近年来鲜有卓越的艺术创作以实现超越性表达的原因吧？当此之关键时刻，我非常欣喜地看到了诗人刘笑伟的诗集《强军·强军》。一看书名，就知道诗人并不准备讨巧，他是"正面强攻"式的写作，这需要扎实的生活和丰富的创作经验，特别是提炼与概括中的灵性表达，需要高度的融合。在《朱日和，钢铁集结》中，诗人几乎完全是正面抒写着自己的内心感受，却与我们司空见惯的意象组合有所不同，他有传统的意象又有崭新的意象，他是一种从思想感情到具体表达，都有继承与创新的写作，雄厚饱满又充满了灵性的色彩。这样的创新，就使诗中"既有来的昨天，又有去的明天"。我们知道，当下的中国军队已经步入现代化高科技时代，传统的军事意象群正在逐步让位给高科技武器装备和新的训练方式构成的意象群，这对当代的诗人来说，的确是遇到了一个新的难度，也可以说是一个新的高度。怎样超越？阅读中，我的耳畔响起了埃尔加爵士的《威仪进行曲》，刘笑伟把握住了对厚重的历史文化的承继，又通过新时代的意象组合出了新的语群方队，一句一句，沉着冷静，又坚定不移。我甚至想起了诗人何其芳抒写 1949 年开国大典的诗篇《我们盛大的节日》。在古代，在中外，诗歌就是为战斗出征的仪式而创作的。笑伟笔下的仪式之诗，是献给沙场开训将士的，这是中国 21 世纪第二个十年中国军人的开训场面的抒写，一如沙场秋点兵，诵之令人振奋鼓舞、心潮起伏，激动万分！这样的诗歌真是久违了，今日诵之，有焕发新的青春之喜，谢谢诗人。在另一首诗中，诗人刘笑伟着意于高科技领域的中国军人——依据"中国核潜艇之父"黄旭华院士隐姓埋名三十年为国奉献的故事，创作了长诗《极度深潜》。在这首长诗中，展现了诗人敢于挑战想象极限的胆识与过人的才华，诗中写道："其实最深的水是时光／慢慢挤压着他的身躯／他必须长出鳞长出腮／长出特殊的脊梁和肋骨／

这样才不会被巨大的压力／压出铿锵的声音……"诗人没有被庞大无边的陌生意象所阻隔，而是直接进入英雄的身心，体验他的千辛万苦和高度的精神压力，体验在深深的海底变成鲸鱼的那个蜕变的过程，而后书写这个过程……优秀的诗人总有他的过人之处，因为诗笔一旦进入人生的关键时刻，外在的一切都模糊了，心灵的光芒也就闪现了出来，而他所要表达的精神，也随之而生。作为人民解放军进驻香港的亲历者，诗人刘笑伟写我国政府恢复对香港行使主权的组诗《进驻香港的三种意象》，就写得别开生面而又出人意外的轻松。在我看来，以诗的方式表达一个民族的进步，一个国家恢复的尊严，这本身就是文明的提升，就是诗的使命，而刘笑伟就是把这种使命意象化了，他以"火焰""刀锋"和"花海"来象征，把"《南京条约》烧掉"的痛快淋漓；恢复对香港行使主权，"就是锋利的刀"在护卫着祖国的尊严；而"回归路上开满紫荆花"的"花海"，则表达了诗人及中华儿女此时此刻无尽的欢喜。意象鲜活准确，情思灵动飞跃，把军旅特色隐藏在意象之中，让诗意大放光彩。这样的艺术，令人信赖。正如刘笑伟形容的那样，他说自己是一个"拆弹手"，他把精心打磨诗句形容为拆分炮弹，"你必须把这金属的炮弹／拆分，组合，打磨，刨光／让它变得浑圆／不再有棱角……或许是一个动词／也可能是一个名词／我必须小心打磨／保持它们微妙的平衡／让它们发出形容词般的微光／我怀抱着这个炮弹／尽量让里面的火药温柔下来／变成黑色的土／孕育一畦繁花。"在诗人刘笑伟娴熟的笔下，强军既是高科技的意象创新，也是生冷刚烈、烦琐刻苦又浪漫灵秀的语言试验，他秉承了老一代诗人李瑛的不断探索不断创新的精神，极端注重原创、首创与独创，注重诗艺的灵性与感染力的弥漫，从而使他的这部正面强攻式创作的强军之诗，具有了一定的震撼人心的力量和轻盈飘逸的气质与丰富多姿的变化。是近年来难得的一部优秀之著。

而近年来与刘笑伟同龄或更年轻的军旅诗人中，我注意到的还有宁明、姜念光、戎耕、吴天鹏、董玉方、李庆文和更年轻的彭流萍、艾蔻、王方方、朴耳、陈海强、雷晓宇等，他们正奔赴在强军的路上，书写着属于自己也属于这个时代军队的诗篇。如果用军事术语中的"抵近射击"来形容，我以为是恰当的。他们摒弃了一般化的书写，落笔即是《"一级战备令"穿透营区上空》（彭流萍），《模拟空战》《隐身者》（宁明），《伞兵漫游记》（艾蔻），《深蓝一刻》（朴耳），《每一颗子弹都应该正中靶心》（李庆文），《战争》（戎耕），等等，他们的诗都有分量，是军事训练与实战演习中的片段和瞬间的发现与感受，他们拒绝浮光掠影与概念生发，尤其没有故弄玄虚的卖弄与当下诗坛的装腔作势，他们没有被同质化，是各有千秋各有方向与前程的创作，他们直接干脆又优雅，带着锐气、凌利、迅猛且韵味悠长，像饱满的籽粒，被扬洒向太阳。他们的句子各有各的光芒，是这样的：

　　如彭流萍的《"一级战备令"穿透营区上空》："向死弥漫／向生求索／电信号、声信号、光信号闪电般地穿梭／光端机富有节奏地发出'嗞嗞——嗞嗞'的声响／咄咄逼人的韵律把战火推往前线／无岸之河格外汹涌。如同战士胸中的热血——／由内至外，翻涌，咆哮。"气场庞大，氛围紧张，意象密集，神情专注，语句急促，形成动感十足的视觉冲击，诗里每个字的内外，都漾溢着生活的原生态和真挚的情感，那是真到骨子里的感觉，自然就生发出了力量。

　　再如王方方的《待报废的特种车辆》："请答应我，爱上你，即将凋谢的钢铁／爱上这一季比一季，增加的腐蚀和寒冷／知道吗？冰雪已经融入大地，铁路继续伸向远方／沙漠、水网、门桥、登陆舰，——藏进车辙的骨头／／作为你身体的一部分，我必须坚信／斜坡进出口、平底坑、掩蔽壕的另一面，依然是亲切的／／忘却磨损的手套和养护的交响，还有哪段岁月／牵挂着你，我的战友，就此放下履带、车轮和跳跃的麻雀 // 关于土岭、崖壁、断崖、壕沟、弹坑，我都心怀感激 / 但我不愿在你面前，留下更多的枯萎和空白……"留恋一辆待报废的特种车辆，那是诗人的老朋友，曾经朝夕相伴，像情人分手般地令人心酸，并引发了诗人的"诗兴"；也许战车的更新换代是令人欣喜的，然而那与心灵深处的感情无关，与日日月月在一起的耳鬓厮磨无关，诗人更上心的是"老情人"般的战车的报废，和报废前它所经过的所有道路和路边的一切，在意"——藏进车辙的骨头"和"斜坡进出口、平底坑、掩蔽壕的另一面"以及"磨损的手套和养护的交响"……所掩埋的青春的秘密和细碎的时光故事。深挚之情在陌生的意象群中呈现，完全不要半个字的陈言妄语，更没有一丁点儿的浮泛空洞的感觉。我惊叹并羡慕诗人如许刁钻的感受和精美的表达，那么年轻，却有这么超常的艺术天赋！不仅军旅诗，在我看来，所有的诗如果都能写出这种"熟悉的陌生感"（别林斯基语），那离新诗的兴旺发达就不远啦！

又如艾蔻的《伞兵漫游记》："大地扑面而来 / 风认得我 / 孤独的船桨 / 划过云朵的村庄"，应该是我扑向大地，却反着说"大地扑面而来"，那是跳下去的感觉，却与己身做船桨。水呢？水在哪里？"藤蔓与钟楼 / 都是游泳高手 / 星星们灌满耳朵 / 又偷跑出来，四处郊游"。是我动还是山动？都不是，是心在动。所以一切都在漫游，一切的一切都是"游泳高手"，包括"星星们"像水一样灌满了我的"耳朵"，却又"偷跑出来"。这诗意的大胆是伞兵的大胆，没有体验，岂能如此写就？更令人感叹的是"一秒钟 / 是三千六百种尝试"，浓缩了训练的精华；"一种沉默 / 是无数次尖叫的集合"。这样就概括了所有的胆战心惊的试跳，没有言语刻苦训练，却以每一秒的成功与每一个沉默的获得，都是"尖叫的集合"来表达，令人浮想联翩。在蓝天上跳伞，那是怎样的一种人生历练呢？"最轻的时候 / 我代表一万吨钢筋 / 能截获任何方向的奔袭"，如此比喻一位跳下伞兵的价值，用新鲜都无法形容，那在战场上突然出现的意义，而"更多的时候／我必须原地不动／守护草间滚动的露珠"。读这样的诗，是幸福的。像与一位心智超常的孩子对话，每一句都令你心跳赞叹。想想那些身临高空险境而又心怀浪漫情怀的孩子，他们在蓝天白云上练习跳伞，竟然像小女孩儿在地上练习跳绳儿。中国伞兵的训练如此狂放至胆大浪漫，想象一下秦兵马俑时代的军人见状又该如何感叹呢？而且他们还写下了这样的诗？作为写了快一辈子诗的人，我不能不说：如果没有对陈陈相因的语言习惯的厌恶而心生的反动，是决然不可能获得这样独特的体验与精彩的表达——后生可畏啊！

再如宁明的《隐身者》，他写的仍然是空军。作为一名资深的飞行员，他切身体验到的高明的空中格斗，不仅是传统思想中的敢打敢拼，而且还是充满着智慧的"把雷达反射面降到最小／让一架战机缩身成一粒小小的钢珠"……这样的一种"藏"，是"活小不活大"的东方哲思，他却要让这种哲思"穿行在浩瀚的天宇"，以捍卫者的姿态"专事伏击，越过篱笆墙的飞贼"。我固执地认为，一个优秀的诗人，一定是把本民族的精神文化发挥到极致的诗人。而衡量极致的标准，则是看他的诗是否能将精神与语言胶融成一体的精彩诗作。宁明的这首诗，就实现了这样的表达，大与小，藏与露，在战斗与演练中的互换，使这首诗获得了某种思情上的超越，对我们诗的哲思与现实的融合，具有一种寄予的启示。

又如朴耳的《深蓝一刻》，艺术的辩证是大海并不平静甚至充满着凶险，但诗人却要用平静来掩盖凶险的巡演以使大海显得平静从而使得水兵们的巡航更显得寻常，读起来，这样的句子更朴素也更见心智："舰艏在蒸笼里午睡／除了随军记者／似乎没有人发现那头尾随的虎鲸／正劈波斩浪制造一个漩涡／它披挂的黑白色块仿佛士兵的铠甲／在赤道逆流中闪烁／灿烂以秒为记，虎鲸改变了航线／

气孔喷出的水雾变成斜的水柱／洋流交替中，虎鲸转身告别海上巨擘／舱室不易察觉地晃了几下……""晕船的老鼠抛下冰原深处的梦，纷纷跳下海去"……与上所列各位诗作完全不同的，是朴耳处惊不变的平静，以一种压抑着心跳，似在欣赏海浪的感觉，来呈现舰艇面对凶险却一如既往向前的感受。大家知道，如果虎鲸发怒，那就是大海发怒，狂涛巨浪便会立刻风卷而起，覆盖而来……这与空中的险象环生不同，却一样需要沉着冷静。这一刻的深蓝，让我想起了郭小川的诗句"深层的海水，并不荡起波澜"，诗人写出了按捺下去的平静，迎着凶险擦身而过的沉着，令我的耳畔心头又一次回响起了"风里浪里你行船，我持梭镖望君还"的境界，有所不同的是这个"望"中又多了对虎鲸游弋的观察与欣赏，这是当代水兵崭新的精神风貌，也是诗人运用语言把握现场的复杂局面与诗的融合能力的展示，从而实现了对诗的现场平静的叙述与准确生动不事张扬的表达。没有感叹，没有尖叫，一切都在平静中平静地过去了——这就是度过凶险的一刻，是深蓝色的。

再说李庆文的《每一颗子弹都应该正中靶心》，他很坦荡，"这些词语的风筝／只能表达我对世界的一二／我永远无法准确描述／犀牛牙缝里的微小闪电／正如你所预料的／我将失败于心慈手软／失败对某种语境的沉默／／我愿意承担／那些执意偏离的不安念头／也祈愿每一颗子弹／都能正中靶心／并摩挲子弹穿过靶心的冷寂"……这样的"跳脱"在当下的军旅诗中乃至于整个新诗诗坛上也是少见的。但我却欣喜地看到李庆文竟然用来表达他对子弹的寄予，而且寄予得如此之行云流水，又微妙地达至"犀牛的牙缝里的闪电"，并与自己内心的"心慈手软"和"某种语境"相关联；作为一个军人，我坚信他的每一次射击考核，都会有这样的寄予，一如他厚望自己写作的每一首诗，都是"出手即成经典"的名篇……所以"他愿意承担／那些执意偏离的不安念头"，一如他"祈愿每一颗子弹／

都能正中靶心"。诗的寄予一直都在诗里，好的诗人可以一下子就找到那个"厚望"并瞬间装入语言并汩汩地倾尽所有地表现出来。问题是你想要寄予就能寄予吗？一如神来之笔，你想来就来了吗？李庆文的寄予蕴于一个高明的"跳脱"，那是一个军人痴迷于成为一名神枪手的妄想之后获得的——事实上，这仍然源于沙场练兵的灵感，只是这样跳脱而又凝练的表达，同时又实现了一个意蕴的象征，象征着我们的每一个投入都应该准确无误，这就大于军旅诗了，而它的好，就好在这个超越之中。

由上我们可以清晰地看到，当代的青年军旅诗人的思维是丰富而又灵动的，很难捕捉到并给之一个准确概括。他们都受过非常好的高等教育，虽然专业各不相同，但知识与视野开阔、厚实。那么，关于战争与和平，这个古老而又现代的主题，他们又会有怎样的思考呢？看看戎耕的短诗《战争》吧，一个"书虫"，当他醉心于北非古代战役战略家汉尼拔，那令人惊叹的"模糊国界线""军队就是国家的边境"、以"境外战争"来保家卫国那超越时空的理论和身经百战而不败的"战神"级的故事后，他对汉尼拔会产生怎样诗的浩叹呢？"汉尼拔汉尼拔／汉尼拔之夜大雪满弓刀／纯粹的美埋葬神圣的死亡／笑声戛然而止／空气中弥漫着铁腥气息／十万士兵站在雪中发抖／一个将军翻动火盆时咳嗽了／两声"……所有的有意味的诗句，都是在意境的营造中实现的，大雪，止息的笑声，十万士兵，发抖，将军，火盆，和咳嗽，对比强烈而意境幽远，所有的胜利和失败，都从这里诞生。然而，这中间沉陷的是什么呢？当然是生命。古典的凝练之美与现代闪回的反差之美，构成了一个思想多维立体而又饱满强大的放射。我不能说他反对战争，也不能肯定他渴望战争，在这个生命的图景之上，是一个中国当代军人的沉重思考。戎耕接着写道："我坐在河边的树荫里垂钓，钓起了／一把断刃和两声咳嗽／太阳下山了，月亮升起来／咚的一声掀起了难以平复的波浪／打湿了我的眼眶。"我看到了泪水，却不知他是为汉尼拔、还是为士兵而流，抑或为我们从来都是"诱敌深入""围而歼之"而伤悲？我不敢肯定，我能肯定的是这首意境大于思想的诗，包含着英雄崇拜和对国家酷烈的情感，当然还有令人热泪长流的崇高的英勇献身。嗯，我们这些穿着军装的诗人啊！命中注定，除了生命生活本身给予的经历和思想，却还是要多追加上几个沉重的思想主题来背负，一如军歌中唱的那样：背负着人民的希望……

伴随着新军事革命的不断进步，军事斗争的疆域也越来越辽阔，我军官兵的体验也与过往的生活经验完全不同了……这与科技创新是一样的，越到高精尖，越能体验到孤绝无援的境况。由此，我想说：当代军旅诗的优秀佳作，就蕴含在当代军事斗争生活"高精尖"的实践活动中，如果脱离了日新月异的生活，恐怕真是难有什么真正的作为。"廉颇老矣，尚能饭否？"也许不能再指望我们这些"老去的一代青年"了！从这个意义上来说，我更愿意把希望寄托在更新一代的军旅诗人身上，因为他们此刻就正在强军进行时的新时代，是新时代朝气蓬勃的军旅诗人，以他们的思想和智慧、精神和才华，我以为完全可以期许，并——代表未来。

当然，诗歌合为时而著，这毋庸置疑。伴随着人类命运共同体的到来，中国军人维护世界和平与保卫祖国和人民的根本利益的使命，已然有机地融合在一起了。放眼世界，美国等西方国家早在"二战"后，就把它们的军队部署在了遍及全球的各个地区，仅美国在海外的军事基地，就曾达到2500多个。"冷战"结束后，美国军事战略调整加之驻在国人民的反对，基地数量大为减少。尽管如此，目前美军在海外的军事基地仍多达374个，分布在140多个国家和地区，驻军总数达30多万，保护着美国在海外各地区的各种利益。而我国伴随着开放力度的不断扩大，在亚非拉及欧美都有合作的企业和项目，利益巨大。而保卫好我们的利益，已经历史性地要求中国军人不能仅限于本土，必须走出国门走向世界，这是人类命运共同体的客观需要，也是文学创作表达人类命运与人类情感与思想的必然要求。为此，军旅诗，包括世界范围内的军旅诗，也必须走向更广阔的世界。遗憾的是：这种跨出国门且具有国际视野的军旅诗，我暂时还没有找到，所以在这里我只能"内举不避亲"，以我2017年初创作的长诗《蹈海索马里》为例，并征引著名评论家朱向前主编出版的《中国军旅文学史（1949—2019）》中的评论文字，来代替我自己的评介，以此示我公允的用心，并帮助读者了解新世纪以来中国军人跨出国门，在当代军旅诗人心头凝聚成了怎样辽远的创作。朱向前的评论如下：

> 2017年军旅长诗《蹈海索马里》（《解放军报》2017年7月17日）的发表是王久辛对新世纪军旅诗坛的另一个重要贡献（前一个是指自《狂雪》之后，于2007年第8期《解放军文艺》发表的长诗《大地夯歌——谨以此诗为中国工农红军将士铸碑》）。《蹈海索马里》延续了王久辛一贯的抒情风格，以热烈饱满的情感气势和铺陈渲染的语言风暴，向在索马里战斗与牺牲的"维和"战友们表达致敬，彰显出当下中国军人为世界和平与发展勇于担当和牺牲的精神风貌，展示出在"一带一路"倡议中中国的大国风姿，就题材而言，《蹈海索马里》的出现无疑使中国当代军旅诗歌拥有了显著的国际化特色。另外，相对于王久辛之前的军旅诗歌创作，《蹈海索马里》也体现出诗人试图超越自我的种种努力。这种努力主要体现在两个方面：一是双重情感节奏的出现；二是密布全诗的宏大律动性。在《蹈海索马里》中诗人主要设置两个人物形象——恐怖事件中的索马里少女和中国军人张楠，诗歌的抒情主动脉也围绕着这两个人物而

展开，并由此走向两个不同的情感分叉。在张楠身上呈现的是诗人对英雄主义一如既往的激情颂扬，在索马里少女身上诗人则赋予了向下的沉思，向上的颂扬和向下的沉思，拉伸了诗歌的情感空间，民族性和人类性出现了交相呼应。从艺术创新的角度看，《蹈海索马里》给人最鲜明的感觉，就是密布全诗的宏大律动感。35个抒情语群，形成了涌动在索马里海域的情感波澜。这些情感的波澜形态丰富，韵致生动，无论是主体部分湍急的意象流动、序言中的慢拍抒情，还是第8章中描述张楠面对"一坨一坨／冒着烟的骨肉残渣"的滞缓细述，都给我们留下了难以忘怀的印象。

我认同朱向前先生的评判。作为作者，在这首诗中我要坦然交代的艺术"伎俩"是：对恐怖氛围的营造与对一秒钟的十分之一瞬间的想象与创造，并依此而塑造了一个索马里少女，即实施自杀式袭击的恐怖分子，和另一群武警战士张楠及其战友的形象。对卑微至极的民族与文明至极的国家，进行了依据东方哲思的双向的诗性理析。剩余的探索，都在著名评论家朱向前先生的讲评中了。现在，这首1200行的长诗已经荣获首届方志敏文学奖的诗歌奖，并伴随着《解放军报》的发表与微信公众平台的发布走向了广大的读者。我想，人类的爱与和平是世界永恒的主旋律，所以军旅诗不能没有世界，世界也不能没有军旅诗。有爱与和平在，军旅诗在；有恨与战争在，军旅诗更在。因为军旅诗为人类的生存与发展而创造，为人类的永久和平，而奋斗……

2020.5.22.凌晨1点24分草毕于北京寓所

首发《中国当代文学研究》2020年第4期

《解放军文艺》2020年第8期

追寻往圣

——荣获首届"方志敏文学奖"获奖感言

中国自 1840 年鸦片战争至 1919 年五四新文化运动的 80 年屈辱悲怆的历史，终于孕育出了一位伟大的先行者——政治家、革命家、思想家孙中山。在孙中山先生创办的同盟会中，又先后诞生了影响并推动中国历史发展进程的两大政党，即：中国国民党与中国共产党。这两大政党的先驱者们，为了寻求中国发展前进的道路，都曾经涌现出过无数的仁人志士、英雄豪杰，他们为推动历史前进所付出的牺牲奉献的壮烈之举和追求公平正义的浩瀚之精神，气壮山河、感天动地。而在其中的成千上万的中国共产党人的英烈中——方志敏，则是国共两党涌现出的无数英雄豪杰中最能体现中华民族精神气节与风骨、人格修为与情操的、最卓越杰出的代表。方志敏烈士对祖国的挚爱深情与高洁的灵魂养育，尤其以其身体力行之如比干剜心般的慷慨赴死的精神实践，在我看来，构成了推动历史前进的动力，同时，也构成了中华民族历史上"以身相许、知行合一"的又一个光辉典范，闪烁着不朽的、照耀我们奋勇向前的、伟大的人格精神——这精神永远值得有灵魂的人们对照、仰学，乃至追求。而文学，在我看来，古往今来的经典之作，都是那些曾经深刻地影响甚至推动了人类文明进步发展的文学。这样的文学是朝向光明的文学，是人道之上丰富美好的文学，是未来之上永恒的健康人格的文学。"方志敏文学奖"以方志敏烈士的英雄行为与精神高度为核心，倡导正大光明的美学理念，是呼唤高贵高尚高雅高峰的文学号召，所以，我愿与众多的文学同道者们一起，列此位于大纛之帜下，效英烈之壮举，法赤诚智慧之先贤，为人的良知、尊严和美好，为艺术更高超的卓越的表达，献出自己全部的、也是微薄的才华和力量。正是基于这样的理解和认识，我在荣获首届鲁迅文学奖21年之后，又认真地申报了首届"方志敏文学奖"，并以今天能够获得这一殊荣而倍感荣幸！大家知道，鲁迅与方志敏，他们两位大先生，一个在文坛上驰骋纵横，是中国新文化的旗手，是我们的民族魂；一个既在战场上冲锋陷阵、出生入死，又以其真精神真感情，写下了一系列如《清贫》《可爱的中国》等不朽的名篇经典。他们在两种不同的时空中，毕其一生所有所能，或默默孜孜地、或轰轰烈烈地推动着历史前进的巨轮。我以他们为自己终生的精神导师，为生命中能有这样两位巨擘的人生与名字相伴而倍感骄傲与幸福，愿以自己的余生，追寻他们的项背，夙兴以求，夜寐以思，一往深情地追寻他们的足迹，乞求在他们的照耀与眷顾下，获得人格与文品的晴洁朗健，完全人生。

半个月前，当得知自己获得了首届"方志敏文学奖"后，内心激动，在微信朋友圈发了一句话，我说："能在方志敏烈士的名下获奖，夫复何求？"其实，我是在对自己说：久辛，你一直以来的不竭努力，不就是为了永远踏在追寻往圣的道路上而永不放弃吗？至此，你终于又获得了一次精神的鼓舞和一个光荣的标志，难道你不应当更加自信更加坚定吗？是的，这一个神授魂予的指引，是多么大的奖赏、多么大的激励、多么大的福报呀！正如30前我创作的长诗《狂雪》把我送到了人民大会堂的首届鲁迅文学奖的领奖台上一样，今天，是我的另一首长诗《蹈海索马里》把我送到了中国人民解放军军旗升起的英雄城——南昌。在我刻骨铭心的记忆中，就有我30年前写作长诗《狂雪》的动因，即日军屠杀的30多万同胞中还包括十万放下武器的国民党官兵。我就是想要明知故问：他们不是军人吗？军人是干什么的？作为军人，我能接受在战场上被敌人杀得片甲不留的所有惨状，却不能接受放下武器，不能接受放下武器任人宰杀！这不是一个两个十个八个，而是十万！是十万之众的军人被屠杀！这一个历史事实为"奇耻大辱"一词作了最为残酷的诠释。而作为军人，他们连自己都保护不了，还能指望他们去保卫首都南京、保卫南京人民吗？更不敢指望他们去保卫首都之外中华大地上更为广大的老百姓了！这样的军队与乌合之众有什么区别？！正是带着这样悲愤与酷烈的铅沉之重的心，我写了《狂雪》，表达了一个人、一个军人，对人类和平与担当的艺术理想。两年前的2017年初，我又写了一首长诗《蹈海索马里》，仍然是写人，写军人，仍然是写对人类和平与担当的艺术理想，然而我面对的却是崭新的军人，即今天的中国军人面对今天复杂动荡、恐怖横行的非洲大陆，从人类和平与人道的公平正义出发，书写一种担当和军人的天职。我骄傲地看到：今天的中国军人不仅出色地捍卫着国家的主权和领土完整，现如今已经担起了捍卫全人类的和平与发展的重任，驰骋在广袤的世界舞台上，为维护人类和平出生入死。在这首长诗中，我仅写了一个在索马里维和的武警战士——张楠，但"这一个"却与82年前在南京被日军屠杀的十万放弃抵抗的国民党军人，有着天壤之别！今天的军人不仅敢于牺牲，而且还有强健的体魄，不仅敢于在刀锋上迎着枪林弹雨冲锋，而且还有着人道情怀与捍卫公平正义的血性灵魂。从"这一个"战士身上，人们可以看到一个对人类和平与发展负责任的民族最优秀的品质。我倾尽所有，以为写出他们英勇无畏的精神风采，就是写出了今天的中国精神、时代精神、人类精神，而这一切的精神内核，就是善良、公正、无私、担当的中国军人的精神世界，他们今天的牺牲与奉献，代表着人类正义的事业，代表着世界文明的力量，文学不书写这样的事业和力量，那书写什么呢？我就是揣着这样的美学理念和人道的理想，义无反顾地创作了《蹈海索马里》，我不怕前无古人，也不担心后无来者，人间正道是沧桑。大先生鲁迅当年就追求"速朽"，而不畏惧人言"不文学"；今天我为鲁公之后人，又有什么可以让我畏惧的呢？我不怕人言我之"不文学"，如果文学于灵魂无益，于人无益，那我们要它何用？我写它何干？！

缘此，请允许我对方志敏烈士的故乡及父老乡亲们，道一声——谢谢！衷心感谢你们设立了这个伟大的文学奖，并以方志敏烈士的名义，将这个奖颁发给我的同道和我，用以肯定我们的创作。事实上，正是因为有了你们的这个奖项，才使我们有了精神上的仰仗。故此，我要代表各个奖项的获奖作者——表示十二万分的感谢！我相信，时间会证明，你们设立的这个文学奖，必将永载史册。衷心感谢你们！我和我的同道者们定当继续创造，为不死的、永在的、方志敏烈士的灵魂和精神——书写更新的篇章。

最后，我还要感谢所有的评委和所有为这一奖项的设立而辛勤工作的人们——衷心感谢！

2020 年 1 月 9 日

灵魂飞出一道彩虹

——写在长诗《狂雪》创作发表 30 周年之际

准确地说，那是 1990 年 3 月 25 日凌晨 3 点 45 分的转瞬之际。在魏公村军艺的宿舍里，我写完了长诗《狂雪》最后一行的最后一个字儿。此刻，又是一个转瞬之际，我发现《狂雪》创作与发表，已过了 30 年啦！时间荏苒，白驹过隙。在这个时间跨度里，《狂雪》不断被再版转载热评，被人诵读、品鉴与转发。尤其后来，一是被中央电视台拍摄制作成诗歌电视反复播放，二是被宝丽集团捐资铸成 39 米长的紫铜诗碑，捐献给侵华日军南京大屠杀遇难同胞纪念馆作为展品。这两件事，于今则又是一个转瞬之际，也过去了 25 周年！回想 30 年前的那个初春料峭的黎明破晓时分，我放下写了一夜的诗笔，像个大力士——轻轻地放下心中刚刚铸就举起又稳稳地放下的那一方沉重的巨鼎，飞快地翻看了一下开头与结尾，像上下打量了一下棱角分明而又雄壮厚实的大鼎那样，长出了一口大气。

其实，我心里非常清楚，这不是偶然之作。为了写出这样的诗著，我自中学时代就开始准备了。不夸张地说，笨鸟先飞的寓意于我，一直都是日日夜夜、分分秒秒践行着的具体行动。我用心地读遍了古今中外凡能被我搜罗到的所有文学名著，哪怕于任何场所与任何人涉及提及的有关文学、有关诗歌新发现的只言片语，我都会当真并立即去寻找阅读，一如汩汩之涓流——点点滴滴汇入心头。特别是从军入伍、军校毕业、由基层一步步进入军师团直至军区政治部文化部机关并分管负责全军区文学艺术创作工作之时——使我深切地感到：这一切仿佛都是天意与人为的刻意安排，使我的内心向往与实际的工作，实现了几率非常非常低的一次高度的融合。即个人的爱好与组织分配的工作，终于达成了一致。我是个笨人，但我可以诚实地说，我没有浪费我的青春，我坚定地相信：你所有的努力都终将会成为对你自己的奖赏，也终将会成为你前进的铺路石。

我感恩时任兰州军区参谋长的邢世忠，是他从六个候选人名单中选定了我，把我一个身处腾格里沙漠边缘的连队副指导员调进军区司令部宣传处；我感恩时任兰州军区政治部副主任的李月润，是他依据我在《解放军报》《解放军文艺》《昆仑》《散文》上发表的诗文，反复向邢参谋长请求商量，把我要到了原兰州军区政治部文化部。这两位将军与我非亲非故，当时甚至与我都没有见过面，仅凭我发表的新闻和诗文，就把我调到了我自己做梦都想不到的我最理想的工作岗位，使我之后所做的一切工作，都与文学与艺术有了密切的关系，与军区、全军、全国的作家艺术家们有了交集与交流……也就是说，从那以后，我过去和未来所读过的所有我酷爱的书，几乎每一本每一页的每一行，都与我的工作紧密地联系在一起了。如果说人的成长有什么捷径的话，那么，我以为能够使自己的职业工作与个人爱好紧紧地结合在一起，就是最佳的捷径。所以，我不敢也决不能忘本，没有组织的培养，就没有我的今天。试想，假若我还在野战师里当新闻干事或在基层连队当副指导员，想想看，仅仅一天到晚的具体繁杂的事务，就会把我文学创作的念想，冲个一干二净，又如何能够有时间有精力有机会写出《狂雪》？正是由于工作的关系，使我年纪轻轻就与当代最优秀、也是我心中卓越的大诗人周涛、昌耀、李松涛、马合省、李晓桦等相识并成为终生要好的朋友。我喊他们大哥，他们把我当老弟。可以说与他们的交往，才使我真正触摸到了"诗的活的灵魂"，而不再是"纸上得来终觉浅"的那点儿可怜的感受。当时社会上最火的诗人是北岛、顾城等，但是我认为，只要你足够认真与公正地拿他们与周涛、昌耀、李松涛、马合省、李晓桦等进行一下研究和对比，无论是体量还是内核，北岛、顾城等与之相比都显得有所逊色，尤其他们共同缺失的历史的厚重感，和现实担当的迫切需要的缺失。

诗人李松涛大哥曾教导我说："目光放远大，不要跟风，好好写。一定要写长诗、大诗。"正是那时，昌耀的长诗《慈航》、周涛的长诗《山岳山岳，丛林丛林》、李松涛的长诗《无倦沧桑》都刚刚发表不久，我在研读但丁《神曲》、歌德《浮士德》、艾利蒂斯《英雄挽歌》与艾略特《荒原》的同时，又比较着研究了上述三位大哥的长诗，无数遍的诵读与逐章逐节逐行逐句地解析，昌耀那通向神性与无尽人性的大道慈航、周涛那游历战争险境的灵魂叩问、李松涛那直抵历史与现实的警策醒世之佳构，给予了我无尽的示迪。相当一段时间里，我沉溺于昌耀掰断生铁般毛茸茸又亮闪闪的断面般的意象与神思的古意，也迷醉于周涛那随意而又刁钻的战争呓语与玄想，我耽享于李松涛对历史缝隙的撕裂打开又挥斥方遒的痛快淋漓。……几乎没有间断，我曾亲自接待到西北踏勘长城的诗人大哥马合省与正在《昆仑》杂志编诗的诗人大哥李晓桦——又分别给我寄赠了他们的长诗新作《老墙》和《蓝色高地》，因为牢记着李松涛大哥要我写长诗大诗的教导，我对诸位大诗人的长诗佳构，又有了更多更深的研究与解析，同时，对1985年以来的文学翘楚们的作品，又有了更加深入与广泛的学习，包括新潮美术音乐与舞蹈等艺术，特别是又热恋上了黑格尔的《美学》以及中国的美学家朱光潜李泽厚宗白华……虽是一知半解，连猜带蒙地阅读，但是那些审美创造的一般性的常识，却是自然而然地就了然于我年轻的心中了……我越来越感到诗歌的艺术境界所包含的思想，是无穷无尽的沧海桑田，其中储藏着成功的无限的可能性。当然，这其中就包括着给我一次创造机遇的可能性。是的，我需要充电，再充电，之后，我要释放，要一次慷慨赴死、英勇献身的释放，以安抚我那与平庸抗争的无法平静下来的心灵。

值此之际，幸运之神再次光顾了我。1989年7月，我以优异成绩考入解放军艺术学院文学创作系，而每堂课与每读经典，我都会特别留心着老师所讲与书上所写的内容，哪怕是一丁点儿的意味儿，我都会与李松涛大哥的教导"你一定要写长诗、大诗"联系起来。而越是这样渴望着，就越是不敢下笔去写。在无可名状的孤独中，我一遍遍地聆听贝多芬的《命运》、柴可夫斯基的《悲怆》、斯特拉文斯基的《春之祭》，我一次次被大师们最初的动机所发展创化出的汪洋恣肆的境界所淹没，甚至看到了巴比松画派的画家们创造出的无尽的森林和森林之上那星月的毫光……是，我一直都没有忘记，我的祖地在京杭大运河中段的卫河之滨、一个叫龙王庙的小村庄，而我却出生在陕西西安西郊的一个偏僻的厂区——我是一个小地方的孩子，我的心里一直都顽固地扼守着一个小地方人的自尊，而我对我心仪的大诗人们，充满了敬畏、敬仰和敬爱，虽然我表现出来的刚好相反，是不屑与傲视，但是我内心非常清楚，他们都非常庞大，庞大得令诗坛不愿提及他们，像我一样，一旦提及，就显得自己非常渺小，自尊心严重地受不了呵！于是就选择逃避，选择了不屑与傲视。想想看，处于这样的精神境地，该有多么的憋屈？这其实非常地不幸，即将自己置于了绝望之境，进退皆已无路，怎么办？恰好在此时，军艺靳希光教授的"中国革命史"讲到了南京大屠杀，而其时，我已在几年前就读过了作家徐志耕先生的长篇报告文学《南京大屠杀》，而靳教授的提及与讲述，则一下子提醒并激活我阅读的记忆和想象——《命运》交响曲最初的"邦邦邦"："你一定要写长诗、大诗"的教导，又一次奏鸣在我的心头。是呵，为此，我已经准备了那么多年的情感与想象，不就是为着这一次的慷慨赴死、英勇献身的创作吗？

那天，就是 1990 年 3 月 24 日中午，我对同室的同学曹慧民、赵琪、徐贵祥说："帮我打两个馒头，中午我不去饭堂吃饭了。"我坐在写字桌前一动不动，凝然的表情我自己都能感受到严肃得有点过分。我一次次地告诫自己："不能激动""绝对绝对不能激动""一定要冷冽到极处""一定要平静，要静到泥土深处""要比泥土还要安静，要安静到死，要成为死魂灵""对。死魂灵""就写死魂灵""把死了的魂灵写活过来""把死魂灵复活，让它们魂舞灵舞于九天之上""写到蒸腾蒸腾再蒸腾"……把死魂灵写活，如何写？写到飞天写出魂舞写出大地向天的蒸腾，如何写出这一切的蒸腾蒸腾再蒸腾？我的思绪乱飞，漫天狂舞。我决心要实现：在艺术的辩证中寻求一种陌生的张力；在审美的创造中寻找一种物象相反的意象组合，以实现不动声色的感染力；在语言平实的省思中寻找一种华丽的表达；在修辞的白热化的返璞归真中实现复合性修辞的极限穿越，以乞获得一种新的修辞格，或可对汉语的语言发育实现一个诱发性撞击；在意境的创化中直抵生命之核并试图以律动的韵味达到生命极限的再现；在律动的生命中寻求语言对血液的进入并涌流至一个个生命的周身，使语体完成创造意象的复活；在色彩中沉迷并将沉迷再造出来；在旋律中清醒并将每一个音符都灌入旋律从而使诗的末梢儿的最后一甩,在焦煳的气味中再现焚尸的缕缕令人窒息的烟雾并在模糊中实现对生命的一个个还原;在还原的尸身发现集束手榴弹和大口径密集炮弹的森林正在倾泻而千万的呼救声像交响音乐会正在上演人类悲喜交织的一瞬瞬精彩的呼呼啦啦的场面……我在一张洁白的纸上写下了无数这样的律条,像二十二条军规,也像我们的《纪律条令》和《内务条令》,心绪难平,又情思纷飞。我当时的心里,就是这样一个信念:要把这么多年的准备,一次性地全部倾泻出来,看看到底能不能实现一次独一无二的审美创造,而不是一次出离了自我的表达,而且必须是艺术对历史的再深入与再复活,以实现艺术的真实对人心的一次感染与洗礼。嗯,是这个意思,但是,从哪儿入笔呢?

我知道,一个人大约有五公斤左右的血液量,泼到地上,那就是一片鲜红而不是彩霞。那么,如果是一百个人的血液呢?一千一万十万二十万三十万人的血液呢?老祖宗早已经把成语造出来了,那是一个海——血海;而当血海渗入大地的泥土之后呢?那又该怎样表达呢?所以,这个词儿的后面,即血海之后,就是深仇啊!我发现,几乎我们所能体验到的感受,我们的祖先都有所体验与感受,并且都有精准凝炼的表达——"血海深仇"之后,连着的就是"血沃中华"啊!而后面的这个成语写出来,似乎没有那么可怕了。是吗?并不可怕吗?想想看,侵华日军在南京屠杀了我们30万同胞,那血海流注于大地,那是一个什么样的情景呢?当时,我就在想,这渗入泥土的血液,会不会哪一天被我们破土动工建设高楼大厦时挖到?那整整一座南京城的地下,会不会有一层厚厚的红色的土层呈现在我们的眼前?身首异处,早已不知去向,而他们的血却因了中华大地的泥土而淤积长存于泥土深处,并且以其本色长存于地下。然而,那30万人被杀的一个个的疼痛在哪里呢?那是每个人巨大无比的疼痛,一共30多万个!

当时间过去，一切都没有发生吗？当生命消失，什么都看不见了吗？我不相信。那疼痛一定长留在我们生活着的天地人间！但是，它们会以何种形式长存在何种地方呢？物质不灭，尸骨可以化为泥土，血液能够流注地下，然而，那30多万人被杀的疼痛会进射到哪里呢？会撞上我的、你的、他（她）的心吗？如果撞上了会在他（她）的、你的、我的心里会号叫或会呜咽吗？他们巨大到无边无际的疼痛，会撕裂我们的心使我们再次感受到那惨绝人寰的非人所能忍受的疼痛吗？！我必须用我的诗句，把这弥天之痛写出来。而且，必须现在就写，马上就写。一刻、一分、一秒，也不能耽误。但是，从哪儿开始呢？第一个字和第一个词儿，该从浩如烟海的字典词源中精挑细选出哪一个呢？想到那一片汪洋大海般流入大地的血，灵魂与肉体中的血，在地下把泥土浸透染红的血，我不由自主地想到了大地泥土，我命令自己：冷到冰点以下，用不带一丁点儿的温度写，写下了第一行第二行第三行……这样平静的诗句：

　　大雾从松软或坚硬的泥层/慢慢升腾　大雪从无际也无/表情的苍天　缓缓飘降 / 那一天和那一天之前 / 预感便伴随着恐惧 / 悄悄向南京围来 / 雾一样湿湿的气息 / 雪一样晶莹的冰片

　　　　……

　　我知道，那庞大的屠杀场景我根本无法写就。所以，我以王国维先生的教诲为圭臬，发挥诗的优长，以写境与造境的方式，从恐怖的境界向大屠杀的一个个瞬间转换，写出的句子便有了湿润的气息和凝炼的张力和力度。"野兽四处冲锋　八面横扫 / 像雾一样到处弥漫""街衢四通八达 / 刺刀实现了真正的自由""那硝烟　起

先 / 是呛得人不住地咳嗽　而后 / 是温热的黏稠的液体向你喷来 / 开始没有味道　过一刻 / 便有苍蝇嗡嗡 / 伴着嗡嗡　那股腥腥的味道 / 便将你拽入血海　你游吧 / 我游到今天仍未游出 / 那入骨的铭心的往事……"

像在写电影闪回的分镜头，又似在回放电影的慢镜头，用心地将一个个杀人的恐怖瞬间拉长、放大、推近，以使诗的读者能够更多地观察与感受到"被杀的种种疼痛"。大面积的闪回与拉长放大推近，使诗的意境像潮水漫过辽阔无边的海岸线一样，替我将自己和读者淹没。但是，我始终都是冷静而又清醒的，我知道，这种提着心捺着心忍着心的冷静的书写，对自己是一种残酷的伤害，尤其是作为一个中国军人，想到还有十万放下武器的国民党的军人被如此屠杀，作为人、中国人、中国军人，我不想获得的羞耻，竟然又加了三倍的羞耻涌上心头，使我不得不写下这样的诗句："希特勒死了 / 墨索里尼和东条英机也早被绞死 / 但是那种耻辱 / 却像雨后的春笋 / 在我的心中疯狂地生长 / 几乎要抚摸月亮了 / 几乎要轻摇星光了 / 那种耻辱 / 那种奇耻大辱 / 在我辽阔的大地一样的心灵中 / 如狂雪缤纷 / 袒露着我无尽的思绪……"

深重的耻辱感推动着冷酷无情的诗句，使我开始蒸腾，诗也进入了反省和叩问，关于国家，关于人民，关于战争与和平，诗在强大的内驱力中开始追问历史、追问责任和担当，而升华就是在一种忍着血海深仇又怀着无尽的大爱去爱包括屠杀过我的同胞的日本国民在内的所有人类——这就是中国人，就是中华民族，就是你我他（她），就是我们的灵魂……无须雕凿与刻意，朴素到平凡的句子，有了华丽无比的魅力，自然而然，徐徐升腾并且飘扬：

"作为军旅诗人 / 我一入伍 / 便加入了中国炮兵的行列 /
那么　就让我把我们民族的心愿 / 填进大口径的弹膛 / 炮手

们哟　炮手们哟 / 让我们以军人的方式 / 炮手们哟 / 让我们
将我们民族的心愿 / 射向全世界　炮手们哟 / 这是我们中国
军人的抒情方式 / 整个人类的兄弟姐妹 / 让我们坐下来 / 坐
下来 / 静静地坐下来 / 欣赏欣赏今夜的星空 / 那宁静的又各
自存在的 / 放射着不同强弱的星光和月辉的夜空啊……"

　　这是一个遭受了三倍耻辱而依然把全人类视为兄弟姐妹的中国
军人在 30 年前以诗的方式发出的心声——人类共同命运的旋律，
一直都在中国人的心头回荡，而这首发于身心灵魂而飞舞飘荡于 30
多万冤魂中的诗篇，又一次向世界昭告了中华民族酷爱和平的崇高
无比的精神境界。我最后写下的三行诗句是："我如大梦初醒 / 灵魂
飞出一道彩虹 / 而后写出这首诗歌。"终于，我——完成了这一次
痛苦无比的精神书写。我没有料到，这么快，这首五百行的以自己
"被杀"的方式写就的诗篇，已经通过《人民文学》的发表，面世
整整 30 年了！于今想来，仿佛就在今天的黎明前，我心依然激奋
不宁，仍然执笔在手，写着世界给予我的种种感受。我为自己仍然
具有丰沛的良知能够继续感知积累体验到的善恶与美好而格外地淡
定从容与自信幸福。是的，即使你写出了不朽的诗篇，那也根本算
不得什么，个人很渺小，而人类的和平，才是真正伟大的事业，它
构成了我们永恒的追求，一分一秒都没有停歇。

　　为此，在《狂雪》创作发表 30 年后的今天，我愿再次获得慷
慨赴死的英勇献身般的创作灵感和激情，书写新的篇章——至死
方休。

2020.5.11. 零点 42 分　北京

2020 年 6 月 6 日《解放军报》，有改动

冬之祭

受　邀

　　2017 年 11 月 10 日 13 点 52 分，我收到中国社会科学院日本史专家、博士生导师汤重南教授发来的微信，即南京大屠杀遇难同胞纪念馆张建军馆长嘱他转告：鉴于王久辛先生为纪念馆做出的重要贡献，今年国家第四次公祭仪式拟邀请他出席。因参加公祭活动的重要领导和人士较多，位置不一定特别好，不知他是否能够出席？看了汤老先生的微信，我的心颤动了一下，几乎没有犹豫，便立刻回复了两个字：可以。还加了一个拥抱的表情符号。

　　对我来说，这是一个期待已久的邀请，不存在可以不可以，参加是必须的。因为早在 27 年前，我就以 500 行长诗作为我的祭献之牲，从胸臆之中捧出了我的心——《狂雪》，至今仍以 39 米的诗碑，耸立在江东门侵华日军南京大屠杀遇难同胞纪念馆……

记得 2014 年国家首次公祭时，我与长篇历史小说《大秦帝国》的作者孙皓晖先生正在南京应邀讲座。当公祭开始，汽笛拉响，宣布默哀之际，孙先生和我并肩站在宾馆狭窄的阳台，面朝大屠杀纪念馆的方向，垂首而立，默哀良久。孙夫人将我俩默哀的情景，及时用手机拍了下来。是的，我的内心深处，一直都有祭奠南京大屠杀死难同胞的愿望，能有机会亲临国家正式的公祭仪式现场，真是三生有幸；而张建军馆长所说的"鉴于王久辛先生为纪念馆做出的重要贡献"，其实指的就是现在仍竖立在侵华日军南京大屠杀遇难同胞纪念馆的这座 39 米长的诗碑，而我正是这首长诗《狂雪》的作者。

我随即用微信语音回复汤重南教授，我是去参加祭奠表达哀思，决不讲究什么位置。能以一位诗人的身份，去献上一份馨香、一丝追念、一点抚慰——就足够了。但是，有一件事，需要向馆长说明，因为我是现役军官且又是大校、技术四级，若参加这次国家的公祭仪式，我就必须向武警总部首长报告，所以请纪念馆尽快发出正式邀请，待报告后，获得总部首长批准同意，方可成行。汤老先生回复我说："立即转告。"

第二天上午，北京的阳光格外耀眼，办公室里，我种的那棵菩提树已经长到一米八了，每一张菩提叶，都像一只宽厚的手掌，捧着温暖的金灿灿的阳光。

手机响了，像阳光来了一样。是纪念馆的小姑娘陈思，她要我告诉她一个邮箱或加她微信，她要给我发一份"国家公祭受邀人员信息表"，要求我尽快将信息填写完毕及时反馈给她。同时，她还要了我所在单位的通讯地址及邮政编码。她说：要给我们单位发出正式的邀请函。我暗自赞叹，纪念馆同志的办事效率真是神速。

11 月 16 日上午，我所在单位收到了南京大屠杀遇难同胞纪念馆发给我的正式"邀请函"，上面写着：

邀请函

尊敬的王久辛先生：

今年12月13日，中共中央、国务院将在侵华日军南京大屠杀遇难同胞纪念馆举行第四次南京大屠杀死难者国家公祭仪式，深切悼念南京大屠杀无辜死难者，表达和平愿望，宣示和平立场。

现诚邀您于12月12日至14日莅宁，参加公祭仪式。

落款：侵华日军南京大屠杀遇难同胞纪念馆（印章）

我所在单位领导接到邀请函后，立即给武警总部政治工作部宣传局呈报了请示，11月21日总部政治工作部宣传局根据我社的请示，给武警政治工作部上报了"关于我社编审王久辛同志应邀出席'第四次国家公祭仪式'的请示"，政治工作部副主任于11月22日阅示"同意"。作为军人，什么是守规矩？按级报批，不轻举妄动，就是守规矩；什么是纪律严明？严格按照组织纪律行事，就是纪律严明。我已是一个有着40年军龄的老兵了，我当然知道我是一位诗人，但我更清楚的是：我首先是一名军人。

我是乘12月12日的G142次高铁从上海出发去的南京，在列车上，越是快要抵达，就越是思绪万千。其实，一个人一生，可能要做很多很多事情，但是真正能够被人认可、接受，获得赞扬的事情，却非常非常地少；哪怕有一件事，一件很小的事，只要做对了，做好了，就非常非常地难能可贵了。就比如我写了一首《狂雪》，结果却被很多很多人记住，又给予了很多很多很大的荣誉和奖励。这就告诉我一个道理：为人在世，你可以干不了大事，做不出伟业，你可以不信神、不信鬼，但是你一定要相信天地良心。天地之间游荡着一个神灵，就是——良心。凭良心做事，事虽微然而做得对，哪怕过了百年千年，仍然经得住评说，这是什么？这是小事？这就是不朽啊。包括我这次能够受邀参加公祭活动，无论是南京还是北京，也无论是地方还军方，各级组织都给我发放了通行证。这是为什么？写诗的时候，我没想过这么多，当这首诗发表27年之后，我所遇到的很多很多的事情，都验证了遵循天地良心，就是遵循天道文明的至理。所以，要永远站在天地良心一边。这是一个人应该持有的不可移易的最根本的立场。

12月12日晚七点，在纪念馆举办的欢迎晚宴上，我与现任的馆长张建军先生相会，他当着宴会厅很多人的面，对我说的第一句话，就是："久辛先生，我还要跟您商量一下，这么多年了，狂雪诗碑老旧了很多，现在有条件了，我想把它再重铸一下，您看如何？"当然求之不得，更何况这座39米的诗碑，是甘肃宝丽集团捐赠给纪念馆的，本来就属于纪念馆，它从来就不属于我，也不属于任何人；它是拆是修，还是重铸，都是纪念馆分内自主自决之事。我对建军馆长说："太好了，我支持。"

其实，任何作品一经发表，从阅读传播的角度来说，就与作者没有多少关系了，谁喜欢它它就属于谁。那座诗碑，说句到底儿的话，哪怕哪一天纪念馆不需要它了，要把它"铸剑为犁"，我虽然会惋惜，但那也是理所当然。大先生鲁迅早就有言在先，他就希望自己的作品速朽，更何况我等小辈的作品呢？

> 我们不是要建立美丽的家园吗
> 我们不是思念着深夜中的狗的吠叫声吗
> 我们不是想起那叫声便禁不住要唱歌吗
> 不是唱歌的时候便有一种深情迸发出来吗
> 不是迸发出来之后便觉得无比充实吗
> 我们在我们的祖宗洒过汗水的泥土中

一年又一年地播种收获

又在播种收获的过程中娶亲生育

一代又一代　代代相传着

关于和平或者关于太平盛世的心愿吗

（选自 1990 年 7—8 期合刊《人民文学》之《狂雪》第 17 节。）

公　祭

12 月 13 日上午八点四十分，用过早餐，我便严格按要求准时来到"H 水晶宾馆"的大堂，等候集体登车前往纪念馆内的公祭仪式现场。在大堂，我遇到了中国人民抗日战争纪念馆的唐开文副馆长、"九·一八"历史博物馆范丽红馆长、上海交通大学东京审判研究中心程兆奇主任、上海师范大学"慰安妇"研究中心苏智良主任、南京大屠杀血案主审大法官叶在增后裔叶于康叶于飞先生及家人、南京大屠杀血案大法官梅汝璈后裔梅小璈、南京大屠杀血案检察官向哲浚后裔向隆万先生、参加南京保卫战的易安华将军后裔易超平先生、参加南京保卫战在一线抵御日军壮烈牺牲的姚步青烈士后裔姚泰陵先生、纪录片《慰安妇》导演郭柯和报告文学《南京大屠杀》的作者徐志耕以及上海市委统战部邵翊政主任……

不一会儿，纪念馆的小陈小汪等便招呼大家往门外右边的方向走，因为车大开不到门口，我们便互相寒暄着去登车。昨晚签名时我听见人喊我名字，原来是徐志耕先生。我们神交已久，幸会在晚宴的大堂，真是太开心了。交谈中得知，徐先生已经 72 岁了。那天我们登车后，便像老友一样并排坐着，聊得很投缘。他写的《南京大屠杀》一书，发表于上世纪八十年代初期。据他说，当时的条件很差，他是骑着自行车，到处寻找当事人，凭着一支笔、一个小本子，就开始了采访——在我的记忆中，志耕兄长的报告文学《南京大屠杀》最初是在《昆仑》杂志上发表，之后又出版了单行本。可以说对南京大屠杀血案，我是通过他的这部作品获得了最初的了解和认识，没有他这部作品，就不会有我的《狂雪》。如今幸会徐志耕先生，真是他乡遇故知啊……

其实，宾馆与纪念馆非常近，也就一站地，我们的车几分钟就在距离纪念馆不远的路边停了下来。工作人员提醒我们要戴好参加"南京大屠杀死难者国家公祭仪式"的"出席证"。从车上下来，可以看到前后左右的军警和装甲车与铁蒺藜，路的右屿区，还有两个荷枪实弹的特警，看上去威武雄壮。我与志耕兄长边走边聊，很快就到了纪念馆的后门。

门口有安全检查，门后站了一排手拿检查仪的公安人员。顺利通过后，从后门至公祭广场，还有一段距离，而沿路边站着十几个解放军军官，我看了一下他们的标牌，都是东部战区陆军部的战友，没有佩带枪械。拐过一堵墙后，便看到了广场，广场上的人早已经站得满满的了……有大中学校学生、公务员、群众、公安和解放军指战员及社会各界代表，我心算了一下，应该有上万人参加公祭仪式。我们是特邀的外地嘉宾，被特别安排在了前列……

这时，纪念馆办公室的王山峰秘书和小汪小陈及时拿着一张表，跑步过来，分别引导我们找到站位号："……郭柯老师80号、王久辛老师81号、徐志耕老师82号……大家在地上找自己的号码，按号码站位……"

嗯，81号，刚好是"八一"，我喜欢这个号，虽然没有允许我穿军礼服有点遗憾，但这个号不是弥补了我的战士身份吗？我的前排是上海交通大学东京审判研究中心主任程兆奇、南京大屠杀血案检察官向哲浚后裔向隆万先生和参加南京保卫战的易安华将军后裔易超平先生，我们各自找到了自己的号码位置后，都有一些兴奋。

不管怎么说，今天都是我自党的十八大以后，与中央最高领导人最近距离接触的一个重要时刻，当然，也是我可以更近距离听到最新思想的宝贵时光……

我望了望天空，天是晴天，但还是有一层薄薄的云，透过云层射出的阳光，因为被过滤了，所以显得格外柔和；而风却比净空来得更寒冷了……

降下来的半旗，在风中招展，有一种凛然挺立的英武和不屈的精神在飘扬。望着飘扬的旗帜，让人脊梁陡直，骨骼坚硬，双腿生根。

这时，从公祭仪式主席台右边，走上来一位看上去四十多岁、身穿深灰色大衣的中年人。只见他站在话筒前宣布：现在公祭仪式开始。不是十点吗？我寻思着，但一直伴随着程序一起，默哀、唱国歌、聆听"和平宣言"……

这是预演，我心已明了，直到主持人宣布：请中央领导讲话。广播里放出倒计时数，站在我左边的徐志耕兄长才碰了我一下，悄声问我："中央领导不来了吗？"我急忙小声地对他说："这是预演。""哦。"志耕兄长长出了一口气。我知道，自上世纪八十年代初开始，徐大哥就扎入了南京大屠杀的这片血海，他是直到此时此刻都没有出来啊！他郑重与哀伤重叠在一起的心，我能抚摸得到，甚至我的心与他的心一样，完全可以融合，因为我们是一样一样的……

也就是在那一刻，我想起了1987年荣获第一届世界和平电影节故事片奖的电影《屠城血证》的导演罗冠群、编剧谢光宁、主演翟乃社陈道明雷恪生，想到了《黑太阳南京大屠杀》的导演牟敦芾，电影《南京大屠杀》的导演吴子牛，《金陵十三钗》的导演张艺谋，《南京！南京！》的导演陆川，想起了张纯如女士的《南京浩劫——被遗忘的大屠杀》，想到了美籍华裔作家哈金的长篇小说

《南京安魂曲》，作家何建明的报告文学《南京大屠杀》、郭晓晔的报告文学《东京大审判》，想起了作曲家谭盾的音乐《祭—1937》，想到了画家李自健的油画和陈玉铭的国画《南京大屠杀》……

这是一个很长的作家艺术家的作品名录与作家艺术家的名录，没有任何人与任何组织要求他们去写这些内容的作品，包括我写的长诗《狂雪》，都是谨遵心命的写作，丝毫没有一丁一点儿的功利之心。尽管大家的创作各不相同，但是在几十年的时间里，作家艺术家们心里揣着的是同一样的良知，共同在同一个题材里创作了同一个内容的作品，为亿万中国人民乃至世界人民了解认识日本军国主义的反人类、反人道的本质，了解认识中国人民在第二次世界大战中的灾难性经历，尤其了解日军在南京制造的空前绝后的浩劫中惨遭屠戮的无辜百姓的噩运，奉献了宝贵珍稀的才华……

想到这里，我就不觉得我的站位是一个"81"号，而是810、8100……是一个良知汇成的海洋，它将集合起全人类文明的力量，淹灭我们社会中的所有反人类、反人道的邪恶势力。在今天的公祭仪式上，我以为：徐志耕兄长与我，决不仅仅是一个作家和一个诗人，而是通过我们两个来代表所有为南京大屠杀死难同胞而创作的作家艺术家们——前来参加的公祭。他们虽然没有亲临现场，但是我相信：他们的心上，一定会有祭献的鲜花盛开，那洁白如玉的圣香，一定会弥漫全球……

嗯，我不会忘记，是2014年2月27日，十二届全国人大常委会第七次会议通过决定，以立法形式将12月13日设立为南京大屠杀死难者国家公祭日。

第一次国家公祭按照最高规格，以中共中央、全国人大常委会、国务院、全国政协、中央军委名义举行。

这是一个文明人道的国家，对所有普通老百姓尊严与生命的尊崇、呵护与捍卫，是对战争中无辜死难者的人道关怀与灵魂的抚慰，是向全世界宣布：这是我们中华民族的神圣家园与挚爱亲人，从此以后任何人、任何组织、任何民族与国家，都绝对不能欺凌与轻蔑、践踏与侵犯……

国家公祭，是一个国家自爱、自强、自立、自由、平等的象征。

转眼之际，就到了第四个公祭日。

……还差几分钟十点，隔着五排人的我，看到中央党政军群有关部门和东部战区、江苏省、南京市的负责同志，依次有序地从纪念馆我的右前方，即 39 米长的紫铜诗碑《狂雪》的方向，向我们走来，并逐一进入了会场。我的眼睛一直盯着右前方……"来了，来了。"我听到身边人轻轻地说。我看到习近平同志走在最前边。他表情的凝重和步履的稳健，超出了我的想象，那是领路人目视前方、庄严从容。

公祭仪式由中共中央政治局委员、中宣部部长黄坤明主持。

为了和平，世界各国人民要同心协力，共同维护以《联合国宪章》宗旨和原则为核心的国际秩序和国际体系，共同推进人类和平与发展的崇高事业。中国人民愿同世界各国人民一道，推动构建人类命运共同体，始终做世界和平的建设者、全球发展的贡献者、国际秩序的维护者，共同创造人类的美好未来。

在领导人讲话时，我的脑海又一次蹦出了如下的诗行：

作为军旅诗人

我一入伍

便加入了中国炮兵的行列

那么　就让我把我们民族的心愿

填进大口径的弹膛

炮手们哟　炮手们哟

让我们以军人的方式

炮手们哟

让我们将我们民族的心愿

射向全世界　炮手们哟

这是我们中国军人的抒情方式

整个人类的兄弟姐妹

让我们坐下来

坐下来

静静地坐下来

欣赏欣赏今夜的星空

那宁静的又各自存在的

放射着不同强弱的星光和月辉的夜空啊……

（选自1990年7—8期合刊《人民文学》之《狂雪》第18节。）

往　事

那是1990年3月的一天。当靳希光教授在军艺文学系的阶梯教室讲授中国革命史之南京大屠杀之时，坐在第一排课桌前的我，就想起了读过很久的纪实报告文学《南京大屠杀》，作者：徐志耕。可以说，正是靳老师的再次提起，才让我突然沉浸在那个疯狂的雪夜。

那天下课已是中午十二点了，同学们都涌向了饭堂，而我则对同宿舍的同学曹慧民、赵琪、徐贵祥说："你们去吧，给我带两个馒头就行了。"我坐在桌前，把纸铺开，把录音机按键按下，即刻，我的宿舍里便开始回荡起斯特拉文斯基《春之祭》的旋律，那强劲疯野的音符，一遍又一遍地撞击着我的心。就是从那一刻开始，我进入了《狂雪》的写作，一直写到次日凌晨三点四十五分……

之后，这首 500 行的长诗放在了《人民文学》双主编刘白羽、程树臻的手上。据送大样的时任编辑部主任韩作荣说，白羽同志批了一大段，其中说:"《狂雪》是可以流传后世的。"尤其当他听说我是军艺文学系的学生后，专门给当时的解放军艺术学院写了一封感谢信，感谢军艺培养了一位优秀的青年诗人，并请另一位主编、作家程树臻和两位副主编崔道怡、王朝垠一起，将感谢信送到军艺，当众宣读了这封信。"《狂雪》是可以流传后世的。"一语成真，至今仍然被后人诵读。

然而，事情远远没有到此结束。而我与"侵华日军南京大屠杀遇难同胞纪念馆"的渊源，至此才刚刚开始。

二十二年前，有一位 24 岁的青年，名叫范军。1995 年 10 月，在原兰州军区政治部东教场家属院我的家里，我和范军从不认识到认识，完全是因为文学和诗歌。那时我的家里，几乎天天都有文朋诗友来神吹海聊，我记得很清楚的是:一次侃得正欢之际，我西陆院新闻班的同学刘秦川打断了滔滔不绝在讲《狂雪》的几个文友的话说:"别瞎扯了。我说个正事吧?你们要是真觉得你王老师的《狂雪》好，就去找个企业家，把这首诗刻成碑，运到侵华日军南京大屠杀遇难同胞纪念馆，让千千万万的人都能看到，才算真正干了一件正经事儿。"

说者有心无心，不得而知。但是听者有意，确是事实。席间的范军睁着大眼睛说:"真的呀?我想办法去。"范军说他是在焦家湾的家里，细细地拜读了《狂雪》——那真是叫撕心裂肺啊。他也曾经是一名军人，便很想把这件"正事儿"办成。当时，和他一起表决心要把此事办成的，还有甘肃电视台的青年编导蒲源。他们说干就干，立即就写了策划书，其中就提出:诗碑的书法，一定要请刘恩军书写……

俗话说，初生牛犊不怕虎。范军用自己在兰州大学学到的公关策划等方面的知识，又更详细地重新修改了一份八九页的策划书，拿到闵家桥打印店打印时，老板竟然说：这个策划非常好，应该加个硬壳的封面和封底，内文最好单面打印，不要双面印，那太不正规了。范军听取了他的建议，但是交钱的时候却抓了瞎——钱不够啦！也就八九页加上封面和封底，那能要几个小钱？但是，范军和一起去的那个叫周西冰的女孩，就是不愿让我知道，怕让我知道了"替"他俩出钱！这本来就是我的事，怎么就成了他的事了呢？我还是今年，即2017年12月，也就是最近几天才知道，范军是过了三四天，凑够了那点钱以后，才去取出的打印稿。

范军和小周，就是拿着这个策划书，先后去了好几个大公司，苦口婆心地向人们介绍《狂雪》，但是全部都吃了闭门羹——完全没戏。

在一次人才招聘会上，范军终于遇到了甘肃宝丽集团总裁胡宝衡先生。当时他在光辉批发市场旁一栋六层旧楼的办公室里，谈到做《狂雪》诗碑，他开始并没兴趣，范军便反复请他先看看诗，然后再看策划书。果然，这位南京出生的老板，一读便不能罢手了，竟然表示一定要做这好这件事。最初他认为投入五万元资金就差不多了，没想到后来逐步升级，最后竟然花了将近三十万。

诗的碑文由青年书法家刘恩军用居延海出土的汉简体书写，运用铜腐蚀技术，把书法作品刻入紫铜板，然后镶嵌在核桃木制成的座基碑背上，形成21米长的正反两面的紫铜诗碑。

胡宝衡先生亲自上阵，一次次地向甘肃省委宣传部报告，并提出希望捐赠给"侵华日军南京大屠杀遇难同胞纪念馆"。时任省委常委的宣传部部长石宗源同志闻听汇报之后，亲自跑到兰州东方红广场，当场验看了诗碑的质量，觉得非常满意后，便与江苏省委宣传部联系，正式启动了捐赠事宜……

但是，作为这首诗的作者，制成诗碑的整个过程，我几乎全然不知。我既没有找过胡宝衡先生，也没有看过刘恩军是如何书写，包括诗碑从开始的设计到后来的制作完成，以及后来所有的捐赠事宜……于今想来，此事之所以能够得到所有这一切人等和甘肃省委与江苏省委及兰州市与南京市人民政府的大力支持，我猜——全赖两个字：人心。

正如长篇历史小说《大秦帝国》的作者孙皓晖先生在读了《狂雪》后，专门为我写的一幅书法作品所言："国风！感民族之伤痛者国风也——诗林之大，唯久辛矣！"当时还未获诺贝尔文学奖的著名作家莫言读了《狂雪》后，给我发来短信："久辛之诗，系揪心之作，读后可浮一大白！"著名作家阎连科说得更为形象："久辛是最为充满热力的激情诗人，他的诗让人燃烧、让人沸腾、让人在阅读的铿锵中忘我和消失。"已故的《人民文学》前主编韩作荣先生在为我的诗集所作的序言中说："王久辛诗中对生命的珍爱，有着独到的令人动容动心的描绘，甚至是不可多得的一些有着超越性的给人以启迪的诗行……"

之后，中央电视台邀约著名朗诵艺术家方明先生朗诵了《狂雪》，并制成诗歌电视的"特别节目"，在央视一套播出……

再之后，1994年长诗《狂雪》获得《人民文学》五年一次的"优秀作品奖"；1998年，诗集《狂雪》荣获首届鲁迅文学奖诗歌奖。

又后来，2003年12月，南京大屠杀血案66周年之际，镌刻在紫铜上的长诗《狂雪》因核桃木底座与碑板腐蚀，再次镶嵌移入纪念馆悼念广场一面大理石墙上，高2.2米、长39米。平均每天有三万人次以上观赏诵读。

2015年世界反法西斯战争胜利90周年之际，五次荣获"兰亭奖"的书法家龙开胜读到了《狂雪》。他越读越来劲，终于夜不能寐，挥笔书之。他在序言中说：王久辛先生著《狂雪》，为三十万军民招魂；我书狂雪，为三十万军民上祭。在充分酝酿好感情之后，在一个星期之内将此长诗书就，交河南美术出版社出版，一时成为诗书界的佳话……

现在，诗集《狂雪》先后于 2002、2005、2015、2017 年四次再版。2008 年波兰埃德玛萨雷出版社出版波兰文版。2015 年阿尔及利亚出版社出版阿拉伯文版。中国作家协会主办的《民族文学》的藏文版、维吾尔文版、哈萨克文版、蒙古文版、朝鲜文版等均翻译发表了不同语言文字的版本。

长诗《狂雪》从发表到今天，已经过去了 27 周年了。关于这首长诗，我当然不敢说它是史诗，因为我深深地知道：日军的法西斯暴行、罄竹难书、历数无尽。我写的《狂雪》只不过是日军暴行的庞大无际的疯狂残忍之一点一滴，然而正是这样的一滴，却引发了文学艺术界乃至整个社会的广泛长久而又持续不断的共鸣……是的，诗歌的创作是审美的创造，它并非要告诉大家一个道理、一个思想、一个口号，它只是打开了一个天窗，当你沿着这个窗口向外张望的时候，你才会发现：哦，那个恐怖的世界有多么的可怕。至于对这个世界的看法，我给出了人类和谐共处的精神指引，我并没有说你一定要与我同行，但是我给你看了人道与非人道的不同的境界。我相信你的良知和智慧，你一定会选择光明。这不仅仅因为时代在发展，历史在前进，还因为文明像太阳一样灿烂美好地覆盖了全人类，你当然没有任何理由不选择文明。这就是历史的魅力，也是现实的逼迫，这就是人类共同的命运，你身入其中，必须成为文明的一部分、一分子……每个人都具有继续传承文明的天职和使命——这不是你想不想，而是作为文明世界中的一个文明人的本分。

今年的 12 月 13 日，我有幸出席了国家公祭仪式。我知道，这是《狂雪》为我创造的一份祭奠 30 万亡灵的机会，也是"侵华日军南京大屠杀遇难同胞纪念馆"的全体员工，对我的赤诚的一个奖赏式的邀请，使我作为唯一的一名诗人代表，再赴金陵，与前来参加公祭仪式的中央领导和南京军民共寄哀思——为 30 万在大屠杀中遇难的同胞招魂慰灵……

> 我扎入这片血海
>
> 瞪圆双目却看不见星光
>
> 使出浑身力量却游不出海面
>
> 我在这血海中
>
> 抚摸着三十万南京军民的亡魂
>
> 发现他们的心上
>
> 盛开着愿望的鲜花
>
> 一朵又一朵
>
> 硕大而又鲜艳
>
> 并且奔放着奇异的芳香
>
> 像真正的思想
>
> 大雾式涌来
>
> 使我的每一次呼吸
>
> 都像一次升华
>
> （选自 1990 年 7—8 期合刊《人民文学》之《狂雪》第 11 节。）

公祭仪式大约进行了四十五分钟。结束时，下降的半旗仍在空中飘扬，天似乎更阴了，而风也似乎更冷了。我们在小陈小汪的引导下，很快就从北门出了纪念馆。在去登车返回的路上，我与程兆奇先生边走边聊。明年是中日邦交正常化 40 周年，而日本政府在对待历史与钓鱼岛等问题上只退不进，我有些忧虑，但我相信，中国的发展，才是真正的保障，没有第二条安全的道路。天没有晴，寒风仍在吹……

我以我血荐轩辕——此之谓：冬之祭。

2017.12.18.凌晨

代后记
我一直在坚持审美的创作（访谈录）

文化艺术报：您的诗集《狂雪》获首届鲁迅文学奖，后来有没有再申报？要是申报，会不会再获奖呢？

王久辛：首先，鲁迅文学奖是中国文学最高奖，尤其是中国诗歌的最高奖，这是毫无疑问的，我觉得目前还没有任何一个奖可以挑战鲁迅文学奖的权威性，所以它是最令诗人们向往的一个诗歌大奖。我有幸荣获首届鲁迅文学奖诗歌奖，真是三生有幸。我还做过三届鲁奖的评委，一届小说，评的是短篇小说，两届诗歌。对反复申报的申报人，其实大家都是另眼相看，什么意思呢？全国就这么一个奖，你都已经得过了，怎么还想再得？这有点不知节制。据我所知，很少有人能够连续荣获鲁奖，尤其诗歌，根本就没有啊，就是这么个情况。因为我是一个比较自知的人，更是一个知足的人，所以该停止的时候必须停止。

文化艺术报：今天的诗坛，诗人们说这个时代提供给诗人的空间与氛围非常有限，读者却认为诗人没有担当，大多停留在诗歌文本的认识层面。您是如何看待当今诗坛的？

王久辛：诗歌写作实际上是一个人的战争。对于一个人的战争来说，我不觉得有什么限制，至少我个人是这样认为。一个人的战争需要一个人去做各种各样的战争准备，你靠不得别人，更靠不得外界的什么力量。担当就是一个人的担当，有没有？一翻你写的东西就知道啦。所以呢，读者永远是对的。读者认为当下的诗歌没有担当，那我认为这肯定是对的。一个诗人有没有担当啊？这个不是他想担当就能担当的，怎么讲呢，他要有一定的社会地位，或者文化地位再或者精神地位，最少他要在精神层面上获得一点话语权，没有你去观照什么？谁听你的？我对自称是诗人的人，并不在意，我更在意的是作品。一定要有作品，没有作品说什么都没有用。所以我觉得，读者是对的，他们认为你没有担当，因为你没有作品。一个诗人是要用诗来表达的。我对当今的中国诗坛基本上是满意的。为什么说基本呢？就是说虽然没有特别醒目的、让人一下子就记住并传诵的诗歌和杰出的诗人，但是诗人整体的写作水平是在上升、在提高的。不过，也有一个问题值得注意。诗人叶延滨先生说过这样一个观点，我非常认同，就是上世纪70年代、80年代，甚至90年代末，当时的中国诗人事实上都是社会精英。而现在在场的诗人呢？从生活经验、生活阅历、阅读及思想的丰富度、行动力等等各方面看，准备都很不充足，跟以往那一群精英式诗人比较，是有差距的。所以指望这些诗人写出伟大的作品，怎么可能？社会在发展，时代在前进，不是说人们不关心诗歌，是诗歌落后时代了。事实上，一个落伍的群体，是不可能有什么伟大的作为的。我以为：时代与社会的精英往哪里去，哪里就是前进的方向，靠时代甩下来的一帮人去创造辉煌？太不靠谱了。还是要靠那些走在时代前列的人，先知先觉先动的先锋。时代前进的车轮离不了精英推动。这和上世纪 70 年代、80 年代、90 年代，思想刚刚解放，由精英组成的诗人来发出新声，来推动思想解放，是两回事情。今天仍然需要先锋，需要承担历史重责的中流砥柱，换个词儿，不还是精英吗？

文化艺术报：从开始诗歌创作以来，您就具有鲜明的社会责任感和担当意识。在南京的侵华日军南京大屠杀遇难同胞纪念馆后墙上，有一块长 39 米、宽 1.2 米，您的长诗《狂雪——为被日寇屠杀的 30 万南京军民招魂》的铜质诗碑被镶嵌在墨色大理石内。这首发表于上世纪 90 年代的诗，今天再看魅力依旧，意义常在。能谈谈创作这首长诗的初衷吗？

王久辛：从获奖到现在，很多的报刊记者都在问我《狂雪》的创作经过，《狂雪》表现什么，等等，今天呢，在这里我就不再谈这个问题了。我想说，如果一个诗人一辈子写不出一两首能够让人反复提及记忆的作品，作为一个诗人是悲哀的。很多人在诗坛已经混得很有脸面了，但是没有一句诗能被人记住。这才是我今天想说的一句话，就是不管你有多么自信，多高的学历啊，认识谁啊，有多么神通广大的野路子啊，我觉得你最重要的就是要写出一首让人记得住的作品，否则的话，就不要一天到晚地装模作样，到处当教师爷，那没意思，人家会把你当小丑的。

文化艺术报：有批评家说："王久辛的诗不仅是上个世纪 90 年代中国新诗的一面旗帜，而且也是新世纪中国新诗的一道风景。"您曾大声呼吁：诗人们，时代叫我们重新出发！进入新世纪以来，您的诗歌创作发生了怎样的变化？

王久辛：这个评论家说什么，我觉得不重要，他说你是旗手也好，什么什么更高级的名词也好，那都不重要。真的不重要。因为一个诗人最最重要的就是要好好写作，写出自己能够问心无愧的作品。而且这个"问心无愧"还应该拿到读者当中去接受检验，而且以后还要被认同，被时间证明你写的作品始终被人传诵被人记忆，这才行。关于"时代叫我们重新出发"，如果我没记错的话，是全国新诗理论研讨会在北戴河召开时，我写的一篇在会上诵读过的文章，题目叫《诗人们，时代叫我们重新出发》。在这篇文章中，我讲到了一个意思，就是从上世纪70年代末，中国诗人就发出了解放思想的声音，一直解放到现在，诗歌也一直在贯彻着各种各样的思想解放。我们几乎把西方诗歌的各种流派都从头到尾地模仿着解放了一遍，包括弗洛伊德的精神分析，甚至各种各样的下半身的实验啊。所以我在这篇文章当中讲，我们是不是该想一想，当什么都已经自由到泛滥的时候，我们是不是要有所节制？对一些欲望，是不是应该有所劝诫？诗歌的精神内核是不是可以内敛一些？如果说诗要有一点教化功能的话，是不是可以在审美的创造当中渗入一些劝诫性的元素？将这样的精神元素渗透到诗歌里边去，渗透到意象里头去，渗透到意境里面去。进入新世纪以来，我个人的诗歌确实发生了一点变化，这个变化就是我觉得我更希望自己的作品，能够从审美的角度上，从美学的意味上，获得更具有美学价值的实现。也就是说更有意境一些，更经典，更往诗的本质的意境上去走一走。年轻的时候，凭着热情，可能有一首诗思想性好，意境差一点，那么也能说得过去。走到现在呢，我觉得就不能这样了，就应该有更高一点的要求，就是诗应该更有意境，要在诗歌的经典化上做一点努力。当然，思想性也不能没有。事实上，我对思想的高度、精神的高度的追求，也非常严格强烈。我认为一首诗没有好的意境，就不要写；没有新的发现，即使有了发现，没有精神的提炼，也不要写。要写，就要写得更好一点，这是我现在的想法。

文化艺术报：当年，刘白羽先生看过《狂雪》后说："我们可以在全国各个文学期刊上找，看还能不能找到这样的作品。《狂雪》

是绝无仅有的，我可以预言，《狂雪》一定会流传下来。"写作《狂雪》这样的长诗，是军人的风骨，还是诗人的气韵？

王久辛：说到白羽先生，我内心是非常非常感激的。这个感激不是说他对我给予了褒奖，我就感激他，而别人批评我，我就不感激了，不是这个意思。我读初中的时候就读白羽先生的散文，他的文字我非常喜欢。以他那么崇高的地位，而且在他主持《人民文学》工作以后的第一期刊物上发表我的长诗《狂雪》，我确实感到无上荣光。白羽同志对《狂雪》的褒奖，我是听韩作荣跟我讲的。后来。白羽先生去世后，韩作荣在悼念他的文章里，又把刘白羽同志对《狂雪》褒奖的话，不仅写在了悼念文章里，而且还在纪念大会上宣读了。这中间还发生过一件事情，就是《狂雪》发表以后，白羽先生专门儿给我当时就读的解放军艺术学院写了一封信，信中也说了这些褒奖的话。我相信白羽先生，他是对作品说的，也是对整个中国诗歌界与文学界说的，决不仅仅是对我个人说的。他生前，我有无数次机会可以去拜望他，但是我没有。因为我总有一种心理，我觉得他要是没有表扬过我，我倒敢去，他表扬了我，我反倒不敢了。我就是这样一个内心充满矛盾的人，非常矛盾。有的时候，我都觉得自己不可理喻，但是没有办法。我对我自己说，久辛，你是对的，人嘛，还是要给自己留一点尊严的，哪怕有点失礼。所以我始终没有去拜望他。你提的这个问题，最后终于还是说到了风骨。我觉得文人更需要风骨。军人需要刚强，他不是风骨的问题，他是刚强。那么文人呢？他更需要风骨。这个风骨今天已经见不到了，或者是偶尔会闪一下光。但是我是见过风骨的。那年在一个诗歌研讨会上，一个很高级别的领导坐在主席台上，雷抒雁上台发言，他就毫不客气地说：我们今天是什么会议呀？是研究部署什么重大的宣传工作还是政治工作？如果是，开这样的会，那当然应该是领导们坐主席台，但是我们今天开的是诗歌的会呀，如果要坐主席台，应该让诗人坐主席台，如果论资排位，台下的屠岸先生今年86岁了，是不是应该把屠岸先生请到主席台上？那一刻，我感动得热泪盈眶。我见过这样的风骨，所以我要学习它。我觉得一个诗人就应该像雷抒雁这样，金钱不能动摇，权力也不能动摇。我觉得在权力面前，我们的诗人们是不是可以保持得矜持一点，自爱、自尊一点？或者说给自己留一点面子。那种哈巴狗儿的样子，我在诗坛上看得太多，见到权力人物，根本就没什么节操，乱写乱说不负责任的话，每次见到，我都很难过，替诗人难过，太丢人了。作为一个诗人，且又从军一辈子，我的诗歌当中不可能没有剑气。最近，我把辛弃疾的诗词全集反复读了几遍，我觉得在中国古代的诗人里，只有辛弃疾的诗是有剑气的，既有风花雪月，又有刀光剑影，他是很刚毅的，所以我希望我的作品能有辛弃疾的这样一种意境、这样一种风骨、这样一种剑气，我希望我的诗里有这样肃杀的东西，事实上也有一些吧。从开始到现在，我一直都很努力。但是我真正把辛弃疾的诗读完，还是最近的事情，过去都是零零散散地读一些，这次从头到尾，做了一次功课。之后，我更有这种感觉，我觉得如果你是一个有风骨的诗人，你一定会爱上辛弃疾。

文化艺术报：作为军旅诗人，您如何理解军旅诗歌在新诗百年历史中的地位和价值？

王久辛：说到中国新诗百年，我也写过一篇文章，专门讲百年以来的中国军旅诗歌。其实呢，百年新诗史，是不会分军人、工人、农民、知识分子的，它是不分这个的，它是以诗的成色来决定能不能入典进册，能不能成为经典诗人。在我看来，中国百年新诗是和中国百年历史完全吻合的。在这个历史进程当中，那些在历史前进中起了推动作用的作品，都应该有资格进入。描写战争，描写军人，描写北伐，描写抗战，描写解放战争，以及后来的抗美援朝，等等，就是书写这种大的战争，这样的诗进入诗歌史非常正常，没有就不正常，因为没有的话就是你想把这个诗史割断撕裂，要留下空白，这显然是有问题的。不要说什么文本、文本，诗歌的文本，永远是时代的文本。李白杜甫没有时代能有他？没有战国时代哪有屈原？没有安史之乱，哪能有杜甫的那些诗？那是不可能的。包括辛弃疾的词啊，他如果不是身处一个亡国奴的状态，他怎么可能写出那样"气吞万里如虎""醉里挑灯看剑"的诗来？所以，中国百年新诗史，起码军旅诗是占半壁江山的。事实上，中国优秀的诗人也多数都有从军的经历，老一辈的艾青，后来的昌耀等等，都有从军的历史，这也是不争的事实。

文化艺术报：您认为军旅诗歌有哪些自身独特的文学传统、思想资源和审美特质？

王久辛：说到军旅诗的文学传统，当然就要说到中国古代的诗人，其实屈原的诗里头是有军旅诗内容的，辛弃疾的词以及边塞诗，这些都是中国军旅诗的精神源泉。先贤们的诗歌精神构成了中国军旅诗人的精神背景。从我个人来说，我很偏爱屈原，偏爱边塞诗。最近又研究了辛弃疾，那我更是非常非常喜欢。诗歌还是要有点刀光剑影，还是要有一点战争的气象。也就是说，要有一些男人的风骨，要有丰沛的阳刚之气。这种丰沛的阳刚之气对诗歌来说，就是一种能够淬炼精神的元素。在军队写诗的这些人，我接触过，像李瑛、周涛、李松涛等等，是我上一辈的诗人，我与他们有很友好的交往，甚至是非常深厚的友谊。我跟他们的交往中，和我自身的体会中，我感觉我们生逢其时，刚好是中国改革开放之初进入诗坛，然后几乎是伴随着思想解放和外来文化的涌入，逐步走进文坛。我的老主任徐怀中，他在我们解放军艺术学院就提出了一个口号，叫"迎着八面来风"。我们解放军艺术学院为什么是一个很了不起的学院呢？我上学的时候，学院自己没有教授，老师都是讲师，张志忠老师、黄献国老师、朱向前老师，都是讲师，我们与之称兄道弟，虽然当时军艺没有教授，但却把全国有名的最活跃的那些教授、专家、学者、作家，包括艺术家，比如张艺谋、李德伦、谢飞等，把他们也请来讲课。解放军艺术学院为什么能够出人才？它就是一个迎着八面来风、纳天入怀的大学，是一个没有围墙的大学。它把全中国能够请到的现当代文学当中的翘楚，全中国知名度高的作家都请来给大家上课。所以它能够对这些学子们产生非常大的启发、撞击和诱发他们进行创作。莫言，咱们就不说了啊，我的同班，我是第三届的，我的同班同学有麦家、徐贵祥、阎连科、石钟山、李鸣生、陈怀国，尤其是写《南渡北归》的岳南，这些人都是中国文坛现象级的人物，而当时在文坛都是默默无闻的文学青年。说到军旅诗歌的精神特质，我认为主要是人类意识、祖国意识，然后是个人的、职业的和地域的意识。军队的诗人跟地方上诗人不一样的地方，是地方诗人通常生活在一个地区，而军队的诗人因为职业的性质，决定了他可以到处走，所以他的诗色彩很丰富，他的人类意识也是很清楚的，尤其是改革开放以后，我们军队的诗人，也有了世界的眼光，包括对祖国的认识，尤其是迫切渴望祖国赶快繁荣富强的那种心态，都从中国军旅诗人的诗作当中可以感悟到。

文化艺术报：您的诗写的一般都是大题材乃至重大题材，像《狂雪》《蹈海索马里》，这是否和您是军人有关？您在选材的时候是有意地选择，还是哪些东西触动了您，您才创作？

王久辛：我在上世纪的 90 年代之前，一直是在写短诗、组诗，当时一个心理就是要把全国的刊物发一遍。我基本上在全国所有的省一级的刊物，都发表过。这个功课在上世纪 90 年代之前就完成了。在这个过程当中，也就是说在阅读与写作的过程当中，我突然意识到一个很严重的问题，实际上是被大家都忽略了。中国自 1840 年以来的历史是一个非常屈辱的历史，这么大的一个屈辱史，我觉得随便地抽出几件事、几个人，都是值得大写特写的。所以我觉得我们确实对我们自己的历史忽视的时间太长了。这是一个巨大的诗歌创作的富矿，但是诗人们一直都在写自己的那点儿小坎坷、小不如意，而且试图用这些东西去填充中国的诗歌史，去蒙世界大奖，我觉得这很可笑。作为一个中国诗人，你首先要把自己的历史搞清楚，在历史当中，哪一些事情对今天是有启发的，是有撞击的，你要去盯这个东西。如果你是一个有雄心的诗人，也是一个有足够才华的诗人，我觉得应该这样去努力，这样子去创造。我关注重大题材，不是说我在迎合着要去写重大题材，是碰上这个重大题材我就去写。我写的这些长诗吧，大约有十几首，不到20首吧，都是我在阅读中、学习中发现了现实，它对今天有意义，而且越想越觉得有意义，越想越睡不着，所以我才去写的。比如我写那个《大地夯歌》的时候，就是写长征，是我在阅读当中发现的，索尔兹伯里说长征是中国人求生存的一种努力，而且写在这个书的前言，当时呢，可能年轻的读者不太知道，当时这个"求生存"变成了一个口号，甚至是用"求生存"来解释中国革命的所有事情。我觉得这个令我产生了怀疑，我觉得这是一个消解中国革命正当性的圈套。事实上，长征中的中共核心领导人都不存在生存问题。他们是一群有理想的人，唤醒一大群没有理想的人，产生了理想后又一同为理想而奋斗、为理想而前进的伟大的远征，从头到尾都是理想在鼓舞着士气，不是求生存，而是要创造人类美好社会的一曲战斗凯歌。我就是抱着这样一个信念，我越想越坐不住，一口气写了1800行，这首长诗发表在《解放军文艺》上，产生了非常好的效果，而且也获得了北京文学最高奖。

文化艺术报：近年您写了《大地夯歌》《零刻度》《肉搏的大雨》这些红色题材的长诗，这对您有特别的意义吗？

王久辛：我一直不太主张用"红色"这个词来概括革命文学，

因为我认为革命文学是赤橙黄绿青蓝紫的，是色彩丰富的。你把自己限定在一种颜色上，我觉得是无形当中的一种拒绝。也就是说把自己孤立起来了，所以我不喜欢用红色题材之类的话来概括写革命性的诗歌、革命性的文学。我不主张用这个词，我主张庄重一点，就是"中国革命史的审美创作"，这就足够了。你的意思是不是说写了这些革命的东西，就显得我更革命，或者是能得到什么样的奖赏？我不是这样想的，我没有这么强的功利心。但是我有我的伎俩，或者说我有我的策略，都是写人性，比如长诗《艳戕》，是写西路军女红军战士的。既然是写人性，那我写西路军，这是一个不太愿意被人提起的历史，但是却可以最大限度地表达反人性的残暴度。换个题材呢？就无法实现，无法达到。就是说这个题材，为我提供了书写抒发的广阔空间。你可以找来看一看，我把人性写到了什么地步，完全超越了所谓的各种各样的政治概念。真正感人的是当年这首诗发表在《诗潮》1990年第1期上，读者来信就登了八页。最小的读者14岁的小女生，她都看明白了人性的震撼力。我注重这个东西，你要把人性的震撼力写出来，那你就成功了。至于能不能得到嘉奖甚至获奖，那是另外一回事情。

文化艺术报：每一个写作者，他所关注的内容和痛点是不一样的。您在写作的时候，会不会有一些让您困扰的问题，就是那些问题，为什么往往就不会进入您诗歌写作的范围？

王久辛：是的，每一个人都不一样，都有各自不同的兴奋点、思考点、创作的进入点。每个人都会不一样，也会有不一样的选择，不一样的人有不一样的兴趣点，这个是没有办法的，我也会有。因为我是属于对历史、重大事件、人性，我对这三个东西很在意，就是这件事情，它如果不具备这三点中的一点，我是不会太在意的。

文化艺术报：很多诗人说，一个好的诗人，必须有长诗。您认同这个观点吗?

王久辛: 那是当然,我就是这个观点,一直都是我在说,我起码说了有 30 年了,因为就像一个作曲家,一直都在写练习曲,一直都在写小夜曲,你没有一部交响乐是不可以称自己是作曲家的,必须要有交响乐。一个诗人你写了一辈子,却都是鸡零狗碎,没有一个能够表达你的世界观、你的价值观、你的艺术观的长诗,那怎么行? 我觉得必须要有这样的大作品。我们古代诗人为什么很少长东西,因为古人用的那个字和表达的方式,是文言方式,它确实不太适合写长东西,你看千古绝唱《长恨歌》,也才 200 来行,读起来就已经让人觉得有点儿累了。而且文言易于叙述,而不易表现感觉,一长就像音乐的闭环,有重复感,而新诗就不一样,拒绝直接用成语,用现成的词组,它是把成语和词组"化",变成感觉的铺述与直写,所以写的诗,包括长诗,就容易写得恢宏壮阔跌宕起伏。我个人认为一个好的诗人,一个有力度的诗人,他一定要有几部甚至几十部有力道的长诗。它也可能不是那么艺术,但是宏观上看,几百行上千行的长诗,能够一口气把它挥洒出来,那也可以显示出一个诗人审美创造的功力、精神境界渊深博大的程度和勇敢开拓的独特性、先锋性与创造力。

文化艺术报: 您理想的长诗是什么样的?

王久辛: 我跟很多人说过,我内心里头觉得最理想的长诗就是屈原的《离骚》那样的长诗。那样的细腻,那样的意象,那样饱满的情感,那样丰沛的才华,那样强烈的思想性和追问精神,对生命痛彻心扉的那种感受和表达,没有半个字是多余的,干干净净,一贯到底,让人绝望的长诗。我为什么认为在中国诗歌史上,屈原绝对是排在第一的? 就是因为他的《离骚》《天问》《九歌》都是大东西。李白,没有这样的作品。最长的也就是几十行。我觉得屈原从才华来说是中国最顶级的诗人,我觉得他是前无古人、后无来者,他的诞生就是唯一的，到今天仍然是唯一的，包括世界上的诗人，我觉得世界上的长诗也没有比他好的。包括我非常喜欢的帕斯的《太阳石》，艾利蒂斯的《英雄挽歌》啊，艾略特的《四个四重奏》等我都非常喜欢，但是他们要跟屈原比起来，我认为他们都有非常大的距离。

文化艺术报：您对宏大风格的喜欢，是从何时萌生的？

王久辛：我少年时代就读了《离骚》《天问》《九歌》，《离骚》我是自己翻着字典一字一句自己翻译的，然后我拿我的翻译稿和郭沫若先生的翻译稿对比，我就觉得人家郭沫若不愧是大家，但是我做的这个功课对我非常有益，我觉得一开始我就遇到了最伟大的、最值得敬仰、最值得学习的诗歌典范式诗人屈原，是我在最好的年纪接触了最好最经典的他，真是三生有幸，万分幸福。后来读李白、白居易、杜甫，我都很不过瘾。我内心的文本和内心的楷模就是这样的，就是要写这样华丽空前、精神空前、艺术空前的大东西，遗憾的是至今还没写出来。我确实有点瞧不上那种小打小闹、鸡零狗碎、抖个小机灵、玩个脑筋急转弯式的诗，瞧不上，尽管我也写着玩儿。

文化艺术报：您曾长期在西北军中服役，后来去了北京，这段经历对您的创作有没有影响？

王久辛：我在戈壁滩当过八年兵，提干都是在戈壁滩上，从团机关、师机关到军区机关，一步一个脚印走上来，后来还出任《西北军事文学》的副主编，虽然"命令"是副主编，但主编是军区文化部长，我是事实上的执行主编。更早的时候，我还在军区司令部直属工作部、政治部文化部工作过好几年，宏观上对一个大军区的宣传文化工作有所把握，跟军区的作家李斌奎、周涛、朱光亚、贺晓风、李本深、周政保、唐栋、张广平、杨闻宇、陈作犁等联系比较多。我三十四五岁的时候就主持《西北军事文学》这本刊物了，虽然我的级别并不高，当时也才是正营级干部，但是获得眼光是不一样的，这些工作对我的锻炼非常大。大西北是我的精神原乡，终生难忘。

文化艺术报：可否谈谈您的文学传承，哪些作家对您的影响比较大？

王久辛：嗯，你提了两个问题，一个是文学传承，一个是影响我的作品。从文学传承上说，我当了一辈子兵，所以我接触的主要是军队的作家，我从老一辈作家身上学到了很多东西，而且也感悟到了很多东西。像徐怀中、刘白羽这些作家，还有《红日》《铁道游击队》《烈火金刚》《红岩》这些作品，都对我有很深刻的影响。我的理想、信念、生命，可以说他们对我有深刻影响。再就是俄罗斯文学，也给了我深刻的影响。还有中国古代文学我也特别喜欢。但是，真正对我有革命性启发的是我上军艺的时候，那个时候我读了福克纳、博尔赫斯、马尔克斯、克洛德·西蒙、纳博科夫以及帕斯的《太阳石》等等，上军艺以后我发现：同样是对一个事情、一种事物、一个人的表达，但是外国人的表达就更切近生命，更切近感觉，切近灵性，更能够进入感觉的细枝末梢。这是我到军艺上学以后发现到感悟到的，也是创作实践当中运用最多的，包括在《狂雪》当中，大家也可以看到，那个细腻的感觉与细致的声响气味儿，和那种非常微妙的场景表达，就是直接的学习借鉴的独特表达。这样的表达，是中国传统文学表达中所没有的。也就是说，外国文学确实有它先进的地方，就是它在感觉的表达上，生命的那种切肤感受的弥漫式表现上，他们的叙述确实是高人一筹。这使我上了很大一个台阶，对外国文学的学习非常重要的，对我来说是革命性的，毕竟在过去我读的大量作品都是本土作家。吸收外国文学精华，并不影响我的艺术观，我甚至认为更加易于深化自己的艺术思想，写的作品反而更像自己了。写诗，如果你要发表，你就要追求共鸣，如果没有共鸣；我宁肯不写。我觉得我们要确立一个文学的共识，文学作品一定要有共鸣，共鸣面越大，影响越大。我觉得这个影响是两句话，第一句是当代的影响，第二句是未来的影响。今天有影响，未必未来有影响，最好的作品应该是今天明天都有共鸣的作品。

文化艺术报：有批评家指出诗人"离现实越近，离审美越远"。能否结合您的诗歌创作谈谈诗人和现实的关系？

王久辛：怎么说呢？有些批评家是不懂创作的批评家。诗人靠什么写作？诗人是靠感受写作，没有感受怎么写，写什么？只有有感受的诗人，而且一定要感同身受的诗人，才能写出好作品。离现实近，感受就强烈。事实上，古今中外的传世之作，都是离现实很近的。那种远离现实的诗人，或者这种评论家，他们是不懂装懂。一个真正的写作高手，他一定是对现实的感受非常强烈的人。你想想，如果你离现实很远的话，你一点感受都没有，凭空想象地写？我们说歌德写《浮士德》，他那里头那个人物，尽管是虚构的，但是那个虚构的人物的一言一行都渗入了现实，全是歌德自己现实的感受；没有现实的感受的融入，他那个诗就不可能成为今天的人们读了仍然能够有感受的作品。对现实没有强烈的感受，他就不可能写出那种有带动性的作品。据我所知，陀思妥耶夫斯基的《罪与罚》，也是根据新闻事件写就的不朽经典，所以关注现实对于作家来说，非常重要。这个半吊子评论家提出来的，我觉得是一个伪问题。审美是什么？审美就是在感受之上进行的艺术再造，是对感受的一种升级式的表达。所谓的艺术表达，是一种具有美学意义的，那样一种一心独造的创作。现在有些评论家根本就不懂创作，还特别爱当教师爷！现在对广大的文学爱好者，最重要的是要研究创作论、作家论，少听那些不靠谱的理论家瞎咧咧些这流那派，在那儿胡忽悠。如果你热爱文学，你一定要去研究创作论和作家论，作家是怎么成长的？他是怎么创作的，有哪些方法？是怎么从生活到艺术的，是怎么从感受到审美的？第一最重要的就是感受。而离现实近，感受就强烈，尽管这个感受可能会有这样那样的问题，不够全面，不够深刻，不够独特，这都有可能，但是你离不开感受，离了感受还谈什么审美？没有感受就没有审美；离开了现实，也就没有了感受，没有感受还谈什么艺术谈什么创作？那就什么都没有了。

文化艺术报：您认为军队作家和普通作家相比，有哪些不同？

王久辛：军队作家跟地方的作家，确实是有很多不同的，我觉得最大的不同就是他的文化背景不同，精神背景不同，地域背景也不同。这三个不同，决定了他跟地方作家的格局也不同。军人自己就来自老百姓，这个跟地方作家是一样的，不一样的就是我说的这三个不一样。我认为军队作家比地方作家，有这样三个不一样，他就有优越性，这就是先天的优越性，不是说他比地方作家强多少，而是他先天具有这三个优越性，是地方作家所没有的。对不住啊。

文化艺术报：对年轻的写作者，您有话要说吗？

王久辛：不要相信未来，希望永远在今天，所以理想必须要从今天、从今天早上起床开始，就投入。

原载 2023 年 8 月 9 日《文化艺术报》